影の英雄の治癒係2

こじらせ復讐者の標的になりました!?

浅岸 久

Illustrator
亜子

この作品はフィクションです。
実際の人物・団体・事件などに一切関係ありません。

影の英雄の治癒係2

こじらせ復讐者の標的になりました!?

プロローグ

少年は、西に陽《ひ》が傾きはじめるこの時間が好きだった。

どこまでも続く平らな草原が橙《だいだい》に染まり、背の低い草花の影が長く伸びる。この時間に集落の外れに行くと、きまってあの人がいたから。

自分とは五つほど年の違う腹違いの兄。大勢いる兄弟の中で、誰《だれ》よりも特別で、誰よりも一族の皆に大切にされているあの人——ルヴェイもまた、ひとりでいるのが好きなことを、少年は知っていた。

誰もいないこの場所で、手慰《てなぐさ》みに〈影〉を操りながら寛《くつろ》ぐのがあの人の日課。

だからこの時間は、あの人のそばを独占できる、一日の中でもっとも特別な時間でもあった。

もちろん、これ以上近寄ることなんてしない。話しかけることなんて、もってのほかだ。

少年は自分の立場を弁《わきま》えていた。

地面からまるで蛇のように、あるいはロープのように伸びる〈影〉を揺らして戯れる、あの人の背中。それを天幕の陰から見ているだけ。

あの人の、ひとりの時間を邪魔したくない。してはいけない。自分なんかが、決して。

そよそよと風が吹き、あの人の長い黒髪も流れる。前髪が横に流れ、どこか幼くも感じる横顔が見えた。そしてあの人は、この時間だけはごく自然に前髪を掻《か》き上げる。

三白眼であるのは一族皆同じだが、あの人は皆より目つきが悪いことを気にしているのか、あるいは人からの視線を感じるのが苦手なのか、普段は目を隠しがちだ。でもこの時間のあの人は、前髪を搔き上げて遠くを見ているのだ。

寡黙で、愛想もなくて、ひとりの時間が好きなあの人。彼がこのように、穏やかであどけない表情をすることを知っている人が、はたして何人いるだろう。

特別なあの人は、集落の中に一歩入ると、必ず誰かに囲まれてしまう。そのたびに、あの人の表情は不機嫌そうに強《こわ》ばる。それでも周囲はお構いなしに、どうにか彼に取り入ろうと必死だった。当のあの人は鬱陶《うっとう》しそうに、ふらりとどこかへ逃げるだけだってわかっているのに。

もしかしたら、少年の存在だって、彼にとっては鬱陶しいだけなのかもしれない。

それもわかっていたけれど、少年は、この場所に来るのをやめられなかった。だって、あの人は、この時だけは逃げる素振りを見せなかったから。

少年の存在に気づかないあの人ではない。一族の中でもとびっきり魔力も身体能力も高く、気配にも敏《さと》いのだから。だからこそ、自分だけがあの人に許されているような気がした。

わかっていて、あえて許容してくれている。そしてその事実が、少年にとってはとても喜ばしいものだった。

自分は取るに足らない石ころのような存在だ。でも、小さな石ころだからこそ邪魔にもなりえない。この近くて遠い場所で、彼と時間を共有できている事実が、少年にとっていちばんの誇りだった。

だからお願い。

少しでいいから、ここにいさせて。

（ぜったいに、話しかけないから……）

少年は、己で己の身体《からだ》を抱きしめる。

（どうか、許して）

――どんなに全身が痛もうと、少年はこの日もここに来ることを選んだ。

痛むことなど当たり前だ。少年は、今の今まで、大人《おとな》たちに囲まれて折檻《せっかん》されていたのだ。

厚手の衣で隠れているけれど、今の少年の肌は、打撲痕とみみず腫れだらけで綺麗《きれい》なところなどない。今だって、立っているのに精一杯の状態だ。

どうしても、集落の中にはいたくない。

だから。

（じっとしているから。うずくまって、小さくなってる。だから、兄さん。あなただけは、僕の存在を――）

少年は膝《ひざ》をつき、俯《うつむ》いた。

ざあっと、風が吹いた。

草が揺れる音に紛れて、誰かがこちらに歩いてくる音が聞こえた。

顔を上げる。

瞬間、少年は息を呑《の》む。

だって、いつもとても近くて遠い場所にいたはずの人が、自分の目の前にいる。

たった今、この瞬間、少年の存在を認識している。

わざわざ自分なんかと目を合わせるためだけに、その場にしゃがんでくれている。

ふいに前に出たがっしりとしたあの人の手が、少年に触れていいものかと宙を彷徨《さまよ》っていた。

やがてあの人は覚悟を決めたのか、少年の頭にぽんと手を置き、訊《たず》ねたのだった。

「誰にやられた？」

あの日、あの瞬間から、少年はますます、彼に崇拝に近い思いを抱くようになる。

自分だけが、彼のそばにいてもいい存在なのだと得意になってしまっていた。

あの人は少年にとって救いだった。たったひとつの生きる道標《みちしるべ》のようなものだった。

――でもあの人は、ある日突然、少年の前から消えたけれど。

少年だけでなく、あっさりと一族を捨て、どこか遠くへ行ってしまった。

だから少年は思い知らされる。

やっぱり自分は、彼にとってもただの石ころでしかなかったのだと――。


（――――くだらない）

読みかけの夕刊をぐしゃりと握りつぶして、ユメルは息を吐いた。

旧フェイレン人特有の黒くて長い髪に、三白眼。ただ、ユメルの瞳《ひとみ》は、他《ほか》の一族の者たちと比べると、やや大きめで淡い色彩だけれど。

〈灰迅《かいじん》〉の外から来た母親似だったせいか、昔はこの風貌《ふうぼう》のせいでよくいじめられたものだ。

ユメルの目の下にはくっきりと隈《くま》ができており、彼は虚《うつ》ろな目をしたままぐしゃぐしゃになった新聞をソファーに叩《たた》きつけた。

（あー、うるさい。こんな家を寄越すとか何を考えているんだ、あの商人め。もっと静かな場所にするべきだろう、どうにかなりそうだ）

ディアルノ王国王都リグラ――中央通りから数本道を外れた職人街にある、小さな一軒家の二階。裏道だし二階であるために、人々の声は届きにくい場所ではあるはず。なのに、どこか空気はざわざわしており、街の雑踏を感じてしまうこの環境。

「ルヴェイ・リーめ」

よくこんな街に住めたものだと、恨めしさばかりが募っていく。

苛立《いらだ》たしくて、噛《か》んだ痕《あと》だらけでボロボロの指で頭を掻きむしる。それからユメルは転がる新聞に目を向けた。

（あともうちょっとだったのに、あと少しであの人の魔力を根こそぎ奪えたのに、あと少しで僕があの人を凌駕《りょうが》することができたのに、あと少しで――）

がさり、と、ソファーに転がった新聞が音を立てて床に落ちた。

わずかに己の血がついたページが自然と広がる。そこに一番見たくない文字列を見つけてしまい、呻《うめ》くように息を吐く。

『青騎士ルヴェイ・リー、またしてもお手柄！』

取るに足らないニュースではあった。彼のおかげで、この街で暗躍していた窃盗グループが捕らえられたとか。

（ああ、こうしてあなたはかつての同胞も捕らえたんだね）

このところ、青騎士ルヴェイ・リーは、この国でちょっとした有名人になっているらしい。頻繁に新聞にその名を記され、活躍が伝えられているとか。

そういった報道は、ここ一、二ヶ月で急に増えたようだ。――つまり、彼の呪《のろ》いが解かれたあとからということだが。

（一体何をしてくれたんだ、どうして、どのように、どうしたら、僕のギフトが自然に解かれるようなことがある？）

全く理解が及ばない。

このようなことは初めてだった。

ユメルのギフトで彼の魔力を縛りつけ、時間をかけて侵蝕《しんしょく》し続けていたはずだった。それなのに、ある日を境に呪いが弱まりはじめたと思ったら、突然、きれいさっぱり解除されてしまったただなんて。

（おまけに、この新聞。なに、なんなの、なんでこんなにあの人の名前が？）

彼の動向は何年もずっと見張っていた。だから、余計に不可解だ。記事になることをよしとするような人ではなかったはずなのに。

もう少しで手中に収められるはずだった相手が、土壇場でユメルの手を振り切って、どんどんと羽ばたいていくようなこの感覚。

ああ、なんと腹立たしい。

「くそ……っ！」

ぐしゃりと、床に転がった新聞を踏みつける。

（いつまでも好きに生きられると思うな――――！）

幼いときのあの日のように、手の届かぬところになど行かせはしない。

だからユメルは――〈灰迅〉の族長を名乗るユメル・リーは、自らこの街へと赴いたのだ。

（絶対に。ぜったいにぜったいに逃がしはしない）

踏みつけている新聞が、ひとりでに塗りつぶされていく。

まるでインク壺《つぼ》が倒れてしまったかのごとく、紙面がべっとりと黒に染まっていった。

「――族長」

と、そこで誰かがやってきたらしい。

もともとノックの習慣のない彼らは、こうしてドアの向こうから声をかけてくる。

苛立ちを隠すつもりもなく、入れと短く返事をすると、神妙な面持《おもも》ちの配下が、早足でユメルに近づいてきた。そして彼の耳元である事実を囁《ささや》く。

その報告を聞いた瞬間、ユメルはぎゅっと両手を握りしめた。

「……それは、確かな情報なの？」

「ええ。南の商店街のあたりでは、かなり有名な娘のようです」

「ふぅん」

とんとんとんとん、とユメルは足のつま先を床に打ちつける。

（兄さんが、選んだ、女）

とんとんとんとん。繰り返す。

（人間嫌いで——ことさら女が嫌いだったあの人が、そばにいることを許した）

その女を虐げていたとかいう商家からわざわざ助け出し、家まで与えて入れ込んでいるという存在。

あの人の隣にいることを、あの人自らが認めた娘。

「そ。わかった」

素っ気なく返事をしながら、手をヒラヒラ振ってみせる。配下の男は一礼してみせてから、ユメルの意を汲《く》んで早々に部屋から立ち去っていった。

とんとんとんとん。

（ああ——）

とんとんとんとん。

（腹の奥底が——）

煮えたぎるような。同時に、ひどく重苦しくなるこの感覚。

「ナンナ、か」

呻くような声で、ユメルははっきりとその名前を呼んだ。

忘れもしない、あの美しい星空を。

時計塔の屋根の上で、大切な人と一緒に見た数多《あまた》の流れ星は、今まで見たどの夜空よりも美しく、ロマンチックに感じた。

毎日、毎時間、ふと目を閉じるだけで思い出せる降星祭《こうせいさい》の夜。戸籍すら持たないちっぽけな町娘ナンナは、あの夜、まるで自分が物語のヒロインになれたように感じられた。

だって、あのとき隣にいてくれたのは、昔からずっと愛読してきた小説『月影の英雄』の主人公ヴィエル──の、モデルにもなった〈影の英雄〉ルヴェイ・リーだったのだから。

もさもさの黒髪に、ぎょろりとした三白眼。陰気な印象で、普段から全身真っ黒なコートを身に纏《まと》っているせいか、余計に近寄りがたく見える人。その実、とっても穏やかで優しい人でもあった。

ナンナにとってとびっきり特別な存在である彼と、晴れて恋人同士になってから一ヶ月半──そう、付き合いはじめの一ヶ月半。本来ならば毎日が夢のように楽しくて、ふわふわした気持ちで過ごせていたはずなのに。

「ううう……」

この日、ナンナはらしくもなくふて腐れていた。

枯れた草のような独特な匂《にお》いが漂う店内で、奥の部屋の長椅子《ながいす》を占拠し、ごろごろと寝転がる。

このミルザの薬屋へは、一日の仕事を終えてからやってきていた。だから外もすっかり暗くなっていて、本来ならばとっくに帰路についていないといけない時間帯だ。

でも、なかなかその気になれない。

(今日も連絡がなかった)

わかっている。期待するだけ無駄だ。どうせ明日も、彼の顔を見ることなど叶《かな》わない。

もはや諦《あきら》めの境地だというのに、それでも会いたいと思ってしまうのも仕方がないことだろう。

三週間ほど前に、彼の使いがナンナの元に来てくれてから、ぱったりと音沙汰がないのだ。

なんでも、彼が追っているとある組織の潜入先が街の外に見つかったとかで、急遽《きゅうきょ》その調査に行ってしまったのだとか。

急な任務で、ナンナに直接知らせる時間もなかったのだろう。

「はぁぁぁぁ……」

やさぐれたナンナは深々とため息をつき、ぐでんと寝返りを打つ。

(わかってる。わかってますよ。ほとんど毎日のように会えていた以前のほうが珍しいだけだったんだって。ルヴェイさま、お忙しいもの)

そもそも、まだこの王都に帰ってきているかどうかもわからないのだ。仕事に集中し、連絡のとりようのない状況なのだろう。だからナンナが一方的にふて腐れてしまうのは、ただの理不尽なわがままだ。それくらい理解している。

肩にかかるくらいの長さの甘い茶色い髪が、さらりとこぼれる。

ルヴェイと出会い、彼に生活の工面《くめん》をしてもらい、あれこれと世話を焼かれるようになってから、痩《や》せぎすだった身体《からだ》もかなり健康的に見えるようになった。オフホワイトのブラウスに、柔らかなオレンジ色のワンピースは、愛嬌のある彼女によく似合っている。

ただ、すっかりと小綺麗《こぎれい》なお嬢さん風になってはいるものの、こうしてごろごろ転がっていては台無しだ。いつもはきらきらと輝いている翠《みどり》色の瞳《ひとみ》も、心が擦れてすっかり曇っていた。

「……アンタさあ、いつまでそうやってふて腐れてるのさ」

いよいよ見ていられなくなったのか、この店の主ミルザが遠くから声をかけてくる。

彼女の勤務時間はまさに適当の一言なのだが、そろそろ店じまいする気になったらしい。

カウンター裏から出てきたかと思うと、のそのそと入口へと歩いていく。気怠《けだる》そうにドアを半開きにし、手だけ外に出して、店の表のプレートを裏返す。そうして戸締まりしてから、改めてナンナの方に目を向けた。

若草色の髪をゆったりと三つ編みにした彼女は、その美しい髪色や長身、整った顔立ちから非常に美人であることがうかがえる。ただ、本人はあまり身だしなみに頓着《とんじゃく》していない。

いつもの代わり映えのしないローブをまとい、大きな丸い眼鏡《めがね》をくいっと正すと、呆《あき》れたようにため息をついた。

「もうちょっとだけ。今は家でひとりになるのが億劫《おっくう》なんですよ」

あの広い家でひとりになると、心配になると同時に、寂しさがこみ上げてくる。

少しでも人の存在を感じるところにいたくて、ついつい甘えてしまっているのは認めよう。

「もうすぐ一ヶ月ですよ、ミルザ先生。信じられます？　一ヶ月、ぱたって何の音沙汰もないとか」

もちろん、一ヶ月というのはかなり大げさに言っている。

正確に言うとまだ三週間に満たない程度ではあるのだが、気分的にもっと時間が経《た》っているような気がするので盛っておいた。

「いや、さすがにそこまでじゃなかった気が……？」

さんざんナンナの愚痴を聞かされているからか、ミルザもツッコミを入れてくるが、気にしない。

「同じようなものですよ！　はー……わたしって、ルヴェイさまのこと何にも知らなかったんだなーって」

がばっと上半身だけ起こして、ナンナはミルザに訴える。

「こうやって突然連絡がとれなくなっても、わたしからはなんにもできないんですよ？　ルヴェイさまのお家《うち》すら知らないですし」

単純に会えない寂しさや、危険な任務についている彼のことが心配だから、こうも落ちこんでいるわけではない。

（わたしって……ルヴェイさまのこと、本当に何も知らなかったんだ……）

改めて思い知らされて、打ちひしがれているのだ。

今まで、ルヴェイがまめに会いに来てくれたり、向こうから連絡をしてくれたりしていたから、ナンナは彼と繋《つな》がっていられた。

でも、いざナンナから彼に会いたいと願っても、それを伝える手段すらない。ナンナは、彼が普段使っている家すら知らないし、青騎士である彼に直接連絡できるような身分もない。〈影の英雄〉さまの治癒《ちゆ》係としての役割も終えてしまって、定期的に会う必要性もなくなった今、ナンナはただ、彼からの連絡を口を開けて待っている雛《ひな》みたいな状態になってしまっていた。

もちろん、ルヴェイの想《おも》いはよく理解しているし、今はちょっと状況が悪いだけなのもわかっている。それでも、もやもやした気持ちが止められない。

(だめだめ！　これじゃあ、欲しがってばかりの面倒な女だよ、わたし……っ)

どつぼである。

理解のある恋人でいたいのに、構ってもらえないどころか連絡ひとつもらえないし、この気持ちを伝える方法すらないことに、不満ばかりが募ってしまうのだ。

(この気持ちをどうしていいのかわからないっ！　ルヴェイさまのばかばか！)

もちろん、理不尽な八つ当たりでしかないのも理解しながら、ナンナは心の中でルヴェイを罵倒した。そしてソファーに寝そべり、うんうんと唸《うな》り続ける。

「アハハ！　だったら早く結婚して、一緒に住んじゃえばいいのに」

痛いところを突かれて、ナンナは硬直した。

「ううっ、……それは、そうなんですけれど」

気まずくてふいっと視線をそらした。

降星祭の夜、互いに想いを伝え合って満足しきってしまい、結婚の約束についてはなあなあになったままである。……いや、ナンナ自身にも、おそらく彼にだって、いずれはという想いはあるはず。

ところが結局、その約束は明確に言語化されていないのだ。

その後も、彼と恋人同士になれてふわふわ幸せな日々を過ごしていたけれど、あと少しの勇気が出なかった。

想いが通じ合ったことにあぐらをかいて、流されたままになっていた自分が悪いと言えばそれまでだ。自覚があるぶん、こうしてひとりいじけるのも、自業自得だともいえる。

情けなくて、頭を抱えるしかない。

「ルヴェイくんは言わずもがな、アンタも結構奥手だねえ。もっとぐいぐいいったらいいのに」

「……そもそも今、ぐいぐいいく手段がないから悩んでいるんですけれど？」

「アハハハハ！」

会えもせず、連絡をとる手段もないから、手詰まり状態なのだ。

あまりに情けなくて、だんまりになってしまったところで、ミルザはとんとんと、カウンターを指で鳴らす。

「うーん。まあ、気が済むまで好きにいてもいいんだけどさあ。あたし、そろそろお腹《なか》がすいたなぁ
……とか」

ちらちらと何かを期待する目で見てくるのは、ナンナに何か作ってほしいということなのだろう。

ミルザはひとり暮らしで、店もひとりで切り盛りしているくせに、生活能力が壊滅的だ。ナンナと出会う前はいったいどうしていたのかと聞いても、「なんか、それなりに？」と本人も首を傾《かし》げる始末。

以前、ワイアール家という商家の召使いをしていたときも、休みになるなりこの店に来て、本を借りるついでに彼女の世話を焼いてきた経緯がある。

つまり、ナンナはミルザのおねだりに弱かった。

(わたしも一緒に、ここでご飯を頂いてから、帰ろうかな……)

家に帰ったところで、今は大好きな読書をする気にすらなれない。

「わかりましたよ。ちょっと、キッチンお借りしますね」

「おぉー！　話がわかるねえ！　持つべきものは、お料理ができる友人だ！」

調子のいい持ち上げられ方をされて複雑な気持ちではあるけれど、手を叩《たた》いて喜んでもらえるなら作り甲斐《がい》もある。ここはひとつ、食事をしながらミルザに愚痴を聞いてもらおうと、奥のキッチンへ向かおうとしたそのときだった。

――ガゴォッ!!

突然の訪問客により入口のドアが勢いよく開かれたのだった。

(んん？　……なんだか、とても大きな音がした気がする)

嫌な予感がした。

単純にドアを開くだけでは、あんな音はしないはず。というか、先ほどミルザが店じまいで鍵《かぎ》をしめていなかっただろうか。

「な、な、な……！」

振り返ると、ミルザがすごい形相《ぎょうそう》で固まっていた。彼女の視線を追い、ドアに目を向けたところ、ナンナも同じく硬直する。

「ナンナ嬢！　やはりここにいたのか!!」

カラッとした元気な声で呼び掛けられるも、ナンナはあんぐり口を開けたまま、返事などできようもない。

目が合った。このこぢんまりとした薬屋には似つかわしくない、きらきらしい長身の男性と。

にこにこ満面の笑みを浮かべた彼は、世の女性を皆、虜《とりこ》にしてしまいそうなほどの美丈夫ではあるが、どこか違和感を覚えるのは、鍵をかけていたはずのドアが、見事に開かれているからだろう。

（ひえええ……鍵、壊れてない？）

戸締まりしていたそのドアを、ドアノブごと破壊して、物理的にこじ開けた。それなのに、まるで何事もなかったかのように、目の前の男はきらきら笑顔で立っているのである。ここまで来ると、ただただ怖い。

「え、ええと？　カインリッツさま……？」

あまりの出来事に、ナンナは頬《ほお》を引きつらせた。

金属の鍵を破壊するなど、普通の人間ではできるはずもない。その人物がまた、〈光の英雄〉カインリッツ・カインウェイルであるという事実がナンナの思考を停止させる要因となった。

ツヤツヤの金色の髪に、意志の強そうな赤い瞳。華やかな見た目でありながら、確かな実力をもった、この国きっての英雄さまのはずなのだけれど。

この国で圧倒的人気を誇る青騎士団団長さまは、ずっとナンナを探していたらしい。息を弾ませて、ナンナの存在を見つけた嬉《うれ》しさに頬を綻ばせている。

「どうかっ！　君の休日を！　ルヴェイのために捧《ささ》げてやってはくれまいか!!」

そして、いつかのように勢いよく頭を下げられ、ナンナは目をまん丸にした。

「え、ええと……？」

ちょっと待て。頭がついていかない。

つまりこの国の英雄さまは、わざわざこんな町娘の休日を確保するためだけに、娘の行方を探し回り、挙げ句の果てに頭を下げているわけだが。

（ルヴェイさまに？　えっと。嬉しいけど。すっごく、嬉しいけど……！）

先に、頭を下げるべき人がいるだろうと、心の中でつっこむ。

「……この、……光馬鹿……っ」

ほら、腹の底から絞り出すような低い声が聞こえる。

そもそもこの店の女主人は、目の前の〈光の英雄〉を邪険にしている節がある。

怨嗟《えんさ》の声をあげながら、ミルザがゆらりと顔を上げた。

ふるふるふると、彼女の肩が揺れている。前髪で隠れていた瞳が妖しく光り、憤怒《ふんぬ》の色を宿しながら、彼をビシィと指さした。

「勢いだけでウチのドアを壊すな！　弁償しろォーっ!!」

どんな事情があるとはいえ、ドアは優しく静かに開きましょう。単純に、それだけのことである。

いくら国民的に人気の〈光の英雄〉といえど、騙《だま》されてはいけない。

彼はルヴェイのことになると極端に前が見えなくなるこまったちゃんなのだ。説教くらいは甘んじて受け入れてもらわなければいけない。

ルヴェイの話を聞けるのはもう少しかかりそうだと、ナンナは先にお茶を淹《い》れることにした。おそらく、効果の見えない説教に、ミルザの体力と精神力の方が先に尽きてしまいそうだから。

◆　◇　◆

「ええと、ルヴェイ？　どう見ても大丈夫そうに思えないが、一応聞くね。——大丈夫かい？」

それは、カインリッツがナンナの元へ向かう少し前のことであった。

急ぎ王都の外への任務に出かけたものの、完全に骨折り損になってしまったルヴェイの末路である。

オーウェンの執務室にて、これまでの任務報告をするも、ルヴェイはあきらかに意気消沈していた。

もともと表情変化の乏しい人間であったはずなのに、今は誰《だれ》が見ても落ちこんでいるのがわかる。

彼を取り巻く空気は重々しく、なんなら影がしょんぼりと、ぐねぐね動いているあたり大変わかりやすい。

このところルヴェイがずっと追っている組織——〈灰迅《かいじん》〉の残党が、近くの街を根城にしているという報告があり、自らその街へ赴いていたのである。

が、結果的には、ハズレだった。

敵のアジトはもぬけの殻。それどころか、丁度入れ違いに王都に向かったのではという報告まであって、慌てて戻ってきた。そのついでに二、三、窃盗グループや詐欺グループを捕らえたけれど、本来の目的は果たされていない。

敵は少数なだけに、機動力がある。行動がなかなか読めず、振り回されてばかりだ。

捕らえた窃盗グループなども、〈灰迅〉が姿を紛れさせるために撒《ま》かれたカモだったのだろう。

〈灰迅〉はもともとは旧フェイレンを構成する一部族であった。しかし、国が瓦解してから草原を離れ、この国の北東の端に面した山脈に根城を置くようになった。そして、ことあるごとにディアルノ王国の村々で略奪を繰り広げる、厄介な集団となっているのである。

ただ、ここ近年で、彼らの行動範囲が大きく変わった。正確には、〈灰迅〉の精鋭が、何らかの目的のために王都を中心に活動場所を変更した。

闇《やみ》ギルドと繋がりを持ち、諜報《ちょうほう》や暗殺に協力しているとも言われている。

王都にも複数のアジトがあるのは確かで、ルヴェイとしても、ひとつひとつ地道につぶしていくしかなかった。

（やりにくい相手だ。まったく――）

手段を選ばず、ただただ嫌がらせのような行為を繰り返す。

もちろんルヴェイだって、これまで時間をかけて多くの〈灰迅〉の人間を捕らえてきた。

彼らの規模は目に見えて小さくなり、あとは族長を捕らえるばかり――であるはずなのに、それがなかなかうまくいかない。

――結果。

「今回も見つかりませんでした。……申し訳ありません」

この体たらくである。正確には、報告を受けてルヴェイが件《くだん》の街に行ったころには、すでに入れ違いになっていたようなのだが。

敵の数が減れば減るほど、相手の住処《すみか》を見つけることが難しくなるのは当然だ。しかし、ルヴェイの焦燥は並のものではなかった。

「君が根を詰めて任務に当たってるのは知っているさ。そう落ちこまないでくれ」

「いえ……………」

限界であった。

今のルヴェイは、鬼気迫るものがある。

もっさりとした黒髪にも艶《つや》がない。諜報任務が主だったため、青騎士の制服ではなくいつもの黒いコートを身に纏っているせいか、怪しい雰囲気に拍車がかかってしまっている。目の下にはくっきりとした隈《くま》が浮かび、睡眠不足からか目は充血し、三白眼がギンギンと光っていた。

「あー……大丈夫だから。ご苦労」

どんなことがあっても優雅さを手放さない王太子オーウェンも、今のルヴェイには多少気圧《けお》されているようだった。琥珀《こはく》色の目を細め、苦笑いを浮かべながら、鳶《とび》色の髪を掻《か》き上げる。

ルヴェイの纏う空気から色々察したらしいオーウェンは、後ろに控えているカインリッツに目配せをした。

そう、今までは大事な任務の報告の時間であったために口を挟みはしなかったが、カインリッツが何か言いたそうにそわそわしっぱなしだったのである。

ルヴェイは頬を引きつらせた。

なんとなく面倒ごとに巻き込まれる予感がするが、この手の表情をするカインリッツに抵抗しようとしても無駄であることを、ルヴェイはすでに学んでいる。

結局カインリッツにがっしりと肩をつかまれ、いつものソファーへと移動させられた。

かつては、ここで男三人による重要な会議が頻繁に執り行われていた。もちろん、議題はルヴェイの想い人についてである。

ルヴェイのこの落ちこみようを見て、遅咲きの初恋カップルの間に何かあったのではないかと、カインリッツたちが一肌脱ぐ気満々らしい。

というわけで、久々に男三人特別会議が執り行われることとなった。

「――――で。何に悩んでいるんだ、ルヴェイ」

「君が本調子でないと困るのはこちらなんだ。さあ。きちんと聞くから。観念して話しなさい」

「うっ……」

圧がある。

勢いだけのカインリッツだけならまだしも、オーウェンに前のめりに訊《たず》ねられると、ルヴェイも答えないわけにはいかない。

「いえ。その……。何があったという、わけではなく。俺《おれ》、個人の、気持ちの問題、でして」

どうにも歯切れが悪い。

なぜこうも元気がないのか。その理由は、ルヴェイ自身が一番よく知っている。意固地《いこじ》になりすぎだという自覚もあったために、余計に話しにくいのが厄介だ。

向かい合っているふたりの表情は真剣そのものだった。逃がしてくれるつもりもないのだろう。

こういうとき、オーウェンは頭の回転が早い分、結論に急ぐところがある。しかしこの日は、ルヴェイが話し出すのをじっと待っているつもりのようだ。

つまり、これは、真面目《まじめ》な顔をしてみせているだけで、単純にルヴェイの反応を見て楽しんでいるのだろう。

(まあ、そんなところに、救われもするのだが……)

ルヴェイはなまじ実力があるために、何だって自分ひとりで解決できてしまっていた。だから、どんな悩みもつい、自分の中に溜《た》め込んでしまうきらいがある。

それを、多少強引ながらも介入し、助けてくれたのが目の前のふたりであったことも、ちゃんと理解している。

ルヴェイは静かに息を吐いた。

(……そうだな。このまま抱えていても、事態は好転しない。わかっている)

意固地すぎる自分を諌《いさ》めるためにも、ルヴェイは、きちんと今の自分の考えを吐露することにした。

「少し、焦っているのだと思います」

ナンナと本当の意味で向き合うためには、己の過去の象徴ともいえる〈灰迅〉の連中とケリをつけなければいけない。

特に、今の〈灰迅〉の族長にあたるユメル・リー。ルヴェイの腹違いの弟であり、かつてルヴェイに呪《のろ》いを植え付けた張本人でもある彼を、捕縛しなければいけないと。

ぽつぽつと、そのような決意を話していくと、ふたりが神妙な顔で頷《うなず》いてくれる。

というのも、ルヴェイはこれまで、ナンナに後ろめたい気持ちを覚えることが幾度となくあった。

おそらく、過去の自分のことなのだと思う。それを清算しなければ、彼女に相応《ふさわ》しい自分にはなれない。ずっとそう考えていて、つい、任務にのめり込みすぎていた。

「俺は、おそらく。胸を張って、彼女の隣に立てるようになりたいのだと、思います。そして、そのためには、ユメルと——弟と、向き合うべきなのだと」

それが、ルヴェイにとってのひとつのけじめになる気がする。

ナンナと出会い、想いを通わせるようになってから、ますますそう考えるようになった。

「でも、こんなにも探し回っているのに、アイツに手が届かない」

はあ、と息を吐く。

ユメルはルヴェイが思っていた以上に、隠密能力が高い。さすが血を分けた兄弟とも言える。

実に悔しいことだが、かなりやり手で、慎重な男へと成長したらしい。

「今度こそ、アイツとケリをつける。それまでは、ナンナに会えないと——覚悟していたのですが」

そこまで覚悟して王都の外にまで追いかけていったというのに、まさかの空振り。情けないやら申し訳ないやらで、ルヴェイの方が耐えられなくなってしまったというわけである。

いや、ルヴェイがひとり耐えるだけならここまで落ちこんでいない。

結果的に、ナンナにまで付き合わせてしまっていることが心苦しい。街の外に出たときはあまりに急ぎだったために、彼女に挨拶《あいさつ》すらできなかった。

「あー……なるほど？」

もごもごと報告を続けるルヴェイに対し、ひくり、とオーウェンが頬を引きつらせた。

「自分で会わないと一方的に決めて、勝手に心を痛めていると」

「うっ………そうです、ね」

歯に衣《きぬ》着せぬ言い方に、ルヴェイは言葉を詰まらせる。

今度こそはと強い決意からの行為であったが、結果が伴わなければただのひとりよがりだ。

「カイン」

オーウェンはにこにこと微笑《ほほえ》みながら、さっと手を上げる。

するとカインリッツが心得たとばかりに、ぐるりとルヴェイの後ろまで移動する。そして容赦なく脳天にチョップを食らわせた。

避《よ》けようと思えば避けることは可能だ。しかし、ルヴェイはその痛みを甘んじて受け入れた。

「全く！　俺のルヴェイは相変わらず馬鹿《ばか》みたいに生真面目だなあ！」

からからと笑いながら、カインリッツは言ってのける。それも事実なので、ルヴェイは反論するつもりもない。バンバンと調子よく肩を叩かれ続けているのが地味に痛い。が、今はこちらの痛みも素直に受け入れた。

（本当に、俺は、至らない）

もんもんとした想いを抱えたまま、毎日、見つからないユメル・リーの足どりを調査し続け、自分で自分を雁字搦《がんじがら》めにしてしまった。

それで任務に支障が出るなど、もっての外だ。

(……まともに眠ることもできなかったしな)

ユメルという存在がどうしても意識から離れない。

根を詰めすぎているせいか、どうしても見てしまうのだ。

――過去の夢を。

在りし日の、草原の記憶を。

懐かしくもあり、おぞましくもある、あの一族と共に暮らしていたころのことを。

(悪循環ここに極まれり、だな)

実にくだらないと自覚している。

だが、二年。この身体に呪いを刻まれ、魔力を封じられた。その間、ユメルのことを考えない日はなかった。

「……」

気がつけば、ルヴェイは己の首元に手を当てていた。

以前のようにマントで隠すことこそなくなったものの、つい手で押さえてしまうくせも、いまだに出てしまう。

ナンナと出会い、ユメルの呪縛《じゅばく》から解き放たれたけれど、あの呪いに蝕《むしば》まれた感覚だけは今でもルヴェイの身体に植え付けられたまま、忘れられない。

だからなのだろう。ユメルという存在に近づいている今、彼との思い出とともに、嫌な記憶が強く蘇《よみがえ》ってしまう。

(ナンナに会いたい)

彼女の隣で眠れたら、どんなにいいか。

けじめだのなんだのと自分を律してきたけれど、そろそろ限界な自覚もある。

「素直に会って話せばいいだけだと思うがな」

「うっ……」

オーウェンの言う通りである。

「そうだぜ、ルヴェイ。それに、いくらあの寛大なナンナ嬢でも、放置されていたら不安になるんじゃないのか?」

「ううっ……」

それも心配していたからこそ、カインリッツの言葉が痛いほどに刺さる。

「というかルヴェイ。せめて君の抱える事情だけでも、先に話してみたらどうかな。彼女なら、理解してくれると思うけど?」

ぐうの音《ね》も出ない。

一人で意地を張って、自分で自分を追い詰めた。

初めて抱く愛という感情に振り回されっぱなしだ。

（わかっている。俺も、もう、限界だ――――！）

ナンナに会いに行こう！　そう決め、拳《こぶし》を握りしめながら立ち上がる。

「覚悟を決めました。俺は――」

そう、宣言しようとした瞬間だった。

「失礼します！　青騎士団団長カインリッツ様に――！」

ドンドンドン！　と、強めのノック音が聞こえた。どうやら伝令がやってきたらしい。なんだか嫌な予感がして、ルヴェイは固まる。

入室の許可が出て、執務室に入ってきた兵が、朗々と報告を始めた。

「伝令です！　例の闇ギルドに動きがありまして！　反王太子殿下派閥の貴族と、本日夜に接触する可能性があります。腕利きの密偵を放つべきだと――」

「あー……」

「うん……」

「…………」

闇ギルドも、もう少しタイミングを考えるべきだと抗議したい。

「俺の、管轄、だな……それは……」

「そうだね」

「うん、まあ、なあ」

ふらりと倒れそうになるも、どうにか踏み止まる。

額を押さえ、つい殺気のこもった目で伝令の男を見てしまい「ヒィ！」と悲鳴が聞こえた。

怨嗟の呻《うめ》きを吐きながら、ルヴェイはふらふらと歩き出す。

「——もういっそ、件の貴族も闇ギルドも、全部まとめて捕縛しても？」

「あー……あはは。せめて、証拠《しょうこ》をつかんでからにしてほしい、かな」

「悪事の証拠は後でつくります。出ます。出させます」

実際、何か出るだろうとは思われる。捕縛してから調査を進めてもどうとでもなりそうだが、非正規ルートはあとあと面倒なことになりかねない。

わかっている。ここは時間をかけて調査に赴くしかないらしい。

ようやく覚悟を決めたというのに、ナンナと会える日が遠のき、目が据わっていく。

（いっそ、王都の闇稼業の人間、全部まとめて捕らえてやりたい）

出鼻を挫《くじ》かれ、不機嫌を隠すこともなく、ルヴェイはふらふらと部屋を出ようとする。

また張り込みだ。これは長丁場になるに違いない。

（これが片付いたらナンナに会う！　すぐにでも！　会う!!）

——と意気込むものの、悲しいかな。三週間も王都を離れていたルヴェイには、それ以外にも片付ける仕事が山積していた。

ゆえに、見ていられなくなったカインリッツが、勝手に手を打ったらしい。ルヴェイの任務の合間の時間にでも、どうにかナンナに会えるようにと。

第二章　お久しぶりです、ルヴェイさま

こうしてお城にやってきたのは久しぶりな気がする。

以前、カインリッツの厚意でルヴェイの訓練を見学に来たとき以来だ。あのときは初めてルヴェイが他《ほか》の騎士たちと戦っている姿を見られて、いたく感動したのだった。

……同時に、ルヴェイが案外やきもち焼きだった事実を知り、いろんな意味でドキドキさせられた日でもあった。

（ルヴェイさまって、意外と独占欲、強いのよね）

ナンナを独占するためには、本来の内気さもなりを潜め、大胆な行動に出ることがある。その経験は一度や二度ではなく、いつもナンナを驚かせるのだ。

城の正門を入ってから東へ。美しい中庭を抜けて、ナンナは真っ直《す》ぐ歩いていく。

この日は天気がよく、新緑がきらきらと輝いていて、眩《まぶ》しいくらいだった。初夏らしい爽やかな風も心地よくて、気分がいい。

最近お気に入りの白いサテンのブラウスに、濃い青のリボンをアクセントに結んで。さらにたっぷりフリルのついた水色のワンピースを重ねる。

普段はフリルの多い服は避けることが多かったけれど、久しぶりにルヴェイに会えるのならば、彼が喜んでくれそうな格好がしたかった。

ルヴェイはどうも、フリルやリボンといった可愛《かわい》らしいものをナンナに着てほしいという想《おも》いがあるらしい。だからそういった服をよく買い与えたがるのだ。

(ちょっと、気合い入れすぎちゃったかな……?)

ばっちりおしゃれをするのは、降星祭《こうせいさい》のとき以来だ。

普段はシンプルな装いをすることが多いため、こういった仕立てのよい服はいまだに緊張する。でも、心が浮き立っていることは隠しようがなく、ナンナの足どりは軽かった。

大きなバスケットを大切に抱えながら、案内に従ってとことこと歩く。案内をしてくれるのはヘンリーという青騎士で、彼も何かと縁のある男性だ。

柔らかい茶色い髪が印象的な人当たりのいい男性で、貴族でありながらもどこかのんびりとしている。平民であるナンナにも親しげに接してくれるため、ナンナも気易《きやす》く話ができる騎士さまだ。

「いやあ、ほんっと、いいタイミングだよ。ナンナちゃん頼むね。ルヴェイさんの毒気、抜いてやって」

「毒気、ですか……?」

「うん。毒気。というか……殺気? こないだ帰ってきてからも、ずーっと近寄りがたい気配がぷんぷん。あの人、せっかく他の騎士たちと共同の任務増やしているのに、周りが怖がっちゃってさあ」

「あー……」

ヘンリーの言葉に、その姿がありありと想像できてしまい、ナンナは困ったように笑った。

殺気立っているときのルヴェイの姿は、ナンナも何度か見たことがある。

彼はナンナと接するときこそ穏やかであるものの、それ以外の人には容赦がないのだ。だからきっと、あの殺気を周囲にぶつけまわっているのだろう。

周囲の人たちがあまりに気の毒すぎて、言葉に詰まる。

そもそも、今日ナンナがここに来たのも、カインリッツにも同じことを言われたからだったのだ。

『どうかっ！　君の休日を！　ルヴェイのために捧《ささ》げてやってはくれまいか!!』

カインリッツがミルザの薬屋にやってきたのが二日前。入口のドアノブを破壊してまで突入してきた彼に、ある程度事情は聞いている。

ルヴェイがずっと追っている組織がある。その組織への思い入れが強すぎて、どうも根を詰めすぎているらしい。そのうえ通常任務も重なって、仕事に埋もれているらしい。

結果、まるでナンナと出会う前に戻ってしまったかのように、殺伐とした空気が流れているのだとか。

生真面目《きまじめ》すぎるのはルヴェイの長所ではある。けれど、ものごとには限度もある。すっかり周囲に影響が出てしまっていて、ヘンリーも困っているらしい。

「ルヴェイさんは自分の甘やかし方を知らなすぎるんだよ」

ヘンリーが大きくため息をついた。

「……いや、そもそもあの人にしかできない業務が多すぎるのが問題なんだけどさ。ごめんね。それは、早急になんとかするから」

訓練所はもう目と鼻の先だ。そこに辿《たど》りつく前にと、ヘンリーは真剣な面持《おもも》ちでナンナに向き直る。

「だからね、ナンナちゃん。お願い！　せめて、今！　あの人の肩の力、抜いてやって！」

バスケットを持つ手を上から包み込むようにしてぎゅっと握りしめ、彼は頷《うなず》く。

「えーっと……頑張ります？」

「うん！　頑張って！」

ルヴェイの状態がよほどよくないことを理解し、ナンナも自分の役目を再認識した。

治癒《ちゆ》以外に自分には何もできないと落ちこんでいたけれど、少しでも彼の役に立てるなら嬉《うれ》しい。

ナンナはちっぽけな娘でしかないけれど、ナンナなりに、ちゃんとルヴェイに寄り添おうと心に決めたそのときだった。

「おい。いつまでナンナの手を握りしめているつもりだ。――殺すぞ」

腹の底から絞り出すような声が、すぐ近くから聞こえて目を丸くした。

突然、ナンナの足元の影が膨らんだかと思うと、その黒はかさを増し、地面から盛り上がってくる。

驚いて後ろに引こうとし、足がもつれて体勢が崩れた。ぐらりと視界が揺れたものの、さっと誰《だれ》かに身体《からだ》を支えられ、事なきを得る。

「あ……」

この初夏の陽気には少し暑そうに感じる黒いコート。もっさりとした黒い髪が揺れ、前髪の合間から三白眼が覗《のぞ》いた。

目が合った瞬間、ぎょろりとした三白眼はすぐに逸《そ》らされるも、ナンナの腰にぐるりと巻きついた腕は、力強い。

「ルヴェイさま？」

彼の耳が赤く染まっている。

「……っ」

呼び掛けると、彼はますます三白眼をきょろきょろさせる。それから、ナンナではなくヘンリーのほうをじっと見つめた。

ギンッ！　と殺気が放たれ、ヘンリーは両手を上げて後ろにさがる。

「あー、ええと。これはですね、ルヴェイさん」

申し開きをしようとするも、ルヴェイは話を聞く気はないらしい。すぐに視線を別の方向へと向けてしまう。

「執務室にいる。あとで、彼女に迎えを」

「あー……はい。承知致しましたよ。ごゆっくり」

苦笑するヘンリーを横目に、ルヴェイはナンナを後ろからぎゅっと抱きしめて跳躍した。

訓練所へ向かうつもりはないらしく、ヘンリーの横をすり抜けて、もと来た道を戻っていく。

お昼どきのこの時間、中庭を利用して食事をする者もそれなりにいる。が、人間ならざるスピードでそこを横切る黒い影に、誰もが目を丸くして、その姿を目で追った。

このところ活躍が表に出ているとはいえ、ルヴェイの存在はまだこの城でも珍しいのだろう。数多《あまた》の視線が集まり、ナンナも目を白黒させながら、ぎゅっとバスケットを抱きしめた。

ルヴェイはそのまま東棟の北側へ回り込み、跳躍する。

いつかのように影をロープのように伸ばして自分たちを引き上げ、軽々と三階のバルコニーへと降り立った。

そして、窓の隙間《すきま》から影だけを部屋の中へと侵入させる。かちゃん、と音がしたかと思うと、いとも簡単に内側の鍵《かぎ》が開けられて、ナンナは頬《ほお》を引きつらせた。

（ルヴェイさま、これじゃあどこの建物でも侵入し放題じゃないですか！）

……いや。確かに、彼はそういった任務を専門でやっていた人間なのだけれども。

ついでにいうと、彼と初めて出会ったときも、鍵がかかっていたはずのナンナの部屋に、彼が音もなく侵入してきた記憶があるのだけれど。

なるほど、彼はこうして影を器用に操って、部屋に侵入するらしい。

（ええと……ここは？）

先ほどは執務室と言っていたか。ということは、ここがルヴェイ個人の執務室ということなのだろうか。

中に入って、ナンナは部屋の中をぐるりと見やる。北向きの部屋らしく、少し薄暗い。

執務机と書類棚。それから簡素な長椅子《ながいす》が置いてあるくらいで、空間に対して物が圧倒的に少ない。

ただ、置いてあるものはどれもこだわりの品であることはよくわかる。丁寧に作られた気取りすぎない品々が、実にルヴェイらしくもあった。

「えっと……？　ルヴェイさま？」

「……」

ルヴェイはまだ、何も返事をしてくれなかった。

ただ、ぼすぼすと、呆《ほう》けた様子で部屋の片隅にある長椅子へと向かい、そこに座り込む。後ろからナンナを膝《ひざ》に乗せて抱き込んだまま、彼女の肩口に顔を埋めた。

ぐるりとお腹《なか》へと回された彼の腕に、ぎゅっと力がこもっている。

先ほどまでヘンリーに向けられていた殺気もどこへやら。ただただナンナの存在を実感するかのごとく、彼は身じろぎひとつせず、じっとナンナを抱きしめていた。

「ナンナだ」

「？」

「ナンナが、いる」

後ろから抱きしめる腕に、ぎゅっと力がこもる。

顔を横に向けると、じっと目を閉じたまま感じ入っているルヴェイの横顔がそこにある。あまりにも切実そうな彼の表情に、胸の奥から愛《いと》おしさがこみ上げてくる。

なぜだろう。二日前まではあんなに不満と不安とでいっぱいだったのに、こうして抱きしめてもらっているだけで、簡単にほどけていってしまう。

胸の奥が温かくなって、ナンナは抱えていたバスケットをそっと横に置く。それから、彼の手に己のそれをゆっくりと重ねた。

上半身をひねって、彼のほうへ身体を向ける。もう一方の手で彼の頭を撫《な》でると、彼は心地よさそうに目を細めて、されるがままになっていた。

「ふふ。お帰りなさい、ルヴェイさま」

「ん。――ただいまが、遅くなった。ナンナ」

「ほんとですよ？　心配しましたし、寂しかったです」

素直に気持ちを吐露すると、彼がようやく顔を上げる。困ったように三白眼をきょろきょろさせるも、観念したらしく、ナンナに真っ直ぐ視線を向けた。

「……ずっと、君を放っておいて、その、悪かった……」

「はい。わたしも、ごめんなさい」

「？　どうして、君が謝る？」

心底不思議そうに、彼がぱちぱちと瞬く。

「拗《す》ねて、いっぱい悪口言いました。……ルヴェイさまのこと」

「！」

瞬間、ルヴェイの目が驚きで見開かれた。かと思うと、すぐに目が据わる。

「……っ」

見たことのない顔をしている。

ナンナを抱きしめる腕がふるふると震え、喉《のど》の奥から唸《うな》るような声がする。彼は眉間に深く皺《しわ》を寄せ、ぎゅうぎゅうとナンナを抱きしめながら、絞り出すように声を出した。

「…………もう、絶対。君を寂しがらせたりしない」

「ふふ。言質《げんち》はとりましたからね？」

「ああ。必ず。……というよりも、俺《おれ》の方が」

「？」

「耐えられそうに、ない。無理だ。よくわかった……」

そう言いながら、ルヴェイの顔が近づいてくる。ナンナも自然と目を閉じて、彼の唇を受け入れた。

腰に回されていた彼の手が、何かを求めてナンナの腕を辿っていく。

やがてナンナの小さな手を見つけ、彼は彼女の細い指を撫でる。互いに指を絡めあい、きゅっと握って、ようやく彼は安心したように息を漏らした。

「ナンナ」

掠《かす》れた声で呼び掛けられ、ふと、唇を開いたところで、さらに深いキスが落ちてくる。

口内に舌が差し入れられ、ナンナの小さな舌を見つけたそれは、ねっとりと絡めとってきた。

強く求められるようなキスに、ナンナも必死で応《こた》える。くちゅり、とかすかな水音が聞こえ、気恥ずかしさと心地よさで目が潤む。

だって、ナンナもこれが欲しかった。彼とふたりきりの空間で、彼に愛されていることを実感できて、胸がいっぱいになってしまう。

幸福で満たされているのはナンナだけではなくて、ルヴェイもらしい。酸素を求めてかすかに唇を離し、甘い吐息を漏らす。くつりと喉の奥で笑った彼は、もう一度ナンナを求めて顔を寄せた。

器用な彼は、自然な動作でナンナが置いていたバスケットを奥にずらし、ナンナを長椅子に横たわらせる。

そのまま彼が覆いかぶさると、ナンナもさすがに目を白黒させた。

「っ、ルヴェイさま……！　あの、その。こ、これ以上は……っ」

心臓がもたない。

それに、いくらなんでも、この時間、この場所ではさわりがありすぎる。

真っ赤になりながら釘《くぎ》を刺すけれど、彼はふっと意味深に微笑《ほほえ》むだけ。ナンナの忠告も虚《むな》しく、容赦なく顔を寄せてきて――、

（…………あれ？）

彼がキスを落としたのは、ナンナの唇ではなく、胸元の青いリボンだった。

ぽかんと呆けるナンナに、彼はくしゃりと目を細める。

「わかっている。その。…………実に、残念、ではあるが」

「ルヴェイさま」

「このまま、君を貪《むさぼ》れたら、どんなにいいか」

そっと囁《ささや》かれ、ナンナは両目を見開いた。

（……ルヴェイさま？　え、ええと……？）

口べたな彼だけれど、ナンナにだけは言葉を尽くしてくれることを、ナンナが一番よく知っている。

でも、ここまで甘かっただろうか。

最近会っていなかったから、破壊力が増している気がする。

あまりの甘さに心が全然追いつかない。ナンナはぱくぱくと口を開け閉めしながら、放心してしま

う。

「だが、そうもいかないな」

あくまで、彼なりのちょっとしたいたずらだったらしい。

名残惜しそうにしながらも、ルヴェイはナンナの上半身を支え、起こしてくれる。それから、口惜しげに、ナンナの胸元のリボンをつまみ上げた。

「俺のために、着てくれたのだろう？」

もう一度リボンに口づけしながら、上目遣いに見つめられ、ナンナの心臓は破裂しそうになった。

体温が妙に上がっている気がする。見抜かれていることが嬉しくもあり、恥ずかしくもあって、こくこくと必死で頷く。

「えと。……はい」

「こんなに愛らしい君を、今乱すのは、もったいない。だろう？」

「ええと。そ、そう……です、ね？」

同意を求められても、なんと返したらいいのかさっぱりわからない。ただ、彼が幸せそうに目を細めているから、これでいいのだろう。

今度は正面から優しく抱きしめられる。彼の胸元に顔を埋めながら抱きしめ返すと、彼の存在をいっぱいに感じて、ナンナの心も満たされていった。

（久しぶりのルヴェイさまだ……）

この細身ながらもがっしりとした身体に、彼の匂《にお》い。

「ふふっ」

幸せで胸がいっぱいになって、つい顔を押しつけてしまう。彼が嬉しそうに吐息を漏らすのも聞こえて、この時間がずっと続けばいいのにと願ってしまった。

でもそれは、ルヴェイだって同じらしい。

「…………君を、帰したくないな」

切実な願いを口にして、ルヴェイが目を細める。

うっすらと、彼の目の下に隈《くま》ができている。それをなぞるように、そっと指先で触れると、彼が困ったように眦《まなじり》を下げた。

「お仕事、根詰めすぎなのでは？」

「あ……いや。その。仕事量は、慣れているというか。なんということもないのだが」

ばつが悪そうに彼が視線を背ける。

頑固で生真面目な彼のことだ。守秘義務が多いのも理解しているが、弱音を吐いてくれないのは少しだけ悔しい。

「ルヴェイさま」

だからちょっとだけ声を低くして、拗ねてみせる。

白状してください、と告げると、彼はぎゅっと眉《まゆ》を寄せた。

「……最近、床《とこ》についても、あまり眠れなくてな」

「え？」

「………少し。昔の夢を、見ることが多くて」

よくない夢なのだろうか。

ルヴェイが過去について語ることはない。

でも、それも当然なのだろうと予測している。

ルヴェイが何かを抱えていることはわかっている。でなければ、故郷を捨ててこんなところには来ていないだろうし、今みたいな特殊な仕事に就くこともなかっただろう。

今まではなんとなく聞きづらくて、彼が自分から話さない限りは訊《たず》ねないでいようと思っていた。

……でも、今なら踏み込んでもいいだろうか。

「眠るのが、怖いのですか?」

「……いや。怖いというか。億劫《おっくう》、なのだと思う」

「億劫?」

「ああ」

くしゃりと目を細めながら、ルヴェイは浅く息を吐く。それから、何かを決意したかのように、淡々と話しはじめた。

「部屋にひとりでいて目を閉じると、どうしてもな。過去の、情けなかった自分を思い出す。——昔のことなど、もう、変えられようもないのに」

「過去?」

訊ねると、ルヴェイはナンナの頭を撫でた。そうして、苦々しく笑みを零す。

「……弟を、追っている。ずっとだ」

「弟さんを？」

彼の三白眼が、ふるりと震えた。

「ああ。――〈灰迅《かいじん》〉という名を、知っているか？」

「えーっと、旧フェイレンの？」

新聞で何度か目にしたことがある。確かそれは、旧フェイレンの一部族の名前だったはず。かつてルドの街に攻めこんできたのも、その旧フェイレンだ。

ただ、当時ナンナは小さすぎた。だから結局、その旧フェイレンがどのような国なのかも、よくわかっていなかった。

ナンナでも知っていることといえば、旧フェイレンがいくつかの部族の集合体で構成されていたということ。ディアルノ王国の北東に位置する山脈を越えた向こう、果てしない草原が広がる地の遊牧騎馬国家であったということ。

ただし、ディアルノ王国への侵略の失敗や、部族間争いの激化により、国が瓦解した。

そして〈灰迅〉と呼ばれる部族は、草原を出てディアルノ王国に面する山脈に住み着き、村々を荒らし回る賊になってしまったということか。

一族の規模こそ大きくないものの、戦闘能力等に非常に優れた少数精鋭で、なかなか捕まらない。

彼らが村々を襲うたびに問題になるものの、根本的な解決には至っていないはず。

「えっと。山賊のような人たちと、聞いたことがあります」

ルヴェイは真剣な面持ちで、こくりと頷く。

「俺はそこの出身だ。旧フェイレンがまだ国として成り立っていたころの話だがな。――俺は一族に嫌気が差し、国を出て、ここディアルノ王国に辿りついた」

「……」

「国を捨てた俺は、ヤツらにとっては粛清対象、ということなのだと思う。……特に、弟に憎まれていてな」

どうも歯切れが悪い。ルヴェイは迷うようにして視線を落とし、話を続ける。

「ユメルといってな。――かつて君が治してくれた、あの呪い。俺の身体を蝕《むしば》み、魔力を奪っていったあの痣《あざ》は、弟の、ユメルのギフトによるものなんだ」

「え……？」

ナンナは両目を見開いた。

今でもはっきりと思い出すことができる。ルヴェイの肩からべったりと、インクをこぼしたかのように広がる禍々《まがまが》しい痣。

あの痣の呪いによって、かつてルヴェイは、その魔力のほとんどを奪われた。長い時間をかけて蝕むあの呪いに、ルヴェイがどれほど悩まされていたのか、知らないナンナではない。

（あれが、弟さんのしわざ……？）

ナンナの翠色《みどり》の瞳《ひとみ》が揺れた。まさか、彼の身内によるものだとは知らず、ひどく胸が痛む。

彼の大きな手がナンナの頬を撫でた。心配しなくていいと、彼はくしゃりと笑ってみせる。その笑顔が痛々しくて、ぎゅっと唇を引き結ぶ。

「――いい加減、俺は弟と――そして、〈灰迅〉一族と決着をつけなければいけない」

「ルヴェイさま」

「手応えは、ある。君が俺の呪いを解いてくれてから、いくつも彼らのアジトを暴いて――このまま俺は、〈灰迅〉の人間を皆、捕らえるつもりだ」

「でも」

「けじめをつけないといけない。俺も。〈灰迅〉も。――いくら生きるための手段であったとしても、強奪行為は許されるものではないだろう？」

「……そうですね」

彼の言う通りだ。

何度も問題になるくらい、〈灰迅〉の連中はこのディアルノ王国の村々を荒らし回っているはず。

それは、この国の人々が戸籍無しの人間や異民族を嫌うようになった大きな要因でもある。放置されていいものではない。

ただ、どこか寂しそうな彼の表情が、無性に心に引っかかる。

（そっか）

このところ、彼が根を詰めている理由がわかった。

同時に、とても恥ずかしくなる。

（ルヴェイさまは、こんなに真剣に任務と向き合っていたのに、わたしはひとり拗ねて……）

せめて今からでも、彼の役に立てることはないだろうか。

任務の邪魔をしてはいけない。でも、彼が根を詰めすぎているのはよくわかった。

おかしいと思ったのだ。いくら急ぎであったとはいえ、色々とマメな彼が、ナンナへの挨拶《あいさつ》ひとつなく、突然遠方に任務で出てしまったことも。それだけ躍起になってしまう相手でもあるのだろう。

（放っておいたら、また前みたいに無理しそう）

その姿がありありと想像できてしまい、ナンナは息をつく。

すでに、睡眠に支障が出ているようだし、万全の状態ではないのだろう。

しかも、かつてルヴェイに呪いをかけた相手が実の弟となると、心労はいかほどか。

（せめて、ゆっくり眠れたら――）

そう考えて、ナンナは手を伸ばした。そして彼の目元の隈をもう一度なぞる。

「あの。一緒に、眠りますか？」

「っ⁉　いきなり、何を……」

「えっと。眠るのが億劫だとおっしゃっていたから。一緒だったら気も紛れるかな、とか」

突拍子もない提案かもしれない。自信がないながらも、ぽつぽつと続けてみる。

「わたしは、ルヴェイさまの治癒係、ですし。その、怪我《けが》とか病気とかじゃあないですけどっ。抱き枕ぐらいには、なれますし。ゆっくり眠れるかも、ですし。――って、あはは！　何言ってるんでしょうね、わたしったら」

言ってて恥ずかしくなってきた。相手は子供でもあるまいし、さすがに出しゃばりすぎだ。

手をぶんぶん振りながら、気恥ずかしさを誤魔化す。

一緒に眠ったところで彼がぐっすり眠れる保証なんて皆無だし、そもそも、これではナンナ自身が嬉しいだけだ。

「あーっ、ご飯。ね？　ご飯を食べましょう！　せっかくのお昼休憩ですし。わたし、お弁当を作って――」

「願わくば、ナンナ」

バスケットを取ろうとしたところで、ぱしりと、手を掴《つか》まれた。

驚いて顔を上げると、真っ直ぐこちらを見つめるルヴェイと目が合った。

前髪の合間から覗く深い色の瞳。その真剣な表情に一瞬で意識を奪われ、呼吸を忘れる。

「……今夜。きっと遅くなると思う。待たなくていい。君は、眠っていてくれたらいい。だから。君の家に、行っても？」

「え？」

「……君の隣で眠る権利が、俺はほしい」

彼は嘘《うそ》をつかない。だから言葉の通り、本当に遅い時間になるのだろう。

「ルヴェイさま……」

「どうか。君の提案に、甘えさせてくれないか」

切実な願いなのだろう。こうも求められている事実が、ナンナの胸の奥に深く沁《し》みていく。

ナンナが眠る隣に、音もなく潜り込んできたりするのだろうか。想像すると微笑ましくて――でも、そうまでしても、彼がナンナの隣を求めてくれていることが純粋に嬉しかった。

「はい。もちろん」

頷いてみせると、ルヴェイも安心したように眦を下げる。

「でも。できれば、起きて待っていたいのですが」

「だめだ」

ここは即答である。

ナンナを心配してくれているからこその返答なのはわかるが、ナンナはぷくっと頬を膨らませる。

「……あまり可愛い顔をして、困らせないでくれ」

「でも、わたしが起きていないと鍵が。って、……あー、必要ないですね」

反論しようとしたけれど、すぐに無理なことを悟った。

今しがた彼は、ギフトによって見事な解錠方法を披露してくれていたはず。

「……ああ。あまり褒められた侵入方法ではないがな」

「ふふっ」

もちろん、ナンナの家はもともとルヴェイのものだから、彼だって合い鍵は持っている。ただ、ギフトを使用して移動する方がはるかに早い彼は、普段から一切の荷物を持たないのだ。

彼が影に沈んで移動するには、いくつか条件があることをナンナは聞いている。その最たるものが、彼の荷物だった。

彼がギフトで影に沈むには、身につけるものに制限がある。

普段彼が身につけているあの黒い服や、紋章の入ったペンダントは、すべて特別な糸や鉱石でできているらしい。逆に、それ以外のものに関しては、一切持ち歩くことができない。だから彼は、鍵やお金などの必需品ですら、基本的に持たないらしい。

「ふふっ。しょうがないですね。じゃあ、先に夢の中で待ってますね？」

「――ああ」

「夢では、弟さんではなく、わたしに会いに来てくださいね？」

「必ず」

そう言いながら、彼は幸せそうに目を細めた。

◆　◇　◆

言葉が足りないことはあるけれど、ルヴェイは決して嘘をつかない。

真摯な彼の口から出る言葉は、すべて彼の本心だ。

だから、彼が約束を破ることもない。

「…………」

深夜――いや、もう朝方か。

自分の家で、ぱちっとナンナが目を覚ましたとき、すぐ目の前にルヴェイの顔があった。

（ルヴェイさま、本当に、いる）

自分の寝つきのよさに呆《あき》れるしかない。いつ彼が訪れたのかさっぱりわからない。

どうやらナンナは、彼がベッドに忍びこんだことにも全く気づかず、この時間まで眠りこけていたらしい。

丁度、空が白み始めている時刻のようだった。起きて活動するにはまだ少し早い。

(……本当に、疲れてるんだ)

何度か夜を共にしたけれど、こうして朝に、ルヴェイの寝顔を見られることなんてなかった。

ルヴェイがこの家に来るときは、たいてい彼が先に起きてしまう。そして、先にベッドを出て、いそいそと朝食を作ってくれるのがすっかり習慣になってしまっていた。

もちろんそれは、夜に彼とたっぷり愛し合っているために、ナンナが朝、少しでもゆっくり休めるようにと気遣ってくれているからだ。ゆえに、今まで彼がいつ起きているのか、ナンナは知ることすらできなかった。

ところが今はどうだろう。目の前のルヴェイは、ナンナをしっかり抱き込んだまま、すうすうと寝息を立てている。その穏やかな顔を見て、ナンナは頬を緩めた。

(よく眠ってるみたい。よかった)

忙しい中、わざわざ城と離れたこの家に来てもらったというのに、効果が見えなければ申し訳が立たない。

(ふふ、なんだか可愛い)

目を閉じていると、あのぎょろりとした三白眼が隠れているからか、いつも以上に穏やかに見える。

彼の顔はどこかあどけなくて、年齢よりも幼く見える。ただ、少し目の下に隈ができてしまっていて、痛々しくも感じた。

（弟さんを、追っている――か）

血の繋がった弟に呪いをかけられ、その相手を追っているルヴェイのことを思うと胸が痛む。

これはあくまでナンナの勘でしかないのだが――弟のことを語る彼の目が、とても歯がゆそうに見えた。

件《くだん》の弟は、かつてルヴェイに呪いをかけた張本人ということだが、悔しさのような感情は滲《にじ》めど、憎んでいるような様子はなかった。

（もしかして、仲、よかったのかな……？）

ルヴェイは元来、とても面倒見のいい人だ。もちろんそれは彼が身内だと認める人間にしか発揮されない性質ではあるけれど。

ただ、弟を語る彼の目は、面倒見のよい兄の顔をしていた。

だからこそ余計に、根を詰めているのだろう。責任感の強い彼のことだ。自分が何とかしなければと考えているに違いない。

（肩の力を抜いてください、なんて言えないよ……）

心配するカインリッツやヘンリーたちには悪いけれど、ナンナは、前のめりに弟を追うルヴェイを止める気にはなれなかった。

彼がけじめだと言うならば、それを応援したい。後押しできる自分でいたい。

ただ、せめて休めるときは、この腕の中でゆっくりと休んでほしい。時間が許す限り、たっぷりと眠ってもらえたら最高だ。

――なんて考えながら、ルヴェイの寝顔をじっと見つめていると、ふと、彼が身じろいだ。

まだ眠りの中なのだろうが、彼はナンナに自然と擦り寄ってくる。

(わわわっ)

額がこつんとぶつかって、顔がますます近くなった。

朝から少し、心臓に悪い。

高鳴る心臓を抑えるように。そして、彼を起こさないようにと、静かに呼吸する。

まだ夢の中の彼は、無意識にナンナを求めているようだった。

ぎゅうと強くナンナを抱きしめ、幸せそうに口角を上げている。その無防備な微笑みに、ナンナは朝から茹《ゆ》で上がりそうだった。

「ん……」

彼の甘い吐息が漏れる。ゆっくりと、瞼《まぶた》が持ち上がり、三白眼が現れた。

(あ。起こしちゃった……?)

しかし、どうも目の焦点が合っていない。

彼は何度か目を開け閉めしながら、現状をゆっくりと把握して。

「ん……んん、…………あ」

目が合った瞬間、硬直する。

「ふふ。おはようございます。ルヴェイさま。起こしちゃいましたね……？」

「あ。いや。………おは、よう」

頭が働いていないのか、彼は固まったままだ。

ぱちぱちと瞬きしてようやく、意識がはっきりしてきたのか、彼はもう一度、噛《か》みしめるように呟《つぶや》く。

「おはよう。いい、朝だな」

そのまま少し苦しいくらいに抱きしめられたけれど、ナンナは彼が望むようにさせてあげた。

本来、彼に流れる時間はとても穏やかで、ゆっくりで。何を語ることもないこんな時間を大切にする人なのだということもわかってきた。

ナンナの髪を梳《と》かしながら、幸せそうに目を細めるルヴェイの様子に、ナンナも心が満ちていく。

「まだお時間早いですよ？　もう少し眠られますか？」

「ん。いや。――なんだか、何日も眠ったみたいに、すっきりしている」

「夜、遅かったくせに。……でも、ちゃんと眠れたみたいでよかったです」

「ん――」

彼の手が、するりとナンナの背中を伝っていき、やがて腰をぎゅっと抱き寄せられた。

「本当にな」

彼はナンナの髪を指に絡めながら、目を細める。その多幸そうな微笑みに、ナンナも胸がいっぱいになりそうだ。

「君がそばにいてくれたからだ」

ちゅ、と甘く口づけされて、ナンナも目を細めた。昨日、彼の執務室でしたのとはまた違った、優しくて穏やかなキスだ。

とろとろとした甘い空気が、朝のゆっくりとした時間に溶け込んでいく。

「ん……ふ、ぅん……」

繰り返されるほどに、キスはどんどんと深くなっていき、ナンナは蕩《とろ》けそうになる。

彼が掛けてある布団を横にのけ、代わりにナンナにのしかかってくる。たっぷりと舌を絡め合い、口づけをし、彼はするりとナンナの太腿《ふともも》を撫でた。

まだ唇は重なったまま。ゆっくりと、しかし確実に濃厚になっていくキスに、ナンナはぼーっとしてしまう。

「ふぁ……ルヴェイ、さま？　あ、朝から、んんっ――」

彼の動きは性急だった。

ナンナの身体をまさぐる手は、優しくねっとりとした動きだけれども、どこか有無を言わせない強引さがある。

……いや、もちろん、のしかかられたときから悟っていた。朝の生理現象でもあるのだろうが、ナンナの腿に、何か硬いものが当たっているからこそ、余計に。

「…………だめだろうか？」

「うう……っ」

ナンナはたじろいだ。だって、この懇願するような目に、ナンナは弱いのだ。

「せっかく、お時間あるのなら、もっと眠らなくて、だ、大丈夫なのですか……？」

「ん。――今は、それよりも」

君が欲しい。

掠れた声で囁かれ、その壮絶な色気にナンナの方がどうにかなりそうだった。そんなにも、ナンナを求めてくれるのかと、胸が高鳴る。

いつもならルヴェイは、あまりナンナに無理をさせたがらない。今日だって互いに仕事もあるし、普段ならここで、彼が欲に負けるようなことはないはず。

だからこそ、胸が疼《うず》く。

（あのルヴェイさまが、甘えてくれてる……）

生真面目で、根を詰めすぎるきらいのある彼が、こうしてナンナ相手に羽目を外してくれるのがたまらなく嬉しい。

さらに、いつもよりも少し強引な様子にも妙にドキドキしてしまい、すっかり目がさえてしまった。

ごくりと唾《つば》を飲み、改めて彼を見つめる。切実そうな彼の表情に、ナンナ自身の身体もじんと熱くなっていく。

どうやら、キスだけでは足りないのはナンナも同じらしい。

ぎゅっと彼を抱きしめかえすと、彼は驚いたように両目を見開いてから、くしゃりと目を細めた。

「ナンナ――」

もう一度深く口づけしながら彼に身を委《ゆだ》ねていると、ナイトテーブルの方からかたりと音が聞こえる。ふと視線だけそちらに向けてみると、視界の端にルヴェイの〈影〉が映った。

いつもそのテーブルの引き出しに避妊薬を入れているけれども、彼が影を操って、その瓶を取り出したらしい。

（えええっ、器用すぎます、ルヴェイさま……っ）

鍵開けにせよ、こうして瓶を取り出すにせよ、彼の影の精度は驚くほど。呪いを完全に解いてからの彼の影の操りようは、ナンナの想像をはるかに越えている。

「すごいですね。……なんだか、生きてるみたい」

ロープのように細く伸びたルヴェイの影が、避妊薬を携えてしゅるりとこちらに戻ってくる。

かつてはナンナを捕縛するために使用されたり、あるいは身体を支えるために使われたこともあった。けれど、ナンナ自ら興味を持ってそれに触れるのは初めてである。

しかし、炎のようにも、雷のようにも見えるそれに手を伸ばすも、すかっと宙を掻《か》くだけだった。

「あれ？」

「俺が魔力で固定化させねば、触れられない」

「そういうものなのですね？」

今は瓶を掴む先端だけを固定化させているらしい。

ひとまず避妊薬を受け取ろうと手を伸ばした。けれども、ルヴェイに先を越され、瓶を奪われてしまう。

そうして彼は、自らが琥珀《こはく》色の液体を口に含むと、そっとナンナに顔を寄せてきた。

何をしようとしているのかくらい、ナンナも理解できる。

真剣な様子の彼に応えるように、目を細め、ゆっくりと唇を重ねる。するとそこから、とろとろと液体が流れ込んできた。

（甘い……）

あまりに甘くて、とろんとしてしまう。

片手を彼と握り合い、指を絡め合う。彼は優しく、何度も確かめるように、指でナンナの手を撫でてくれた。

そして彼のもう片方の手は、ナンナの下半身へと伸びてゆく。ごく自然に寝間着の裾《すそ》を捲《めく》り上げ、ナンナの下着の紐《ひも》をほどいた。

それからやんわりと、ナンナの股《また》の間に指を滑らせ、媚肉《びにく》を押しひらく。彼の指先が蜜《みつ》口を撫で、いよいよつぷりと挿し込まれた。

「ん……」

久しぶりの感覚に、鼻から抜けるような声が漏れる。

彼の手つきは優しくて、強《こわ》ばったナンナの身体を解きほぐすように指を抜き差しする。

唇に、頬に、首元に――何度も触れるだけのキスを落とし、彼はゆっくりとナンナの身体をひらいていった。

「ぁ……っ」

奥のざらざらした部分を捏《こ》ねられ、ナンナの身体が跳ねる。彼はナンナの悦《よろこ》ぶところをよく知っていて、しつこいくらいにそこを何度も擦《こす》られた。

「ぁ、ぁ、ぁ、ルヴェイさま……」

まだ、指でいじられているだけなのに、ナンナの身体は昂《たか》ぶるばかり。切なくなって、無意識に太腿を擦りあわせていると、ルヴェイが幸せそうに目を細めた。

「久しぶりだからな。もう少し、馴《な》らす」

「ひゃ、ぁん……っ」

じれったいくらいに捏ねられ、ナンナはルヴェイに縋《すが》りつく。

ルヴェイは笑みを深めて、片手でナンナの髪を何度も梳《す》きながら、もう片方の手でじっくりとナンナの膣《ちつ》内を解《ほぐ》していった。

くちゅくちゅと、淫靡《いんび》な水音が部屋に響く。

カーテンの隙間から差し込む朝の光がだんだんと明るくなってきて、ナンナの白い脚が照らされる。大事な部分がはっきりと晒《さら》されてしまい、羞恥《しゅうち》でぎゅっと、手を握りしめた。

「綺麗《きれい》だ、ナンナ」

「ん。……は、恥ずかしいです、ルヴェイさま」

両目を潤ませながら顔を背けるけれども、彼は逃がしてくれない。こちらを向いてとねだるように、ナンナの頬をするりと撫でる。

ナンナもおずおずと彼と目を合わせると、彼は破顔し、もう一度唇を重ねた。

ごそごそと音が聞こえ、彼が己の下穿《したば》きをくつろげるのがわかった。

いよいよだと、緊張と期待で呼吸が浅くなる。ナンナの身体が強ばっていることに気がついたのか、大丈夫だと彼が囁く。

「久しぶり、だからな。無理は、させない」

「ルヴェイさまはいつも、優しいですよ？」

「そんなことを言ってくれるのは、君だけだ」

なんてルヴェイは多幸そうに笑うけれど、どう考えても、彼は穏やかで優しい人だと思う。

多分、ナンナが見ている彼は、彼の本質に限りなく近いところにある。それが嬉しく、そして誇らしくもあって、もっともっと素の彼を見たいと願ってしまうのだ。

「――いいだろうか？」

いちいちお伺いをたててくれるのも、彼らしい。ナンナは唇を引き結び、こくんと頷いた。

ルヴェイがふっと表情を緩める。それからナンナの膝裏を支え、股の間に己の身体を割り入れた。

硬くなった先端が、ナンナの蜜口に押し当てられる。そして、ゆっくりと彼の剛直がナンナの膣内に埋め込まれていった。

「ぁ、ひゃ、あっ」

ずぷりと彼の剛直が、ナンナの奥にぶつかる。そのままゆっくりとかき混ぜられると、お腹の奥が疼いてたまらなくなる。

「は、ぅうっ……んっ」

「声、我慢しなくていい」

「で、でもっ」

ぐちゅん、と気持ちいいところを擦られ、ナンナは仰け反った。

彼と身体を繋げるのは久しぶりで、ゆっくりとした行為でも、刺激があまりに強く感じる。我慢をしないと乱れすぎてしまいそうで、ナンナは必死で身体を強ばらせた。

「朝ですし、そのっ」

周囲が暗かったらまだいい。彼だけになら、乱れた姿を見られても。――でも。

「お、お日様に見られているような気がしまして」

あくまでカーテンで隠れてはいるけれども、いつもよりも、ずっと悪いことをしているような恥ずかしさがある。

感じているのが声に出てしまうのも恥ずかしくて、もじもじしながら訴えると、ルヴェイの三白眼がぶるると震えた。

「ルヴェイさま？」

「ナンナ……それは、わかって言っているのか？」

「え？」

「くっ……！」

何か言いたそうにしたものの、彼は言葉を途切れさせた。

代わりに強く奥を穿《うが》たれ、ナンナは嬌声《きょうせい》を上げる。

「ぁ、あん！　ま、まって、ルヴェイさまっ……！」

「もっと。乱れた君を、見せてくれ」

「ひゃああ！」

「光が恥ずかしいと言うならば――」

しゅるん、と視界の端で黒い何かが蠢《うごめ》いた。かと思うと、視界が閉ざされて、ナンナは瞬く。

何度も瞼を開け閉めするけれど、ナンナの視界はすっかり闇《やみ》で隠れてしまっている。

（これ……もしかして、ルヴェイさまの〈影〉？）

何かに目元を押さえつけられているような感覚はない。けれども、まるで深い夜に包まれたような感覚に陥り、ナンナは混乱した。

「俺だけ、感じて。声を、聞かせてくれ。ナンナ」

「ま……っ、えっ、ルヴェイさま？　待って――」

「君が感じているところを、もっと見たい」

「あぁあ……！」

腰を強く押しつけられ、ナンナの身体が跳ねる。

彼の手がナンナの身体を這《は》い、寝間着を捲り上げる。乳房が外気に晒され、彼が容赦なくそこに齧《かじ》りついたのがわかった。

片方の胸を手で捏ねながら、もう片方を舐《な》められる。たちまち先端がきゅっと硬くなり、彼が嬉しそうに甘い吐息を吐くのが聞こえた。

「ナンナ、ナンナ……！」

「ぁ、ルヴェイさま……っ」

どこもかしこも、余すことなく愛され、ナンナの呼吸も荒くなる。

視界が塞がれているせいか、彼が次にどこに触れるのか、どこに口づけをくれるのか全然予測がつかない。さらに、見えない分、いつもよりも肌が敏感になっている気がする。

彼はゆっくりとした抽送《ちゅうそう》を繰り返しながら、突然花芽に触れた。指の腹を押しあて、ぐりっと捏ねられる。

「ひゃあん！」

予想だにしていなかった刺激に身体が大きく震え、軽く達してしまいそうになる。膣内がきゅっと締まって、ルヴェイも甘い吐息を漏らした。

「くっ……、すごい、な」

「ひゃ、あ、ぁ……っ」

「ああ、ナンナ。ここ、いいのか？　すごい、締め付けだ」

「待っ、ぁぁ……っ」

花芽と膣内を同時に責めたてられ、強すぎる刺激に、ナンナは腰をくねらせる。

「君は、俺だけを感じていればいい」

そう言いながら、ルヴェイはしつこいくらいに愛撫《あいぶ》を続けている。

奥をぐりぐりとかき混ぜていた彼の剛直が、ゆるゆると引き抜かれるのがわかる。かと思うと、今度は強く一気に突きたてられ、ナンナは嬌声をあげた。

「ひっ、あ、あんっ……！」

咄嗟《とっさ》に身を引こうと上半身を捻《ねじ》るような反応をしてしまうも、逃がしてもらえるはずもない。

繋がったままぐりんと身体を反転させられ、今度は背後から突かれる。

四つん這いになったままがつがつと後ろから穿たれ、ナンナは崩れ落ちる。彼はそれを支えるように、両腕をナンナのお腹に巻き付けるように強く抱きしめた。

抱きしめる腕の力強さに、ナンナはただただその身を委ねた。彼が与えてくれる快楽に意識はすっかりと蕩けきり、身体もすっかりと火照《ほて》ってしまっている。

あ、とか、んんっ、とか、意味を成さない声ばかり出てしまい、何も考えられなくなる。

「ナンナ。ああ、すごく、可愛い……。もっと、俺ので、鳴いてくれ」

「ぁ、ぁぁん……っ」

強く肌がぶつかり合う音とともに、ぐちゅぐちゅとした淫靡な水音が部屋に響きわたっている。

すっかり乱れきったナンナは、わけもわからないままに、ただひたすらルヴェイに縋った。

だって、ナンナだって彼を抱きしめたい。けれど、この体勢じゃそれも敵《かな》わなくて、もどかしい。

「ルヴェイさま、ルヴェイさまぁ……っ！」

代わりに何度も彼の名前を呼ぶと、彼が嬉しそうに吐息を漏らす。そしてますます激しくナンナを穿った。

ぐちゅん、という淫《みだ》らな音が妙に大きく聞こえる。

ナンナの視界が塞がれていることで、彼自身も己の欲がむき出しになることに躊躇《ちゅうちょ》がない。まるで獣のように容赦なく、ナンナを貪るばかりだ。

そしてナンナも、いつしか彼を求めるように、自ずと腰を振っていた。

ふたりして、強すぎる刺激に溺《おぼ》れていくように、獣のような行為にのめり込んでいく。

「ぁ、ルヴェイさま、わたし、もう……っ」

もう何度も達しそうになっているけれど、いよいよ、意識が弾《はじ》けそうになる。

わけがわからないままに、与えられる快楽に身を委ね、押し流される。

「ぁ、ぁ、ぁ……っ」

もう、我慢できない。

ばちんと、何かが弾けたように、意識が白に塗りつぶされる。それと同時に、ナンナの身体の奥にもたっぷりと熱が注がれた。

「くっ、ナンナ……！」

快楽を逃がさないようにと腰を強く押しつけられている。

どくん、どくんと彼のものが力強く脈打ち、膣内に収まりきらなかった白濁が、愛液と共にとぷりとこぼれ落ちていくのがわかった。

ナンナはうつ伏せになったまま、くったりとベッドに身を預ける。

視界はまだ真っ暗だ。ただ、跳ね続ける心臓の音、くっついている肌の熱さ、互いの荒い呼吸……他の感覚だけが敏感になりすぎている。

最初はゆるゆるとしたまぐわいだったはずなのに、いつの間にか、彼との行為にどっぷりとのめり込んでしまっていた。

彼は満足してくれただろうか。彼の様子が知りたくて、ナンナは呼び掛ける。

「はぁ、はぁ……ルヴェイさま」

「ん？」

返ってきたのはたったひとこと。

でも、その声が恐ろしいほどに甘くて、ナンナの胸はいっぱいになる。

「お顔が、見たいです。だめでしょうか、だなんて、まるで彼みたいな言い方をしてしまった。すっかり影響されているのがちょっとおかしくて、ふわりと表情が綻ぶ。

彼は息を呑んだようだった。それからすぐに、ああ、と返事をくれる。

それから、少し名残惜しそうに、彼は彼のものを引き抜いた。

たっぷりと注がれていた白濁が、ナンナの腿を伝い、シーツを汚していく。たった一度のまぐわいだったのだが、いったいどれほどの精を彼は吐き出したのだろうか。

会えない間、彼がいかにナンナを求めてくれていたのかを実感し、胸がいっぱいになる。

それから彼がゆっくりとナンナの身体を反転させ、それとともに視界の影が霧散した。目の前には、こちらを見下ろすルヴェイの顔があって、愛おしさに目を細める。

「ルヴェイさま……」

「ん、ナンナ」

少し困ったような、照れたような、はにかむような、締まりのない顔。それがたまらなく愛おしくて、ナンナは両腕を伸ばした。

彼はこの国を支える、〈影の英雄〉。

でも、ちっぽけで何も持っていないナンナのもとへ、ちゃんと落ちてきてくれる。

ナンナのそばで、癒《い》やされ、ゆっくり眠れるというのなら、ナンナは彼の居場所でありたい。

胸いっぱいに膨らむこの愛しさを伝えたくて、ナンナの方から口づけをすると、彼は驚きで両目を見開き――すぐに、感極まったように、くしゃくしゃと目を細める。

「ナンナ、愛している」

そうして今度は彼の方から、深い口づけが落ちてきたのだった。

第三章　平凡な毎日に戻ったはずですが

鼻歌を歌いたい気分というのはこのことだろう。

お世話になっているパン屋、ベーカリー・グレイスでの勤務中だから、さすがに控えてはいるけれど、このところナンナはずっとご機嫌だった。

ルヴェイが王都へ戻ってきてから二週間。一緒にお昼を食べたことをきっかけに、彼はぽつぽつと深夜にナンナの部屋に忍び込むようになっていた。もちろん、予告なくいつでも来てくれていいと伝えていたからこそ。

それだけではなく、昨日は彼からの初めての手紙が届いたのだった。

きっかけは、ナンナが彼にとある質問をしたことだった。ナンナからルヴェイに連絡をとりたくなったら、どうすればいいのかと。

ルヴェイは神出鬼没で、極秘の任務をたくさん請け負っている。どこにいるのかなんて一般人のナンナにわかりっこない。

そもそも、彼が普段使っているらしい家の所在地すらさっぱりだし、特別な任務の都合上、彼もナンナに教える気はないようだった。

青騎士団へナンナから連絡する手段も持っていなければ、カインリッツやヘンリー経由での言伝《ことづて》なんてもっとできるはずもない。

ルヴェイの方から連絡が途絶えてしまえば、ナンナは彼に対して働きかけることができないと、訴えかけてみたのだ。

そうして教えてもらったのが、手紙という手段だった。

騎士団の寮あてに手紙を送ればいいと。あそこならば、個人宛《あて》の手紙を取り扱ってくれるから。

正直、彼が王都に戻ってきてくれたおかげで、ちょこちょこ顔を合わせることが増えた。だから、今は別に手紙を書く必要なんてないかもしれない。

けれども、せっかく教えてもらったのだからと、ナンナはこっそり、ルヴェイ宛に一通の手紙を送っていたのだ。

（ふふふ……ルヴェイさまってば、あんな一面があったんだ）

思いがけないお返しの手紙に、思い出すだけでつい顔がにやけてしまいそうだ。

お客の途切れた店内で、商品棚の整理をしながら、ナンナはふわふわと思い出す。

ルヴェイはナンナの前では朴訥《ぼくとつ》な人で、普段おしゃべりをするときも、たどたどしさがある。

けれども手紙になるとたちまち雄弁になり、溢《あふ》れんばかりのナンナへの想《おも》いの洪水に、読んでいるだけで溺《おぼ》れてしまいそうになった。

昨夜、部屋でその手紙を開封したときも、便箋五枚にわたる熱のこもった恋文に、ベッドに突っ伏し、脚をばたつかせながら読むしかなかった。

気恥ずかしさでどうにかなりそうだったけれど、正直、たまらなく嬉《うれ》しかった。

（あー……わたしってば、浮かれすぎだよね。店長にも言われたし）

今朝も出勤するなり、顔いっぱいに笑みを浮かべた店長に「おっ、ナンナちゃん、ご機嫌だね？　どうしたの？　彼氏くんといいことあった？」と聞かれたのだった。

ナンナは感情が全部顔に出てしまうところがある。あんな手紙を読んだ翌日、すました顔などできるはずがなかった。

（でも、仕方ないよね。ルヴェイさまのお手紙、本当に、破壊力が……）

彼の新たな一面が見えて、色々と嬉しい発見ばかりだった。

自分は、ルヴェイのことを何も知らないと落ちこんでいたけれど、こうしてひとつひとつ知っていけばいい。

手紙の文面もそうだが、ルヴェイの字についても新しい発見があった。なぜか封筒と中身で、彼の書き文字が異なっていたのだ。

封筒にはカッチリとした均整のとれた文字が書かれていたけれど、中身を見てみると全然違っていた。あの細長く傾いた強すぎるクセ字こそ、彼本来の字なのかもしれない。

（外に見せるルヴェイさまと、本当のルヴェイさま……か）

宛名に書かれたカッチリとした無個性の字は、仕事用の書き文字なのかもしれない。偵察や諜報《ちょうほう》などの仕事も多い彼のことだ。普段からああして使い分けているのだろう。

（つまり、わたしだけが知る、ルヴェイさま……とか）

なんだか得意げな気分になり、ふふふと笑う。

忙しいお昼の時間が過ぎ、店内に客がいなくて助かった。お客さまにはこんなしまりのない顔など、とても見せられない。

気持ちを入れ替えて深呼吸したところで、カランカランと入口のベルが鳴った。

「いらっしゃいませ！」

丁度、客がやってきたらしく、ナンナは空のバスケットを持ち上げながら振り返る。

そこにはグレーのハンチングをかぶった青年が立っていた。

落ち着いた茶色の髪に、黒に近い焦げ茶色の目。なんとも人のよさそうな彼は、ナンナを見つけた瞬間、ぱあぁと笑顔になった。

「こんにちは。よかった、この店であっていた。先日はどうも、ナンナさん」

「はい、こんにちは。えーっと、あなたは——」

どこかで見たことのある顔だった。

ナンナはもともと顔が広い。それはナンナ自身、一度会話したことのある人のことをしっかりと覚えているからこそ、縁が繋《つな》がりやすいからだ。

だからナンナは、目の前の青年のことも、記憶の中からしっかり掘り起こすことができる。

「ああ！　この間、市場でぶつかった……？」

「そう。セスといいます。覚えてもらえていて、よかった」

セスと名乗った青年はハンチングを脱ぎ、軽く会釈をする。

「約束通り、売り上げに貢献しに来たよ」

「あはは、そうでしたね。ありがとうございます」

確かにそのようなことを約束したかもしれない。

彼と出会ったのは、ほんの三日前のことだった。市場で買い物をしていたところを、大きな荷物を抱えていた彼にぶつかられたのだ。

彼は仕事で荷物の運搬中だったらしく、かなり慌てていたらしい。荷物を拾うのを手伝って、たいそう感謝された。

そういえば、かつてミルザとの出会いも同じだったことを思い出す。どうも、目の前で荷物をぶちまけた人との縁を結ぶことが多いなあと、ナンナは苦笑する。

「あの時はお詫《わ》びも、お礼もちゃんとできなかったからね」

正確には、お礼に食事へと誘われたけれど、丁重にお断りしたのだった。どうしてもと食い下がられたので、このベーカリー・グレイスでパンを買ってくれと言い残した。

そしてセスは、律儀にもその約束を果たしに来てくれたらしい。

「大したことしてないのに。あ、でも、せっかくなので是非買っていってください！　おすすめ、まだ残ってますよ」

お昼を過ぎたこの時間は、めぼしい商品はかなりはけてしまっている。午後に焼き上がり予定のパンが並ぶのもこれからだから、少しタイミングが悪い。

それでも、ちゃっかりさんなナンナは、せっかくだからいっぱい買ってもらえると嬉しいなと、にこにこと微笑《ほほえ》みながら青年を招き入れる。

「丁度お昼を食べ損ねちゃって。同僚の分もせがまれたから、たくさん買うよ」

「はい。お腹《なか》にたまるパン、色々あります」

がっつりお肉を挟んだバゲットや、チーズがたくさん入ったパンなどは男性にも人気だ。

「いいね。どれもこれも美味《うま》そうだ」

セスは一見、細身に見えるけれど、しっかりお腹にたまるものを好むようだ。

残っている品のなかから、ボリュームのあるパンを中心に、ひょいひょいトレーに載せていく。同僚用のものも買うと言っていたけれど、本当に数が多い。

「――あ。ほんとにたくさんでびっくりした？　みんなよく食べるからさ」

「ふふ。店としては、助かります。――皆さん、よく動かれるのですね？　運搬業とかですか？」

この間ぶつかったときも、たくさんの荷物を持っていた。中身は、ミルザの薬屋で見るような魔道具用の素材が中心だったけれど、セスの服装からして、職人にも見えない。

白いシャツに、動きやすそうな綿のパンツ、それからサスペンダー。あまりにもどこにでもいそうな服装からして、職業があまり絞れない。

「あー。運搬業っていうより、便利屋。運搬もするけどね、色々店を回って、御用聞きとか」

「なるほど」

「だから、お昼の時間がずれ込むことも多くてさ。さっき事務所に戻ったら、同じようにこき使われてぐったりした野郎どもに、お使いを押しつけられたってわけ」

「ふふ。おかげで、たくさん買って頂けるわけですね？」

「そういうこと。――じゃ、これよろしく。ナンナさん？」

カウンターにトレーを置いて、セスはにっこりと笑う。

会計を進めながらちらっと顔を上げて彼の方を見ると、セスはポケットに手を突っ込んで、ぼんやりと店内を見ているようだった。

ずいぶんと姿勢がいい。

長めの前髪が少しだけ顔を隠し――その横顔が、あるいは彼の纏《まと》う雰囲気が、誰《だれ》かと重なって見えた気がして、ナンナは瞬く。

なんとなく、不思議な雰囲気を纏った男性だなと思う。

見た目は平凡――といったら申し訳なくもあるけれど、あまり特徴のない顔のように思える。ただ、瞳《ひとみ》が少し小さく、濃い色だからか、投げかけてくる視線が妙に印象に残る。そのせいか、見つめられると多少ドキッとする。さらにディアルノ語にも少し東の方言が入っているのか、懐かしい心地がする。ナンナの出身であるルドの街の訛《なま》りに、少し近いのだ。

だからなのだろうか。ちょっと強引なところもある彼だけれど、ナンナも昔からの友人と話しているような感覚で受け入れてしまっている。

「？　どうしたの？」

「っ、あ。いえ！　ええと。十点で、二三六〇リンです」

盗み見していたのがばれた気まずさを、へらりと笑って誤魔化す。と、丁度そのとき、厨房《ちゅうぼう》奥の勝手口が開く音が聞こえた。

「やぁ、ナンナちゃん、戻ったよ。――ああ、お客さん来てたか。いらっしゃい」

先にお昼休憩に出ていた店長のバージルが帰ってきたらしい。

彼はこの時間、腰を痛めて立ち仕事が長くできない奥さんと一緒に、近所の自宅で食事をすることが多いのだ。

バージルは恰幅《かっぷく》がよく、柔らかな笑顔の似合う男性で、誰に対してもにこにこと対応する。厨房からひょいと顔を出して、セスに軽く挨拶《あいさつ》をしてから、午後の仕事に戻っていった。

「お店、店長さんとふたりでやってるんだ？」

「いえ。忙しいときには、店長さんの奥さんもお手伝いに来てくれるんですよ。長時間働くのが難しいみたいで、無理のない範囲で、ですけれど」

「そうなんだ。忙しそうだね」

「あはは。でも、楽しいですよ？」

「そっか。……あっ、それじゃあ、丁度いいかも」

にっこりと笑いながら、セスは胸元から何かメモのようなものを取り出し、ナンナに握らせる。

折りたたまれたそれを開くと、どこかの住所が書かれているようだった。細長くて少しクセのある字で、本人の見た目からは少し意外である。

「アザレア職人街、リーリア通り八の二五？」

アザレア職人街といえば、ミルザの薬屋と比較的近い。もちろん、ここからもそう遠くない。

「そこに僕の所属する事務所があるからさ。家具の修理に家事運搬、定期的な買い出しとか、困ったことがあったら何でも相談して？　人手も貸せるし。もちろん、君の自宅用の御用聞きとかもできるし」

「えっと……？」

「ナンナさんにだったら、お安くしとくよ」

このベーカリー・グレイスに対する営業ではなくて、ナンナ個人に言っているのだろうか。

もちろん、個人で便利屋に何か依頼をすることは珍しいことではない。

でも、ナンナの家はもともとルヴェイの隠れ家のひとつだ。今も主にナンナが使っているとはいえ、間借りしているようなもの。ルヴェイのいないところで、安易に人に知られるのは憚《はばか》られ、ナンナは戸惑う。

「こーら。勤務中の真面目《まじめ》なウチの子を口説かない」

と、奥で会話を聞いていてくれたのか、バージルがひょっこりと顔を出した。

別に口説かれているわけではないけれど、正直助かったので、ほっとする。

「あー……バレたか。店長さん、ごめんね。ナンナさんがあまりに可愛《かわい》くて」

……いや、口説かれていたらしい。

ぎょっとしてセスを見ると、彼はへらっと笑ってみせた。ナンナと違って、店長にはお見通しだったらしく、いそいそとナンナの前に出てくれる。

「だめだめ。どうせ脈なしだからさ。この子、それはもう立派な彼氏くんがいるんだから」

「あー、やっぱりかー。これだけ可愛いと、当然か」

大仰に反応され、どうも居心地が悪い。けれども、ナンナよりもバージルの方が自慢げに、言葉を続けた。

「びっくりだよ？　相手はなんと騎士さまだからね！」

「ちょ、店長!?」

まさかの暴露に目を白黒させるも、バージルの自慢は止まらなかった。

「ほら。最近ちょくちょく新聞でも名前を見るようになったでしょ？　ルヴェイ・リーって、異国出身の」

「え？　もしかして、あの、青騎士の……？」

「そうそう！　見た目はちょっと怖いけど、すっごくいい人でさ！　ナンナちゃんのことしか見えてないーって感じでとっても大切にしててさあ！　入りこむ隙《すき》なんてないんだよ？」

どんどん調子が乗ってきたのか、店長の口がよく回る。

もともとナンナの恋路を楽しんで見ている様子ではあったけれど、ルヴェイと付き合いだしてからますます、彼の恋バナ好きに拍車がかかった。その話をしたくてたまらなくなっているらしい。

相手がセス以外でも、彼は頻繁に、ナンナたちの恋路自慢をするのである。

世話焼きのバージルだからこそ、ナンナを娘のように思ってくれているのもわかっている。応援してくれるのは素直に嬉しいが、これはこれで気恥ずかしい。

「あー、それは相手が悪いなあ。さすがに勝てる気がしないや」

「そうだよ。それにヘタに手を出しても怖いよ？　あの三白眼で、ギンッ！　って睨《にら》まれてみなよ。チビるよ？」

バージルの言っていることは嘘《うそ》ではない。

ルヴェイは穏やかで優しい人ではあるが、自分が敵だと定めた相手には容赦がないのだ。相手を威嚇するルヴェイの姿が容易に想像できてしまうから、訂正もできない。

「そりゃあ怖いな。僕みたいな平民じゃ、騎士さま相手なんてとてもとてもとても」

セスはうんうんと実感を込めて頷《うなず》いている。

「――でも、ナンナさん。本当に困ったことがあったら、いつでも言ってね。仕事として、しっかり対応させてもらうからさ」

「えーっと、はい」

彼に渡された住所を手に、こくこくと頷く。

「じゃ、また買いに来るよ」

セスはそう言いながら、にっこりと笑う。そしてパンの入った袋を抱え、手を振りながら店を出ていった。

セスがまた来ると言ったのは本当で、その日からちょくちょく店に顔を見せるようになった。人の少なくなるお昼過ぎ、遅い昼休憩なのだといくつかパンを買っていってくれる。

彼なりの配慮なのか、ナンナだけでなく、奥にいるバージルにも声をかけることが多かった。バージルも手が空いているときにはいそいそ出てきて、なぜかふたりして、ナンナとルヴェイのことを熱心に話しているのである。

バージルはともかく、セスにとって、直接会ったこともないルヴェイの話題など楽しいのかなとも思う。でも、確かにルヴェイは時の人でもあるから、なんだかんだ盛り上がっているようだ。

「じゃあ、店長さん。今日もこれ、美味《おい》しく頂くよ」

「はあい、ありがとね」

最近では彼の接客はバージルがわざわざ出てきて対応するほど。話題豊富なセスとは、バージルも話して楽しいのかもしれない。

「うん、今日も落ち着いたね。このあとはやっとくから、ナンナちゃん、お昼いっといで」

「はい。ありがとうございます、店長」

この日もセスは人の少ない時間に来ていて、彼を見送るなり、バージルが声をかけてくれる。

忙しい日はお昼を食べ損ねることも、あるいは店のバックヤードで素早く済ませることも多いけれど、今日は多少ゆっくりできそうだ。

「天気もいいし、外に出てきますね」

「うん。それもいいね。ゆっくりしてきていいよ」

「じゃ、お言葉に甘えまして」

たっぷりの野菜とハムがサンドされたまかないのパンを受け取り、ナンナは厨房側の勝手口から外に出ていく。

この商店街のすぐ近くに、小川に面した小さな公園があって、ナンナはそこでお昼を過ごすことが多かった。

木陰にベンチがいくつか並んでいて、ふらっと行ってゆっくり休める。お昼を食べてからちょっと読書をするのにも最適で、いい気分転換になるのだ。

さらさらと川の流れる音が聞こえてくるのがなんとも涼しげで、この場所で食べるお昼は最高だ。

さらに、バージルの用意してくれるまかないはいつも美味しい。だから鼻歌まじりに、バスケットの中身を取り出す。

具だくさんのハムサンドをぱくりとひとくち頬張《ほおば》るなり、ナンナは満面の笑みを浮かべた。

新鮮な野菜はしゃきしゃきしていて、食感もいい。今日は薄く切ったチーズも挟んであるみたいで、ハムと一緒に口に入ると、適度な塩気が口いっぱいに広がり、満足感があるのだ。

（うふふ、おいしい！）

シンプルな組み合わせではあるものの、バージルが作るハムサンドはバランスがよく、全然飽きがこない。ハムや野菜の種類もいつもちがっていて、これが毎日の楽しみのひとつだった。

ナンナは食が細めで、一度にたくさんは食べられない。だから、ひとつで満足感のあるものを、ということらしい。本当に色々面倒を見てもらって、バージルには感謝しかない。

いくら復籍予定があるとはいえ、戸籍を持たない娘を雇ってくれたうえに、こうもよくしてもらえるだなんて、ナンナは幸せ者だ。

それもこれも、ルヴェイの治癒《ちゆ》係になってからの変化だ。ルヴェイがナンナに与えてくれた変化の大きさに、胸がいっぱいになる。

（ルヴェイさま、今日もお忙しいのかな……）

だからこそ、ちょっとだけ心配になる。

彼はナンナが健やかに暮らすことを一番に望んでくれているのはわかっている。でも、ナンナばかりがのんびり生活させてもらっているようで、心苦しくなる瞬間があるのだ。

共に眠ることはあれど、今はまだ、ゆっくり話す時間もあまりとれない。彼も寂しく思ってくれているからこその、あの手紙なのだろう。

(また、お手紙出そうかな)

何気ない日常の話と、彼への感謝を綴《つづ》るだけのものになるけれど。それで、少しでも彼が笑ってくれたらいいなとナンナは願う。

ワイアール家で働いていたときは、誰かに手紙を出すことなんてできなかった。手紙を出す相手もいなければ、そもそも、自由にレターセットや筆記具を買い集める余裕がなかったからだ。

大人《おとな》になって、初めて手紙を書いた相手がルヴェイだった。

もともと物語を読むのが好きで、文章に対する適性もあったのかもしれない。

ナンナは、自分の気持ちを文章に綴るのが楽しくてたまらなくて、何を書こうか考えるだけで心が浮き立つ心地がする。

だからつい、考えごとに夢中になって、近くの道に馬車が止まったことなど全く気がつかなかった。

「——本当にここにいたのね。ナンナ!」

苛立《いらだ》ちを含んだ女性の声が聞こえて、意識が現実に引き戻される。

よく聞いたことのある声だ。というよりも、この声を聞くだけで、ナンナの身体《からだ》は無意識に反応す

る。

ガタリとベンチから立ち上がり、声のした方を振り向いた。

そこには浅い金髪でブルーのデイドレスを纏った娘が立っている。彼女は青い瞳に怒りを滲《にじ》ませて、ナンナに近づいてくる。

(うそ、イサベラお嬢さま……!?)

イサベラ・ワイアール。かつてナンナが勤めていたお屋敷のひとり娘ではないか。

久しぶりに会う彼女は、なんだかやつれて見えた。焦燥感に溢れた様子で、じっとこちらを睨みつけてくる。

長い間の習慣はなかなか消えるものではないらしい。彼女の視線を感じるだけで、ぴりりと緊張感が走り、ナンナは背筋を伸ばした。

「……っ」

子供のころに拾われてからというもの、九年間も彼女の家に世話になっていた。でも、ナンナとしては複雑な思いもある。

外に出て、改めて実感した。あの家でのナンナの扱いは、とても極端なものであったと。

自由もあまりなく、給金もまともに出ず、朝から晩まで働きづめていた。

今、ナンナに戸籍がないこともそうだ。戦後の復籍申請についても、故意に教えなかったというのがルヴェイたちの見解だ。

つまり、ナンナはワイアール家に都合よく飼われていた奴隷のようなものだった。

あの家にいる間はわからなかったけれど、今では、その理不尽さを冷静に見ることができる。

（でも、お嬢さまがどうしてここに？）

このような庶民の生活する区画に用のある人ではない。だから、わざわざナンナに会うためだけにここに来たと考えるのが妥当だが。

（どうして、わたしがここにいるって知っているの？）

こんな場所、たまたま見つけるだなんてありえない。

つまりイサベラは、わざわざ誰か人を雇って、ナンナの行動をつけていたということだろうが。

（と言うか、お嬢さま。カインリッツさまに、接触禁止を言いつけられてなかったっけ……？）

リスクを負ってでも、ナンナを貪欲に探していたという事実にぞっとする。

一体何の用なのかと思うと同時に、逃げるべきではという思いが強まった。慌てて後ろに引こうとするも、手首をイサベラに掴《つか》まれてしまい、それもかなわない。

「男を捕まえたと思ったとたん、急にこうして遊び呆《ほう》けているってわけ？　いいご身分ね」

（いや？　遊んでいるわけじゃないですけれど!?）

単にお昼休憩である。むしろ、それなりに勤勉な毎日を過ごしているつもりであるため、彼女の言葉にぎょっとする。

「アナタ、どうやってあの方々に取り入ったの？」

「取り入った？」

それはもしかして、カインリッツたちのことを言っているのだろうか。そうであるとすれば、見当違いもいいところだ。

「でないとおかしいでしょう？　アナタごときのせいで！」

事実はどうあれ、ワイアール家からすると、カインリッツたちの介入は痛手だったということなのだろう。

カインリッツの不興を買ったワイアール家――そんな噂《うわさ》がまことしやかに囁《ささや》かれているらしい。

もちろんナンナは、とっくに離れたワイアール家のことについて、これ以上興味を持つつもりもない。それでも、このところ商会の運営がうまくいっていないらしいことくらい、勝手に耳に入ってきていた。

「わたしが、何か……？」

混乱してぽろっとこぼれてしまった言葉が、火に油をそそぐ。

「アナタなんでしょう!?　もう終わったはずのことなのに、いつまでもお父さまを脅して！」

「脅し……ええっ!?」

予想だにしない言葉に、ナンナは目を白黒させた。

(いつまでも!?　まさか、カインリッツさま、まだ何かしてるの!?)

いや。いつまでもワイアール家にかまけているほど、暇なお方ではないはずだ。

(もしくは、ルヴェイさまが、とか……？)

ちらっと「あり得る」という意識がよぎったが、いやいやここは彼を信用するべきだ。そもそも、今とてつもなく多忙な彼こそ、そんな暇はないはず。……多分。

「アナタのせいでお父さまがずっと憔悴《しょうすい》なさってるのよ！　何もかも、アナタがカインリッツさまを連れてこなければ！」

「でも、そもそも。カインリッツさまたちの介入は、正当な――」

「だまらっしゃい！」

「ひっ!?」

しゃべらせたいのか、黙らせたいのかどちらなのだろうか！

ただただ癇癪《かんしゃく》を爆発され、ナンナは狼狽《うろた》えた。

「……アナタのギフトのせいね」

「え」

「アナタ、何のギフトを隠し持っていたのよ!?　もしかして、〈魅了〉とか言わないでしょうね!?　でないと、おかしいですもの。ギフトを明かせないだなんて、後ろめたいことがある証拠《しょうこ》でしょ!?」

「〈魅了〉!?　そんなまさか！」

女性ならば誰もが憧《あこが》れる当たりギフトだ。そもそも、ナンナが〈魅了〉など持っていたならば、もう少しワイアール家での扱いもまともだったと考えるべきなのに。

腕を強く引っ張られ、身体を強ばらせる。しかしイサベラはナンナの想像以上に力強くて、ぐいぐいとナンナを引っ張っていった。

このままではいけないと、腕を振り払う。すると、イサベラは信じられないという顔をしてみせた。

「アナタ、この私に逆らうの？」

「だ、だって……！」

「だいたいね、おかしいのよっ。高魔力持ちでもないくせに！　アナタだけ、アナタだけがっ」

「え？」

何を言おうとしたのだろう。

イサベラは自分で口走っておきながら、すぐにハッとしたように、口を閉ざす。

「お嬢さま？」

「……っ」

彼女の表情に、明らかに迷いが見えた。

深い青色の瞳が、揺らぐ。決して涙は流さない。けれども、今にも泣き出しそうな顔をして、ナンナの腕をもう一度掴む。

「とにかく来なさい！　お父さまに頭を下げて！　ちゃんとカインリッツさまたちに説明をするの！　ワイアール家はもう、アナタとの関係は清算したでしょう⁉　だからお父さまへの圧力は――」

「待って？　お嬢さま⁉　本当に、それはどういう――」

話が見えなくて困惑する。ここでナンナに手を出すと、余計に面倒なことになるとは思わないのだろうか。

ただ、イサベラの目には陰りがあって、精神的にかなり追い込まれているようだ。

「痛っ……！　やめてください！」

イサベラは力の加減を知らない。非力なナンナでは、彼女に強く握られるだけで、手首がひどく痛む。眉根《まゆね》を寄せて呻《うめ》くけれど、聞き入れてはもらえない。

なりふり構わず強く引っ張られ、躓《つまず》く。

その場で転《こ》けてしまいそうになったそのとき――さっと目の前に、黒い影が走った気がした。

ぱし、と、軽く手が弾《はじ》かれたかと思うと、次の瞬間にはイサベラとの距離が開いている。

（あ……！）

視界の端に、見慣れた黒のコートが映った。

ナンナの肩と腰を強く支えるように抱きしめたかと思うと、その誰かはそのまま後ろに跳躍する。

もちろんナンナも一緒に。とーんと軽く飛び跳ねるように。

本来ここにいるはずのない人の気配がして、ナンナはぱちぱちと瞬いた。

「イサベラ・ワイアール嬢、どうなされた？　彼女はとうにあなたの家を出たはずだが、まだ何か用事でも？」

ぼそぼそと、抑揚のないトーンで喋るこの声が誰のものかわからないナンナではない。

ふと、視線を横にやる。

もっさりとした前髪から覗《のぞ》く三白眼。その眼光は鋭く、真っ直《す》ぐイサベラを射貫《いぬ》いていた。

（ルヴェイさま……！）

どうしてここに、という気持ちと同時に、助かったという想いが膨らみ、唇を引き結ぶ。

安堵《あんど》した気持ちが強く表情に出てしまったのだろう。彼もまた少しだけ表情を緩めてみせたのち、イサベラを睨みなおす。

「だ、誰よ、あなた、失礼ね！　私を誰だと思っているのかしら！」

突然現れたルヴェイの存在に、イサベラは明らかに動揺していた。どうやら、彼が誰なのかわかっていない様子である。

（あ、そうか）

以前ワイアール家に挨拶に行ったとき、ルヴェイは前髪を後ろに流し、青騎士の制服を着ていたのだった。

あちらの姿しか見ていなければ、確かに同じ人だとは気づきにくいだろう。

「以前お会いしたはずだが」

「会った？　……ま、まさか」

でも、さすがに異国人らしい独特の顔だちは印象に残っていたのか、ここでようやくイサベラも思いあたったらしい。はっとして居住まいを正しつつも、すぐにルヴェイを睨みつける。

「…………ルヴェイさまだったかしら」

「ああ、その通りだ」

「ごめんなさいね？　とても騎士さまには見えませんでしたので」

「そうですか。このような下町で、あまり華美な格好をしては目立ちますので。――あなたのように」

ルヴェイはナンナを抱き寄せながら、淡々と告げた。

確かに、人が少ない落ち着いた公園であるとはいっても、人目は皆無ではない。昼下がりのこの時間は川沿いをのんびりと散歩する人も多く、皆がこちらに注目している。

ひそひそと何かを話しながら、イサベラに怪訝《けげん》な目を向ける人も大勢いて、彼女自身もたじろいだ。

「ナンナはこちらで保護をする。そう、あなたの家にもご理解頂いたと認識していたのですが。わざわざ〈光の英雄〉カインリッツ・カインウェイルが率いる青騎士団の者たち総出でご説明にあがったものを反故《ほご》になさるとは。当然、上にも伝えさせて頂く」

「っ……！」

痛いところを突かれて、イサベラがキッと眉を吊り上げる。

「そもそも、アナタたちが……っ」

と、何かを訴えかけようとして、できなかったらしい。

イサベラはきゅっと唇を噛《か》み、一瞬泣きそうな目をした後、震えながら俯《うつむ》いた。

「……どうして、そんなにもその子を」

ルヴェイだけではない。騎士団の皆、ひいてはこの国がナンナを必要としている。イサベラは、どうしてもその事実を理解したくないらしい。

「それもすでに説明をしたはずです。それに俺《おれ》自身、彼女には返しきれない恩義がある。――ナンナに、手を出すのはやめて頂こう」

「っ……」

ルヴェイだけでなく、周囲の視線が厳しくなっていることに気がついたのだろう。

イサベラはぎゅっと両手を握りしめ、くるりと背を向けた。それから何を語ることもなく、ひとり馬車に乗り込んでいく。

そしてイサベラを乗せた馬車は、慌ててその場を去っていったのであった。

まるで嵐のようだった。

イサベラがいなくなった途端、様子を見守ってくれていた周囲の人たちも、安心したようにその場から立ち去っていったようだ。

「はぁぁぁ……」

馬車が見えなくなってようやく、ルヴェイは大きく息を吐く。そうして安堵のため息と共に、彼にぎゅうと抱きしめられた。

「ルヴェイさま？」

「……よかった、間に合った」

切実そうなその声に、ナンナもほっとする。ルヴェイと目を合わせて、ぽつりと呟《つぶや》く。

「助けてくださって、ありがとうございます。……あれ？」

安心したと思ったら、たちまち身体から力が抜け落ちてしまった。ふらりとしたところをルヴェイに支えられ、彼に身体を預ける。

そのままルヴェイに抱き上げられ、先ほどまで座っていた木陰のベンチまで連れていかれる。そこにゆっくりと降ろされるも、ルヴェイはナンナから離れようとしなかった。

ナンナの正面に立ったまま身体を丸め、ナンナを抱きしめて離さない。

「………………本当に、よかった」

ナンナの肩口に顔を埋めたまま、ルヴェイは噛みしめるように呟いた。

彼にもっと安心してほしくて、ナンナも彼の背中に手を回しゆっくりと撫《な》でる。

「……」

しばらく、じっとそのままでいた。

ルヴェイもされるがままになっていたが、ようやく気持ちが落ち着いたのかゆっくりと顔を上げる。

それからナンナの隣に腰かけて、ぐいっと肩を抱き寄せた。

ぎゅっと目を閉じて、彼にもたれかかる。午後の爽やかな風がそよそよと流れ、ざわめく心も凪《な》いでゆく。とんとんと彼が肩を叩《たた》いてくれるのも心地よくて、甘えるように彼の肩に頬をすり寄せた。

そうしてようやく瞼《まぶた》を持ち上げ、ルヴェイの顔を覗き込む。

彼と目が合ったので笑いかけると、彼も安心したように眦《まなじり》を下げた。

「でも、ルヴェイさま、どうしてここに？」

あまりにタイミングがよすぎた。

不思議に思って小首を傾《かし》げると、ルヴェイはごく真剣な面持《おもも》ちで、こくりと頷く。

「ああ。実は、だな。俺は今、ワイアール家のことで、少し調べ物をしていて――」

そうして彼は、ぽつりぽつりと彼の任務について教えてくれた。

曰《いわ》く、彼はつい先ほどまで、なんとワイアール家周辺を探っていたらしい。そこで、イサベラがナンナを探して外出していることを耳にし、慌てて追いかけてきたのだとか。

「ワイアール家を、ですか？」

〈灰迅《かいじん》〉とは別の任務も抱えているのかと、彼の多忙さに改めて目を丸くする。

しかしながら、今更ワイアール家のことを探るのは、どういう理由だろう。

ナンナを保護する際に、あの家のことについては調べが済んでいると思っていた。さらに新しい問題でも出てきたのだろうか。

「あ。――じゃあ、旦那《だんな》さまを脅してるっていうのは、ルヴェイさまのことなのですか？」

ここでイサベラの話を思い出し、はっとする。

もしかしてとは思ったが、本当にルヴェイの仕業だったのだろうか。

事情が繋がった気がして、納得したような顔を見せるも、ルヴェイにとっては予想外の反応だったらしい。今度はルヴェイの方が眉をひそめてみせる。

「待て、ナンナ。何のことだ？」

いまいち話が噛み合わない。

「だから、イサベラお嬢さまが言ってたんですけれど――」

不思議に思ったナンナは、先ほどイサベラと交わした会話を、覚えている限り話すことにした。

そもそもイサベラがやってきたのは、ロドリゲスへの脅迫をやめさせることが目的だったと。そしてその脅しているという人物が、カインリッツたちであると思い込んでいたということも。

イサベラの話から推測するに、どうも彼女は、ナンナが手引きして、ワイアール家を陥れようとしているのではと考えているようだった。

「見当違いもいいところですよね。わたしのギフト、〈魅了〉じゃないかって言って。――あはは、そんなこと、あるはずないのに」

「………………」

　へらっと笑ってみせたけれど、ルヴェイはずいぶんと真剣な表情で考え込んでいる。

「ルヴェイさま？」

「っ、あ。いや！　――ナンナ、助かった。ずいぶん有益な情報を聞いた」

「へ？」

「おかげでひとつ、裏が取れた」

「お役に立てて、光栄です……？」

　どれが有益な情報だったのかはわからないが、ナンナでも役に立てることがあるらしい。ぱちぱちと瞬くも、彼はまだ難しい表情をして考え込んでいる。

「しかし、ワイアール家の令嬢が、今更君に接触しようとするとはな。……護衛でもつけるか」

「はい!?」

　まさかの提案に、ナンナは目を白黒させる。

「えっ、いや。護衛!?　ないない、ないですよ、ルヴェイさま！」

「しかし、この先も今日みたいなことがないとは言い切れない。それに、今、ワイアール家との接触はだな――」

　彼が何を憂いているのか、ナンナは今ひとつわかっていない。だから彼の考えを安易に否定するのはよくないことも理解できる。

(でもだよ!? 護衛って、ひとり雇うにしてもとても高価なんじゃ……? わたしの一日のお給金より、護衛費の方が高くかかりそうだけど!?)

このままだと、働きに出るのが本気でただの道楽になってしまう。

なんといっても、ナンナはただの庶民なのだ。護衛などあまりに大仰すぎる。

(と言うか、あのパン屋で護衛って、どこに!? お店の中とか、入口とかに張りつかれたら、お客さん引いちゃうよ!?)

それだけは回避しないといけない。

ルヴェイがどんな任務を受けて、ワイアール家のことを調べているのかはわからない。

それでも、ワイアール家の問題さえ解決すれば、イサベラからの接触を心配することもなくなるはず。結果として、護衛をつけられるのを阻止することもできるはずだ。――と、そこまで考えたところで、ナンナは閃《ひらめ》いた。

「そうだ、ルヴェイさま。護衛をつけて頂くくらいでしたら、いっそわたしがお嬢さまに接触して、囮《おとり》とか。情報を、聞いてみたりとか――ヒィッ!?」

瞬間、ギンッ!! と、ルヴェイの視線が鋭く光る。

久しぶりに、殺気に近い何かを浴びて、ナンナは全身を強ばらせた。

「…………ナンナ」

腹の底から絞り出すような声に、ナンナは震えた。

初夏の爽やかな陽気など、どこかに行ってしまった。空気が凍りつき、背中が妙に寒く感じる。

「あ、あはは……」

初めて彼に出会った夜。ナンナの部屋に侵入してきたあのときよりも、今のルヴェイの方がずっと目が据わっているのはどういうことだろう。

それにいつの間にか、両肩を掴まれ、離してもらえそうになくなっている。

ギロリと強く睨まれてしまい、目を逸《そ》らすことすらできなかった。

「冗談でも、そのような考えはやめてくれ。俺は君を危険に巻き込むつもりなど、毛頭ない」

「は、はい」

「お願いだから、無茶をするのはやめてくれ」

あまりに切実な様子に、ナンナは息を呑《の》む。

「すみません……」

そう言って、こくこくと頷いたところで、ルヴェイは心底安心したように息をついた。それから
ぎゅっとナンナを抱きしめ、もう一度、噛みしめるように呟く。

「君には、毎日穏やかに過ごしてほしい」

よほど許しがたい提案だったのだろう。

やはり安易な気持ちで、彼の仕事に足を踏み込むのはだめらしい。

「えっと……わたしも、ルヴェイさまに対して、同じこと思ってますよ?」

でも、これだけは伝えておかないといけなかった。

「だから、ルヴェイさまもあまり無茶をなさらないでくださると、嬉しいのですが」

「ん。ありがとう」

――結果、そのあとルヴェイとしっかり話し合い、常時護衛は回避できた。

けれども、南区第二商店街の見回りの体制は見直すと、ルヴェイは言い切った。

行き帰りだけは護衛をつけ、昼間はベーカリー・グレイス近くの見回りを増やすとのこと。ナンナとしても、そこが落としどころかと納得するしかない。

(でも、ワイアール家からの接触にそこまで警戒するって……)

個人的に護衛を雇うのとはわけがちがうのだ。青騎士団の人間が動くとなると、あきらかに国が係わる大きな問題に繋がっているのではないだろうか。

ナンナが想像していた以上に、ワイアール家をとりまく問題は大きいらしい。胸の奥に、ちりりと不安が燻《くすぶ》る。

(ルヴェイさま、大きな問題抱えすぎだよ)

彼の任務に関して部外者でしかないナンナには、詳しい事情を知る権利もない。だからこうして、やきもきしながら彼の無事を祈ることしかできない。

なのに、むしろルヴェイのほうがナンナのことを心配してばかりだ。

今だって、パン屋まで見送ると使命感を強く発揮している。

そんな彼に、休めるときは、しっかり休んでくださいねと何度も伝えた。

そうして職場まで付き添ってもらった後、報告に城へ戻るという彼を見送ったのだった。

◆
◇
◆

ナンナを彼女の職場まで送ったそのあと、影に身を沈めて城への道を急ぎながら、ルヴェイは思考していた。

（ロドリゲスが脅されている、か）

ロドリゲス・ワイアール。ワイアール家といえば、ここディアルノ王国王都リグラを中心に、主に服飾関係を取り扱いつつも、手広く商売している新興の大商家だ。

このところロドリゲスの様子がおかしいことを、彼の娘のイサベラは、ナンナの――ひいては、その後ろにいるルヴェイやカインリッツたちのせいだと考えているらしい。

もちろん、そのような事実はない。

丁度ナンナをあの家から救い出したあと、ワイアール家が〈光の英雄〉カインリッツ・カインウェイルの不興を買ったという噂が出回ったこともあった。だが、それすら別に仕組んだことでもない。

信用第一の商売人としては、その噂は痛手だっただろう。よりにもよって、国民的英雄のカインリッツの不興を買ったとなれば、取引への影響は避けられない。

だから、噂の元凶となったナンナのことを恨んでいると考えるのも不思議ではない。だが――。

（俺たち以外の人間の干渉がある。しかも、ロドリゲスが恐れをなすほどの相手となると――）

いいざまだ、と思う自分がいることを自覚し、胸の奥が重たくなる。

（本来ならば、俺が苦しめてやりたいくらいだったが）

でも、そのようなこと、きっとナンナは望んでいない。だから直接手を下さないだけだ。――そう、今はまだ。

（すべての証拠を押さえてからだ。おそらく、ワイアール家はヤツらと繋がっている。……メルク家のこともおおよそ裏はとれたしな）

ここのところ、ルヴェイは〈灰迅〉を追いながらも、もうひとつ個人的な調べ物を進めていた。それがメルク家のことである。

以前、メルク家とワイアール家の関わりについて、オーウェンが調査報告を見せてくれたことがあった。それだけでは満足できるはずもなく、ルヴェイは自ら、両家の関係を調べ尽くした。

ナンナの本来の名は、ナンナ・メルク。

かつて旧フェイレンの侵攻により大打撃を受けた国境の街ルドの出身。そしてその街で布の小売商店を営んでいた、メルク家の娘だ。

ワイアール家が、どうしてナンナのような娘にこだわるのか、ルヴェイ自身もずっと引っかかっていたのだ。

九年前は、ワイアール家もまだ成り上がりの中規模商会でしかなく、虎視眈々《こしたんたん》と事業拡大を狙《ねら》っていたらしい。そしてそのワイアール家が、ナンナの実家が営むメルク商店に目をつけたことからすべては始まった。

メルク商店といえば、規模こそ小さいが、地元ではそれなりに信頼のあった店らしい。

店舗はもちろんルドにあった一店舗だけ。基本は小売り店であったが、独自の商品もいくつか開発していた変わった店だったようだ。

（まさかこれも、ナンナの実家が開発したものだったとはな）

たとえば今、ルヴェイが愛用しているコート。

このコートを仕立てている魔力を通す特殊な生地〈透紗《とうしゃ》〉も、元をたどれば、メルク商店が開発し、専売権を持っていたものだった。――今はワイアール商会に専売権を書き換えられているけれど。

この〈透紗〉のように、メルク商店の売る布は色々なアイデアに溢れていた。とはいえ、どの商品も魔道具を制作するための素材として、細々と生産されていた程度にすぎなかった。

小さな店だ。数をたくさん作ることはできず、小さな工房と契約して細々とやっていただけ。

だからナンナだって、自分の家がどれほど特殊な商売をしていたかなど、全く意識していなかったようだ。

なにせ、当時の彼女はまだまだ幼かった。

せいぜい、布の小売店であったという認識くらいしか持っていなかっただろう。ましてや、〈透紗〉がメルク商店の生み出した商品であることなど知るはずもない。

よくも悪くも、メルク商店は商売っ気のない店でもあったのだろう。自分たちが開発した〈透紗〉が、そこまで金を生み出す商品だという認識すらなかったようだ。

（ナンナの両親らしいといえば、そうなのだろうな。ちゃっかりしているようで、どこか抜けている）

おそらく、欲というものがあまりないのであろう。半分は道楽で店を営んでいると考えると、妙に納得できてしまう。

だって、ナンナがそうだ。

いちいち欲を出さずとも、すぐそばにある幸せを見つけ、満たされる。朗らかだけれど、慎ましい。商売をするには向いていない気がするが、きっと彼女の実家も、幸せと微笑みに溢れた家庭だったのではないかと思う。

(しかし、ロドリゲスは、メルク商店の特異性に付け入ろうとした)

〈透紗〉や、他の特殊な布の有効性に真っ先に気がつき、金脈と考えた。ゆえに、事業の拡大をはかり、ナンナの実家に裏で何度も交渉を持ちかけた。

——言い換えよう。

それらの特殊な生地の製造権や販売権をめぐって、メルク商店に圧力をかけていたのだ。メルク商店の規模があまりに小さくて、その事実を知る者など、ほとんどいなかっただけで。

当時は幼かったナンナもまた、両親にその事実を知らされず、ただただ大切に守られていたのだろう。

転機になったのは、旧フェイレンのルド侵攻だ。

その戦渦に巻き込まれ、ナンナの両親は死亡した。

メルク商店も当然消滅し、そのどさくさに紛れ、ワイアール商会はメルク商店から様々な権利を譲られたことになっている。

譲渡の証明書もあったらしいが、ルド侵攻の際に失われてしまった――ということになっていた。表向きには。

実際にそんなものが存在していたのかどうか、誰にもわからない。真実は闇《やみ》の中だ。

そして、実に都合がいいことに、本来メルク家の財産を受け継ぐはずだったひとり娘、ナンナ・メルクも死亡したとされた。

結果的に、ワイアール商会の権利の主張を否定する者はいなかった。

ワイアール商会は戦渦の影で、メルク商店のすべてを手に入れたのだ。まだ幼かったナンナを確保し、保護をするという名目で、彼女の生存を隠したことで。

『……わたし、戸籍がないんです』

かつて――そう、まだ出会って間もないころ。そう言って苦笑いを浮かべた彼女の表情を思い出す。

ワイアール家の外に出ようと思えば、いくらでも出られる力も人脈もあっただろう。けれども彼女は、その一歩を踏み出すのを怖がっていた。

彼女が根本的に自信を持てないのは、ひとりの人間としての足場がないことに起因する。おそらく、ナンナがそう考えるようにきびしく躾《しつ》けられてきたのだろう。

戸籍がない人間に対し、外の人間がどれだけ冷たいのか、間違った認識を植え付けられていたこともそうだろう。ナンナがあの家から外に出ないように――そのような考えに至らないように――実に陰湿なやり方で教え込まれていた。

（ナンナが戸籍を失ったままだったのは、ワイアール家にとって都合がよかったからか）

戦災による戸籍の再取得期間は三年。

普通の人間であれば、戸籍を持つことによる数多《あまた》の権利を受け取れないと気づいた段階で、再発行の必要性を認識する。どれだけ情報に疎《うと》い人間でも、必ず、再発行を申請する機会がおとずれる。

ナンナがそれをできていないというのはつまり、彼女を囲い込むことで、故意に情報から遠ざけていた人間がいたからだ。

まともに教育すら受けられないような環境に追いやり、生きる目標すらへし折らんばかりに虐げる。

それでも彼女があああも真っ直ぐ、明るく生きてこられたのは、彼女が両親に愛されてきたことで育まれた、健やかな心によるものなのだろう。

あんな環境にいながら、適度に外に出る機会をつくり、商店街の人とも親交を深め、さらにミルザとも仲良くなるとは恐れ入る。

彼女の両親の教育がよほどしっかりしていたのだろう。

何よりも、人と話す才能がある。

適度にとぼけて、空気を柔らかくしたり、朗らかに笑いながら話を誘導したり。

かつてミルザが、ナンナは人と接する職業の方が向いていると言ったのはもっともで、彼女と話していると、彼女の力になりたくなる人間は多いはずだ。

――そして、ルヴェイもまたそんなひとりだった。

「おや、ルヴェイ。今日は報告にくるのがずいぶんと早いね？」

王太子の執務室に顔を出すと、オーウェンが驚いたような顔を見せる。さらに彼はルヴェイの顔を見るなり、何かに気がついたように片眉を上げた。

「どうしたんだい、ルヴェイ。そんなに怖い顔をして」

どうやらルヴェイは、表情に出るほど怒っていたらしい。

それも仕方がないことのように思う。だって、あと少し気がつくのが遅ければ、ナンナはイサベラに捕まり、どこかに連れ去られていたかもしれなかったのだ。

いまだに、思い出すだけで、身体が震え出してしまいそうだ。

「イサベラ・ワイアールがナンナに接触しました」

「ああ、例の彼女か。ずいぶん執念深いね」

オーウェンは表情を強ばらせる。手にしていたペンを置き、どさりと椅子《いす》にもたれかかった。

「なるほど。報告を聞こうか」

ルヴェイはしっかりと頷き、これまで調査してきたことの報告をする。

「これまで暴いてきた〈灰迅〉のアジトですが、ロドリゲス・ワイアールが裏で所有し、ヤツらに手配してきた可能性が高いかと」

ようやく、ワイアール家と〈灰迅〉の関係が繋がった。かなり巧妙に隠されてきたが、まず間違いないだろう。

ヤツらのアジトは、いくら調査しても持ち主自体が不明であり、これまで支援者にまで繋がらなかったのだ。この街である程度の権力を持っていないと、そのようなことは難しい。

〈灰迅〉がこの街を根城にするためには、かならず王都の人間が手を貸しているに違いない。しかし、それが誰なのか、これまではっきりとした証拠が掴めなかった。

闇ギルドと繋がっている線も探ったが、深い関わりは出てこなかった。そして、最近になって可能性が浮上したのがワイアール家の存在だった。

あれほどの規模の商家ならば、隠れ家の一軒や二軒、与えてやるのも容易だろう。

ただし、イサベラの言動から察するに、ロドリゲスも望んで協力しているわけではなさそうだ。

事実、ワイアール家が〈灰迅〉に協力するメリットなどほとんどない。ワイアール家は以前と比べてどんどんと力を失っているものの、〈灰迅〉を匿《かくま》ったところで、何か利益をもたらすとも考えにくい。

〈灰迅〉が、かつて旧フェイレンの筆頭部族であった時代ならともかく、今の彼らには、組織としての大きな力はない。ディアルノ王国の国民を悩ませる賊のようなものでしかないのだから。

「イサベラの話をふまえると、ロドリゲスは〈灰迅〉の者から直接脅されているのではないかと。武力行使はヤツらの常套《じょうとう》手段ですから。——呪《のろ》いという奥の手もありますし」

「——ああ。それはありえるね」

オーウェンの声が低くなる。そして、どうしたものかとぽつりと呟いた。

「ふむ。一度呼び出すか、このまま泳がせるか——」

ゆったりと背もたれに身を預けながら、オーウェンは思案しているようだった。

〈灰迅〉の動きを予測しながら、ふたりでワイアール家への対応を検討する。そうして、ロドリゲスを王城へ召喚する方向で、おおよその方針を決定した。

「召喚理由は――そうだな。メルク商店についての聴取、としておこうか。君にとっては、ナンナのことも大事だろう？」

「恐れ入ります」

「ああ。もう、戸籍の準備は整っているから。あとは彼女の本来の権利も、一緒に返してあげられるといいね」

「――はい」

ルヴェイはわずかに頬を緩めた。

まだまだ心配ごとは多いが、あるべきものが、あるべき人のもとへ戻ることを想像するだけで、ルヴェイの心に温かい気持ちが灯《とも》る。

もともとメルク商店が持っていた権利は、ナンナにとっても形見のようなもののはず。

取り戻してあげられたらいいと思う。彼女にとって、家族の思い出がどれほど大切なものか、ルヴェイはよく理解しているから。

彼女の両親はもういなくなってしまったけれど、彼女には、家族との思い出を、そしてその形見を大切にしてほしいのだ。――ルヴェイにはそれができなかったから、余計に。

ふっと頬を緩めていると、オーウェンも笑ってみせてから、イサベラに関する報告書を取り出し、指で弾いた。

「それにしても、ナンナも面倒な相手に因縁をつけられたものだ」

「屋敷にいたときから、何かと不当な扱いを受けていたようですので」

「ああ。――イサベラ・ワイアール。ワイアール家のひとり娘で、平民でありながら王立学術院に通っていたのだったか」

ルヴェイは静かに頷いた。

平民で王立学術院に通うには、富豪の娘であるか、優秀な特待生しかありえない。どちらにせよ、貴族中心の学園では、肩身が狭い思いをする者も少なくない。

「上昇志向を持ちながらも、自分の能力が本人が理想としている才能と釣り合っていない。――ある意味、不幸な娘だ」

イサベラを含むワイアール家の人間に関する情報は、ルヴェイとて頭に入れている。

イサベラは去年、学術院を卒業している。ただし学術院時代の成績はふるわなかったと記録にある。

(まあ、平民で、あそこでやっていくのは、大変だろうからな)

この国は、貴族の権力があまりに大きい。それは単純に、身分制度による立場の違いがあるからという言葉だけではおさまらない。

血筋は血筋。――魔力を強く秘めた血が、貴族たちのあいだで連綿と引き継がれている。だから平民と貴族では単純に魔力量が違うのだ。

領地経営にも魔力を多く使うこの国では、潜在魔力を持ちあわせていないと、どう足掻《あが》いても要職にはつけない。ゆえに女性の場合、魔力の大きさは婚姻にも大きく関わってくる。

「魔力は下の上……平民にしては多め、くらいですか」

「そうだね。でも、彼女の、ナンナに対する苛立ちは、イサベラの魔力量の問題だけでは済まないだろう」

　そうだろうなとルヴェイも思う。

「イサベラのギフトは〈魅力＋〉。平民たちに囲まれているあいだは、さぞよく効いたのだろうけどね……」

〈魅力＋〉とは、持って生まれたカリスマのようなものだ。

〈魅了〉が故意に相手の好意を引き出すものであれば、〈魅力〉は自然に歓心を集める素養に近い。

　そのギフトは、身分にかかわらず、かなり珍しいものだ。平民のなかで、ただの富裕層として生きていくならば、イサベラにとって大きな武器となっただろう。

　実際、王立学術院に入るまでは、そのギフトによるカリスマ性で、相当ちやほやされてきたと予測できる。

　そんなイサベラが王立学術院に入ったことは、ある意味、不幸なことだったのだろう。

　なぜなら、あの学院の七割は貴族。それなりの魔力を持った者たちばかりだからだ。

「学術院では――効かなかったのだろうなあ」

〈魅力〉や〈魅了〉といった他者へ影響を与えるギフトは、魔力の大きさがものをいう。ゆえに、自分よりも相手の方が魔力が大きい場合、その効果を発揮しにくい。

「――そして。おそらく、ナンナにも」

「でしょうね」

　イサベラがどうしてあそこまでナンナにつっかかるのか。これも大きな要因なのだと思う。

さすが〈絶対治癒〉持ちと言うべきなのだろうか。ナンナの魔力は、平民にしては相当大きい。一般貴族と比べても、ナンナが勝るほどに。

(本人は、その自覚が全くなさそうだが)

ぽややんとしたナンナの笑顔を思い出す。

ルヴェイほどではないものの、あれだけ十分な魔力があるのだ。本来、平民のなかで暮らすなら相当自慢できただろうに、本人はへらっと笑っているだけ。

魔力の扱い苦手なんですよね、とぺろっと舌を出す彼女の姿がありありと想像できてしまい、微笑ましい。

(くくっ、宝の持ち腐れだな)

実際、あの才能が表に出るようなことがあれば、羨む人間はひとりやふたりではないはずだ。それなのに、当の本人に欲がないのが、実に彼女らしい。

「ルヴェイ?」

「あ――ごほん。失礼しました」

おっと、表情に出てしまっていたようだ。

ルヴェイは居住まいを正し、オーウェンに向き直る。

――かつて、ワイアール家はナンナの実家メルク家を取り込もうとして失敗した。ルド侵攻後、ナンナの存在だけは確保したものの、あの家の主人は、ナンナをかなりぞんざいに扱っていたはず。

主人がナンナを軽んじるならば、娘のイサベラも……という流れはごく自然だ。

そうして軽視している身近な相手なのに、イサベラの〈魅力＋〉が効果を成さない。このことはイサベラの自尊心を大いに傷つけてきたのだろう。

「ナンナの身辺もなかなか落ち着かないな。護衛でもつけてやったらどうだ?」

「丁度、彼女とも相談しまして。職業柄望ましくないと考えているようです。せめて、あの地区の見回りを強化しようかと」

「なるほど」

「――その。危惧しているのは、ワイアール家のことだけでは、なく」

「ん?」

どうも気恥ずかしくて言い淀《よど》む。ルヴェイは早口になりながら、ぼそぼそと付け足した。

「彼女はすでに、俺の大切な人だと。周知されていますので」

「〈灰迅〉の族長――ユメル・リーが彼女に目をつけても、不思議ではないと?」

「…………はい」

ぎゅっと拳《こぶし》を握りしめる。

かつてルヴェイをその呪いで染め、時間をかけて力を削《そ》いできた用意周到《よういしゅうとう》な男だ。

いよいよ追い詰めて、動きが鈍くなってきたものの、手負いの獣は何をするかわからない。

「まあ、そうだろうな。ユメル・リーは、君の呪いが解かれた原因も探っているだろうから」

「……はい」

ルヴェイは目を伏せた。

そうだ。その可能性が、ルヴェイにとっても最も恐ろしい。

「ワイアール家と繋がっているのなら、余計にだな。ナンナのギフトに辿《たど》りつく可能性は高いか」

そうだろうなと、ルヴェイも思案する。

客観的に見ても、今のユメルは厄介だ。陰湿で、疑り深く、執念深い。だからナンナに興味を抱いて、調べる可能性はゼロではない。

(成長したと考えるべきなんだろうな)

幼いころ。ルヴェイのあとをこっそりつけていた少年の姿を思い出す。

あのころは気が弱くてたよりない、力のない少年だった。でも、会うたびにユメルは、大きく変化していった。

旧フェイレンを出たあと、ユメルとの邂逅《かいこう》はたったの三度だ。

一度目は、かつてのルド侵攻の際。まだルヴェイが、カインリッツの子飼いの部下として生活していたときだ。

戦場で彼の姿を見つけ、ルヴェイは彼をあえて逃がした。

己の父親のことを許しはしないが、ユメルに対しては親愛の情に似たものを抱いていたからだ。彼を殺す必要性が感じられず、情が出てしまったのだろう。

こちらを見つめるユメルとあえて対峙《たいじ》せぬように距離をとり、どうか、戦のない場所で静かに暮らせとただ願った。

二度目は、旧フェイレンが瓦解した直後。〈灰迅〉と呼ばれる連中が各地で動きを見せることが増えたときだ。

調査に赴いた地で彼を見つけた。そのうえ、彼が〈灰迅〉の族長として動いていることも知ってしまった。

――そして、三度目。

青騎士団で本格的に〈灰迅〉の捕縛に乗り出そうとしていたときだった。

当時の〈灰迅〉は今よりももっと人数が多く、厄介だった。個々の能力も高い上に、相手の裏をかいて強襲することも厭《いと》わないような、手段を選ばない者たちだ。

だからルヴェイが単独で調査をすすめ、いずれは青騎士団総出で捕縛する予定だった。その調査の最中、ルヴェイは、ユメルたちの強襲を受けたのだった。

ユメルは〈灰迅〉の長だ。

相まみえることこそ覚悟していたが、それでもルヴェイは迷っていた。昔の、まだまだ気が弱かったユメルの印象が強く残っていたからだ。

なぜ彼が一族を率いることになったのだ？　という純粋な疑問と、彼を捕らえなければいけないのかという、重たい気持ちが胸の奥に渦巻《うずま》いた。

しかし、〈灰迅〉の捕縛は絶対だ。

せめて、ルヴェイ自らが捕らえて、話を聞こう。そう心に決めつつも、ルヴェイの心の奥底にある迷いが、油断を誘ったのかもしれない。

当時の〈灰迅〉のアジトにひとり潜入し、中の構造を把握した。兵を率いて捕縛する場合の侵入口、長であるユメルの居場所、考えうる敵の脱出経路——彼らを一網打尽《いちもうだじん》にする手段を整えようとしたが、相手もさすが〈灰迅〉と言うべきだったのだろう。

もともと隠密活動に長《た》けた者の多かった〈灰迅〉だ。特にユメルはその技術が高いらしく、ルヴェイの行動は正確に読まれていた。

……思えば、当時すでに、監視しているつもりで、監視されていたのかもしれない。

建物の内部構造を目視するために、物陰に隠れたまま、影から身を出した一瞬の隙を突かれたのだ。

鋭い殺気を感じた瞬間、ルヴェイも咄嗟《とっさ》に身を翻《ひるがえ》した。しかし、ユメルの放ったナイフが、ルヴェイの右肩をかすめる方が早かった。

敵陣での諜報活動は相手に見つかれば意味を失う。すぐに逃亡の判断をするも、そのわずかな邂逅で、ユメルと確かに目が合った。

こちらを見つめて口の端を上げ、微笑む彼の目はけっして笑っていなかった。

用意周到に張り巡らされた罠《わな》だった。ルヴェイに直接、あの攻撃をしかけるためだけに、彼はずっと待っていたのだ。ルヴェイがあのアジトに誘い込まれるのを。

そうしてルヴェイは、例の呪いの種を植え付けられたのだった。

最初はほんの小さく、墨が飛び散ったような痕《あと》があるだけだった。しかし、月日が経《た》つにつれどんどんと広がっていくあの痣《あざ》を見て、ルヴェイは思い知らされた。

——自分がどれほどまでに、ユメルに憎まれているのかを。

不思議なもので、あの呪いを身に受けている間、ユメルの魔力でずっと押さえこまれ続けるような妙な感覚があった。

守るべき対象だったはずの、小さく、気が弱かったユメルの影が、姿を変える。いつしか彼は大きくなり、その手のひらの上でくるくると踊らされているような感覚を覚える。

ユメルの罠で雁字搦《がんじがら》めにされ、魔力を封印され、身動きが取れなくなっていく恐怖。

戦うことしか能のない自分が、魔力を完全に奪われたらどうなるのか。いずれ、役立たずになる自分を想像するだけで恐怖する。

一見、平常心を保ちつつも、心の奥底で怯《おび》え続ける日々が始まった。

(それを救ってくれたのが、ナンナだった)

今でも、あのときの感覚が忘れられない。

絶望に追い詰められる日々から、解放された。

きっと初対面の印象は悪かったはずだ。彼女を脅し、強引に連れ去った無愛想な相手に、彼女はへらっと笑って大切な処女を捧《ささ》げてくれた。

彼女と身体を重ねて、何年も抱えていた絶望から救い出されたあのときの気持ちを、どう説明したらいいのかわからない。

彼女は心配になるほどお人好しで、目の前の小さな幸せに満足できてしまう無欲な娘で。ルヴェイはたちまち、そんな彼女から目が離せなくなった。

だからこそ、不安もある。

だって、今のルヴェイは、ナンナに出会う前の自分には戻れない。

万が一にも、彼女に危害が加えられるようなことになればと考えるだけで、胸の奥底に暗い感情が影を落とすのだ。

「ユメル・リーによる君への執着を考えると、ナンナのことは心配だな」

オーウェンの呟きに、ルヴェイは大きく震える。

そうだ。どうしてもその可能性が捨てきれなくて、ルヴェイは両手を握りしめる。

(急がなければ)

ワイアール家と〈灰迅〉の関係性を詳《つまび》らかにし、ヤツらの現在のアジトを暴く。この手でユメルを捕らえ、すべてを終わりにする。

「…………顔が怖いよ、ルヴェイ」

「……」

ルヴェイは窓の向こう、遠くの空を睨みつけ、静かに呟く。

「私情で動く人間ではなかったつもりですが――今回ばかりは、難しい」

「まあ、こっちとしては私情でもなんでもいいさ。何年も悩まされてきた〈灰迅〉と、ようやく決着がつきそうなんだ。親玉自らがこの王都に赴いてくれた。ここできっちり、ケリをつけてやろうじゃないか」

「御意」

握り込んだ拳には、爪《つめ》の痕が残っていた。

幕間　捨てられた小石は

あれは本当に、偶然だった。

少年がまだ幼く――このディアルノ王国からさらに北東、山脈を越えた向こうに広がる、広大な草原で生活をしていたころの話だ。

少年は、自身に宿るギフトを知り、持て余していた。

少年に宿ったギフトは〈墨〉。誰《だれ》もが見たことも聞いたこともない未知のギフトで、その名称こそわかれど、その能力と使い方がまだまだ理解できなかったころ。

意図しない流れで、そのギフトを発動させてしまったのだった。

『きゃあああ！　何なの!?　肌が――私の肌が、黒くっ』

あろうことか、相手は族長の正妻だった。族長には妻が大勢いたが、その中でももっとも古株で、権力を持っていた女だ。

その日、女は虫の居所が悪かったらしい。そこにたまたま通りかかった気の弱い少年が、目障りだったのだろう。

少年の態度がよくないと、そばに呼びつけ、女はしっかりと言い聞かせた。けれども少年は俯《うつむ》き、ぼそぼそ何かを訴えるだけで、余計に彼女を苛立《いらだ》たせる。

結果、女は、少年を強く打ちつけたのだった。

彼女の長い爪《つめ》が少年の頬《ほお》を引っ掻《か》いた。わずかに滲《にじ》んだ少年の血が彼女の指先をかすめる。

それがすべての始まりだった。

少年、ユメル・リーのギフトは、どうやら血を媒介に発動するものらしい。ユメルの血をわずかに浴びた女の指先に、墨が飛び散ったような痣《あざ》ができてしまったのだ。

『一体何なのよ、これは⁉　このガキ！　消しなさい、今すぐっ！』

そう言われたとて、ユメルは狼狽《うろた》えるだけ。

初めてまともに発動したギフトの操り方など、年端《としは》もいかぬ子供にわかるはずもなかった。

混乱すればするほどに魔力が不安で揺れ、どんどん制御できなくなる。結果、〈墨〉はみるみる女の肌を染めていった。

結局そのときは、魔力が暴走に暴走を重ねた結果、ぷつんと途切れて、意識と共にその痣も消えてくれたのだけれども。

ただ、あの日の暴走が、一族の中でのユメルの位置づけを決定づけた。

当時は、ユメル本人もそのギフトの真価など知るはずもなかった。

人の肌を黒く染めるだけの、呪《のろ》いのようなハズレギフト。実に忌々《いまいま》しいガキだと、族長の正妻を中心に、折檻《せっかん》される日々が始まった。

ユメルの幼少期の記憶のほとんどが、女たちに見下ろされ、折檻されるものばかりだった。

ユメルの母親は幼いユメルを一族に差し出し、とっくに故郷へ帰ってしまっていたし、腹違いの兄弟は大勢いたけれど、ユメルの味方にはなってくれなかった。

そんな中でただひとり、味方でも敵でもなく、存在することを許してくれたのがあの人だった。

日が沈むころ、あの人がひとり集落の外でのんびりしている姿を見るのが、ユメルにとっては本当に特別な時間だったのだ。

――だからあの日もそうだった。

いつもよりも激しく折檻され、身体《からだ》中が痛くて、立っているのもやっとだった。

せめて気持ちだけでも救われたくて、皆から逃げたくて、集落の外れに向かった。

そこにはいつものようにあの人がいて。夕日で伸びる影があの人に導かれてゆらゆら揺れる。その穏やかな光景に、なんだか泣きそうになってしまった。

あの人だけは、ユメルを虐げない。ユメルが唯一、そこに居ることを許される場所。

蹲《うずくま》り、痛みに耐えながら、つかの間の休息に安堵《あんど》したそのとき――、

『誰にやられた？』

あの人が、歩み寄ってきてくれた。

初めて、向こうから声をかけてくれた。

きっと、見かねただけなのだと思う。けれど彼は確かに、ユメルを心配して訊《たず》ねてくれて。

――そして、その日を境に、ぱったりと、正妻による折檻はなくなったのだ。

（本当に、僕は愚かなガキだった）

あんなに憧《あこが》れ、慕っていた人に、ああもあっさりと捨てられたのだから。

次に彼に会ったときのことも、ユメルははっきりと覚えている。

九年前のルド侵攻。まだ、旧フェイレンが国家として成り立っていたときのことだ。

あのときユメルは成人していなかったけれど、無理を言って同行した。

そのときにはもう〈墨〉の真価は理解できていたし、ユメル自身、誰にも馬鹿にされない程度には力をつけていたからだ。

ユメルは強くなった。それもこれも全部、あの人に——ルヴェイに見てもらうためだ。

かつて、ルヴェイがなぜ〈灰迅《かいじん》〉から出ていったのか、ユメルには結局わからずじまいだ。それでも、時間がある程度解決してくれたかもしれないと。きちんと会話さえすれば、戻ってきてもいいと思ってもらえるかもしれないという希望を捨てきれなかった。

互いに成長したはずだ。だから、今なら新しい関係性を築くことができるかもしれないと、楽観的に考えていたのだ。

もちろん、ルドの街で彼と会える可能性は限りなく低いことも理解していた。

だってそもそも、ルヴェイがディアルノ王国にいるということ以外、彼の情報などなかったから。

けれど、〈灰迅〉の連中が中心になってディアルノを侵攻したら。——万が一、いや、億が一ほどの可能性でしかないが、あの人が様子を見にきてくれるかもしれない。そんな一縷《いちる》の望みをかけて、ユメルはかの地に赴いた。

そして、ユメルの予測は、正しかった。

彼は本当にディアルノ王国にいて、ルド侵攻の際、あの街に姿を現してくれた。

ディアルノ兵としてユメルたちと対峙《たいじ》したけれど、そんなものは想定内だ。ユメルには、彼を説得する自信があった。

ユメルだって成長した。だから、一緒に戻ろうと。また、家族として一緒に暮らそう。もし気に入らないことがあるのなら、手を合わせて一緒に解決しようと。

ひとりでは無理でも、兄弟の力を合わせたらなんとかできるはずだからと。積年の思いを伝えようとして――戦いの最中《さなか》、目が合った。

黒いコートを身に纏《まと》った彼は、確かにユメルの顔をハッキリと目にしたはずなのに――すぐに、意識を他《ほか》に向けた。

眉《まゆ》ひとつ動かさなかった。

そう。彼は、ユメルのことなど覚えていなかったのだ。

あの人にとって、ユメルが取るに足らない存在であることを、改めて思い知らされただけだった。

彼にとって、誰もが石ころのような存在にしかなりえない。わかっていたのに、心の奥底で、どこか期待していた自分が馬鹿《ばか》みたいだと。

幼いころからの純粋な気持ちを踏みにじられ、打ちひしがれた。冷酷なあの人の懐には誰も入りこむことなどできないのだと、ようやく理解した。

――だからこそ、先日の光景が忘れられない。

ユメルはあのナンナとかいう小娘の後をつけていて、ワイアール家の娘が詰め寄った一連の出来事をずっと見ていたのだ。

『……本当に、よかった』

人目を気にすることもなく、どこにでもいそうな平凡な娘に縋《すが》りつくあの人の姿が受け入れられなかった。

ユメルを、そして故郷のすべてをあっさりと捨てたあのルヴェイ・リーが、誰かに縋りつくだなんて。

あの人が、見たことのない顔をしていた。

心配でたまらないと、眉根を寄せ、震えて。娘を抱きしめながら、失う恐怖に怯えていた。

『君には、毎日穏やかに過ごしてほしい』

まさかあの人の口からあんな殊勝な言葉が出てくるだなんて。

目の前の娘のことが愛《いと》しくて愛しくてたまらないと。まるでどこにでもいる愚かな民草《たみくさ》のひとりであるかのごとく、女に溺《おぼ》れきった男の顔をするだなんて！

——長い回想を打ち切り、ユメルはひた走る。

「…………っ！」

ああ、呼吸が荒くなる。息をひそめて、静かに逃げなければいけないのに。

夜の裏路地を走りながら、ユメルは先日の光景を何度も反芻《はんすう》させていた。

ひどく失望している自分がいる。すでに、あの人への愚かな憧れはどこかへ捨てたはずだったのに。

（くそ！　ぼんやりしている暇なんてないのに）

ルヴェイの執念か。あるいはロドリゲスが裏切ったか。とうとう最後のアジトまでも見つかった。間一髪のところで、数少なくなった仲間たちと共に逃げ出し、こうして夜の闇《やみ》に身を隠している。

〈灰迅〉の仲間の多くがすでに捕まり、もはや後がないことは知っている。

そして、いつかは追い詰められることも覚悟していた。――わかっていながらも、ユメルはこの王都までやってくるしかなかったのだ。

あの人に捨てられてからずっと、あの人に思い知らせてやることだけを目標に生きてきた。

ユメルの存在を忘れて、こんな国でのうのうと生きているあの人に、自分の存在を刻みつけてやりたかった。ユメルが味わった絶望と苦しみの一部でも、あの人に味わってほしいのに！

(よりにもよって、あんなつまらない女にのめりこんでいるだと？)

噂《うわさ》を嗅ぎつけてから、ユメル自身、何度も確認した。

ディアルノ人に変装し、その娘に直接会いに行ったことも一度や二度ではない。

あえてたくさんヒントは残した。それでも、話している相手が本当は誰かも気づかずに、親しげに語りかけてくる彼女に何度失望したかわからない。

(何の悩みも苦しみもない、へらへらと笑って生きているだけの娘のどこがいいんだよ！　兄さん！)

あんな女、あの人に相応《ふさわ》しいはずがない。

ユメルが復讐《ふくしゅう》するべき特別な存在が、あんなつまらない娘に溺れているだなんて、許してなるものか。

きっと、理由があるはずだ。

あの人は、あの娘を都合よく利用しているだけ。

でないと、納得できやしない。現に、ロドリゲスからも情報は仕入れている。

あの娘のギフトが、国にとって重要なものだった。だから青騎士団が、問答無用《もんどうむよう》にあの娘を取りあげてしまったのだと。

そして、あのナンナという娘がワイアール家から出ていった時期。それは――、

（――僕の〈墨〉の呪いが解かれはじめたのと、同じ時期だ）

信じがたいことではあるが、あんな何も考えてなさそうな脳天気な娘が、ユメルのギフトを解除したとでもいうのだろうか。そんな特別なギフトでも持っていると？

（いいよなあ。たまたまギフトに恵まれてさ。他に何の取り柄もないくせに、ちょっとギフトの運がよかっただけで、兄さんに愛される理由ができてさ）

堰《せき》が切れたかのように、怨嗟《えんさ》の気持ちが止まらなくなる。

（いいよなあ。何の苦労も苦しみもなく、へらへら笑って生きていけるなんてさ）

父が身罷《みまか》り、後継者争いのなか、さらに他部族の介入により、一族は散りぢりになった。他部族に蹂躙《じゅうりん》されるなか、ユメルは自分よりも若い者たちを連れ出して、どうにか切り抜けた。

一族に、いい思い出などなかった。それでも、ルヴェイのように、簡単に一族を捨てる人間にはなってはいけないと考えた。

自分は大勢の人間を統制して生きていくなど向いていない。そんな当たり前のことくらい、ちゃん

とわかっている。それでもどうにかしなければと思い、なんとか生き延びた。

結果、〈灰迅〉はただの賊のような存在に成り下がったけれど。でも、それがユメルの精一杯だったのだ。

（僕がどれだけ苦労してきたと思ってるんだよ！）

あの女は、そんな苦労を知らず、ユメルの欲しいものを全部持っている。

（のうのうと生きやがって）

一方のユメルには、もう後がないというのに。

どうせいつかは捕まるのだ。その前に、あの女にも、復讐をしなければ。

（ああ、そうだ。……あの女も、思い知ればいいんだ）

ひとつ、名案が浮かんだ。

ユメルの脳内で、へらりと笑う娘の肌に墨が落ちる。

ルヴェイと異なり、あの娘にならば接触するのは簡単だ。

（どうして思いつかなかったんだろう。復讐をするのに、こんなに簡単な方法があったなんて）

まずはひと晩。逃げて、逃げて、逃げ切ってやる――。

（明日、あの娘に会えるのが楽しみだ）

その日はずっと天気が悪かった。

雲は厚く、今にも雨が降り出しそうな空を見ると、なんとなく気持ちまで重たくなる。

(ルヴェイさま、今日も無事だといいな)

先日、イサベラが押しかけてきてから、彼が夜中に訪れてくれることが格段に増えた。

ナンナも、彼が軽くつまめるようなものをダイニングに用意して、彼の言いつけ通り先に眠るようにしていた。

ルヴェイは本当に忙しいらしく、ナンナが眠っている間に家を訪れ、起きる前には出て行ってしまうことも多かった。それでも彼は来るたびに、ダイニングテーブルに簡単なメッセージを置いてくれて、訪問がわかるようにしてくれる。

なんだか、すごく忙しい旦那《だんな》さまを持った気分だなと、そわそわする日々を過ごしていたけれど——。

(昨日は、ルヴェイさまが来なかった)

もちろん、珍しいことではない。だから心配しすぎるのはよくないことも理解している。

ただ、先日のイサベラの押しかけを重く見たルヴェイは、仕事への行きと帰りにも護衛をつけてくれるようになったし、この商店街周辺の見回り人数も増やしてくれているようだ。

だからなのだろう。彼の抱える緊迫感のようなものを、ナンナ自身も感じてしまっている。そうして、どことなく落ち着かない日々を過ごしていた。

きっと、ここが正念場。

ナンナは、ルヴェイが任務に集中できるように、陰ながら見守るのが役目なのだろう。

(昨夜、捕り物があったみたいだし、ヘンリーさんもちょっとぴりぴりしてた)

ルヴェイの同僚であるヘンリーが、今朝の護衛担当だった。送迎をしてくれただけでなく、今日はこのあたりの警備についてくれているらしい。

どうやら本命とも言える〈灰迅《かいじん》〉のアジトを暴いたらしいが、肝心の族長は逃走中。街のどこかに消えてしまったとか。

だからこそ、この日の青騎士たちは、いつにも増して神経を尖《とが》らせている。

(……天気のせいかな。余計に、気持ちが重たい)

せめて、雨が降らなければいいなと思う。その方がルヴェイや他の青騎士たちも仕事をしやすいだろうから。

忙しい昼の時間を終え、本来ならほっと息をつけるひとときのはず。でも、今のナンナは、どうもそんな気持ちになれなかった。

いつものようにバージルに先にお昼休憩に出てもらい、ナンナは店の中を整理する。

かるく片付けを終えたら、今日はナンナも、店内でランチを済ませてしまうつもりだ。店の外に出ない方が、ルヴェイも安心だろうと思ったからこそ。

そのとき、来客を知らせるベルが鳴った。

「いらっしゃいませ！　――あ、セスさん」

落ち着いた茶色の髪に、焦げ茶色の目。すっかり馴染《なじ》みとなったセスが、いつものハンチングを目深にかぶり、入口付近に突っ立っている。

とはいえ、彼の顔を見るのは久しぶりな気がして、ナンナは瞬いた。一時期は三日にあげず通ってくれていたけれど、このところぱったりと、顔を見ていなかったからだ。

「なんだかお久しぶりですね。ずっとお忙しかったのですか？」

「ああ、うん。そうだね」

曖昧《あいまい》に答えるセスの表情を見ると、少しやつれているようだった。顔色もあまりよくなくて、本調子ではないのだろうか。

「まだまだ忙しいんだけど。せめて昼くらいはさ」

「そうですよね。お腹《なか》にたまるもの、まだ残ってますよ。しっかり食べてくださいね」

「ん。ありがと」

頷《うなず》いてから、セスは慣れた様子でパンを選んでいく。そんな彼の横顔を見て、ナンナはふと気がついた。

（あ、そうか。ルヴェイさまに似てる、のかな……？）

いつもにこにこしているから、全く繋《つな》がらなかったけれど。今、少しやつれて、目の下に隈《くま》までできてしまっているから、今日は雰囲気が似通っているように感じるのかもしれない。

（人種は違うのにね。不思議だなあ）

一度共通点を見つけてしまうと、他《ほか》にも色々共通点が見えてくるから不思議だ。

セスはディアルノ人だけれど、いくらかは異国の——それも東の血が混じっている気がしていた。

たまに東の訛《なま》りが混じることもあるし、出身も王都ではないのだろう。

（あ。それから——字も、かな）

共通語を綴《つづ》った文字。いつだったか、セスの字を見た記憶がある。

（ああそうだ。最初に住所をもらったとき、だっけ。かなりクセが強いんだよね）

だからよく覚えている。細長くて、窮屈そうな独特の字。

ルヴェイも本来、似たような字を書いている。彼の場合は旧フェイレンで使われている字体のクセが抜けきってないだけのような気がするけれども。

「ふふっ」

「——？　どうしたんだい？」

「あっ、なんでもないんです。ごめんなさい！」

ナンナはブンブンと手を振った。

恋人に似ているなんて言いにくくて、ナンナは話を変えることにした。

「ええと。目の下に隈が。——あまり眠れていないのですか？」

「あっ。ばれたか。そうなんだよ」

セスは大きなため息をついて、パンをいくつか載せたトレーをカウンターの上に置く。そして彼らしくもない、難しい顔をしてみせた。

「昨日さ。うちの近くで、結構大きな捕り物があったみたいで」

「えっ」

「夜明けまでずーっと煩《うるさ》いし……ほら、〈灰迅〉って知ってる？　犯罪組織の」

「犯罪組織？　……えっ、ああ。はい。知ってます」

一般的には犯罪組織という認識になるのかと、ぱちぱちと瞬く。

パンを精算し、袋に詰めながら、しばし考える。

だって、あまりにタイムリーな話題だ。あくまで秘密裏に行われた捕り物かと思っていたけれど、そうでもなかったらしい。

「厄介だよね。あんな異民族が王都を荒らし回っているとか。そう思わない？」

セスの問いかけに、ナンナは苦笑いを浮かべた。

その質問には、少しだけ返答に困る。

犯罪組織と言われてしまえば、確かにそうとも言える気がする。事実、彼らは略奪行為を繰り返しているようだし、この国に多大な被害をおよぼしている。

（でも、ルヴェイさまから話を聞いちゃったからかな。あまり否定するようなことを言いたくないな）

ルヴェイが語ってくれたのは、ただ事実だけだった。

彼の出身でもある〈灰迅〉の一族が、略奪行為を続けているということ。そして、その〈灰迅〉の族長を名乗る人物こそが、彼の弟であるということ。

ルヴェイは過去に許せないことがあって、故郷を出たとは言っていた。でも、今現在、彼が〈灰迅〉をどう思っているのかは、直接口にはしていない。

もちろん、苦い想《おも》いはあるようだけれども、なぜだろうか――憎んだり、嫌っているようにはとても見えなかった。

なんとなく、ナンナにはわかっている。彼は、故郷のすべてが嫌なわけではないことに。

どこか慈しむような、懐かしむような想いを抱えている。だからこそ彼は、一途《いちず》に、並々ならぬ思いで〈灰迅〉を追っているのだろう。

ゆえにナンナだって、安易に〈灰迅〉のことを否定したくはない。

「ナンナさん？」

「あー……ええと。わたしは、ご存じの通り、恋人が旧フェイレン出身ですから」

セスの片眉《かたまゆ》がぴくりと上がった。同時に、すうーっと空気が冷えていく心地がする。

（え……？）

彼の様子の変化に、ナンナはごくりと唾《つば》を飲み込んだ。

彼の言葉に同意しなかったからだろうか。どうやら、セスの機嫌を損ねてしまったらしい。

いつもにこにこして朗らかな彼だからこそ、意外な一面が見えて、少々戸惑う。

「どうぞ、続けて？」

話を促してくるも、続きを聞きたがっている人の声色ではない。

ナンナはぎゅっと、両手を握りしめた。

ナンナが想像していた以上に、彼の纏《まと》う空気が冷え切っている。よほど、旧フェイレン人のことが気にくわないのかもしれない。

それでもセスは、ナンナの答えを求めているようだった。そしてナンナも、自分の気持ちに嘘《うそ》をつくつもりはない。

だから、はっきりと答えた。

「えっと。彼が愛した故郷の人を、よく知りもせず、否定したくはないなって――」

「愛した？」

聞いたこともないくらい低い、セスの声。彼の目が据わり、静かにナンナを見つめている。

「愛しただって？　あの人が？　故郷を？」

ナンナの背中に冷たい汗が流れた。

（あの人？）

今、彼はなんと言った？　まるで、ルヴェイのことをよく知っているかのような口ぶりだ。

心臓が嫌な音を立てる。パンを詰めていた紙袋を持つ手が震え、がさがさと小さな音を鳴らす。

恐怖で、彼から離れたくて、ナンナは紙袋から手を離し、後ろに一歩下がる。

（この人は、誰《だれ》……？）

この店の常連で、よく知っている人のはずなのに、纏う空気がまるで違う。まるで知らない人が立っているような気がして、呼吸することすら苦しくなる。

ぎらついた彼の視線に刺されてしまいそうだ。

「へらへらした顔で！　〈灰迅〉から兄さんを奪った分際で！　知ったような口をきくな‼」

「にい、さん……？」

その言葉を耳にして、ナンナは瞬く。

そしてようやく思い至った。

（ああ、そうか）

先ほども、彼が不思議とルヴェイに重なると思ったけれど、それは、当然なのかもしれない。

遠くを見つめる彼の横顔。ディアルノ人にしては瞳《ひとみ》が小さく、三白眼に近い目。かすかに引っかかる東の訛りに、あの字。細長く、クセのある、独特の。

（そうなんだ。あの字のクセも、旧フェイレンの、文字の特徴が自然に、出――）

最後まで考える余裕などなかった。

「っ！」

緊張で身体《からだ》が強《こわ》ばる。

カウンター越しに、セスが長い針のような武器をナンナに突きつけていたからだ。

急な動きで彼のハンチングが脱げ、床に落ちる。

どこからその武器を取り出したかなんて、さっぱり見えなかった。ただ、この瞬間、かつての記憶が思い出される。

ルヴェイに初めて出会ったとき。彼は、ナンナに対して警戒心を剥《む》き出しにしたまま、〈影〉のギフトで生み出したナイフをナンナに突きつけた。

あの目にも止まらぬ早業と躊躇《ちゅうちょ》のなさ。

今、目の前にいるセスの姿が、かつてのルヴェイに重なる。

「ディアルノ、人じゃ……なかったのですね……？」

「はっ！　実におめでたいね。これくらいの変装、できて当然だろう？」

「ルヴェイさまに呪《のろ》いをかけた……〈灰迅〉の……？」

「へええ、兄さんってば、君にそこまで話してたんだ？」

「………ユメル・リー」

震える声で名を呼ぶなり、彼は乾いた嗤《わら》いを浮かべたのち、俯《うつむ》いた。

こちらを向いてすらいないのに、空気がピンと張り詰め、身じろぎすらできない。

ユメルは地面に落ちたハンチングを拾い上げ、ぽんぽんと埃《ほこり》を払っている。長い前髪が彼の目を隠し、ルヴェイの姿に重なる。

茶色い髪は魔法か何かで染めているのだろうか。

異国人らしさは感じていたはずなのに、どうして今まで気付けなかったのだろう。

深く考える余裕はない。次の瞬間には、とんとんとんとん、と、つま先で床を叩《たた》くような音が聞こえてきた。

彼の纏う異様さに怯《おび》え、さらに一歩後ろに下がったところで、前髪の隙間《すきま》から彼の目がのぞいた。

目の下には濃い隈。鋭い目がぎょろりとこちらを睨《にら》みつけている。

「っっ……！」

次の瞬間、ナンナは目を瞑《つぶ》る。彼の放った針が、ナンナの左袖をかすめたからだ。

幸い傷にはならなかったものの、その針はナンナの後ろの壁に突き刺さり、揺れている。

「な、なにを——」

「何の取り柄もない女のくせに、思い上がるな！」

「——っ」

ユメルの声に遮られ、ナンナの身体は大きく震えた。

いつものにこにことした笑顔からは想像もできないほどの激情。声を荒げ、こちらを睨みつける彼の剣幕に、呼吸することすら忘れる。

身体が強ばり、もう、後ろに下がることもできない。わななくナンナに、ユメルは容赦なく怒りを浴びせ続けた。

「よりにもよって、へらへら笑っているだけの何もできない女に、兄さんが奪われるなんて……！　僕たちが！　僕が！　どんな想いで兄さんを待っていたのかも知らずに！」

激しい剣幕で一気にまくし立てられ、萎縮する。

「ルヴェイ、さま、が……」

ちゃんと話を聞きたい。聞くべきなのだろう。けれどもまともに声が出なかった。

だって、目の前の人間はもはや正気ではない。これ以上、彼を逆上させると、このままナンナは殺されかねない。

でも、同時にチャンスでもあるのだろう。

だって、目の前に〈灰迅〉の族長がいる。彼こそがルヴェイの弟で、ずっと追っていた人物だ。

この店の付近には、青騎士の見回りが大勢いるはず。どうにかして、外に知らせることができれば
——そう思うのに。

かちかちと、恐怖で歯がかみ合わない。

立っているのがやっとだ。膝《ひざ》が、ずっと震えている。

頭が真っ白で、何も、まともに考えられない。

「ね？　ナンナさん。僕考えたんだ。君は兄さんとはとても釣り合わない、つまらない、平凡な人間みたいだけどさ。ひとつだけ役に立てる方法、思いついたんだ」

「な、……に、を」

「何だと思う？　ねえ？　その脳天気な頭で考えてみてよ？　どうしたら、兄さんを後悔させられるだろうね？」

ニタニタと、ユメルが愉悦で表情を歪《ゆが》ませる。

ただその目だけはちっとも笑っていなくて、依然、怒りに満ちた様子でナンナを睨みつけている。

まさか、とは思う。脳裏に浮かんだ言葉を声に出そうとして、うまく発することができない。

「こ……ろ…………」

「残念。ご希望であれば叶《かな》えてあげるけど。もう少し遊んでからかな」

満面の笑みを浮かべながら、ユメルは懐からもう一本針を取り出す。

「他には？」

どうしてもナンナに答えさせたいらしい。彼はその針先を確かめるように指先で何度かなぞったあと、先ほどと同じように投擲《とうてき》する。

身体が無意識に反応し、後ろに身を引くも、その針は今度はナンナの右袖を貫通し、腕をかすめた。

鋭い痛みが走るも、ナンナは動けない。

「っ……」

「ない頭でちゃんと考えて？　他には？」

「………」

「ねえ？　他にはって聞いてるんだけど？」

「……ゆ、うかい、とか」

頭がまともに働かなくて、嫌な予想ばかり立ててしまう。

どうにか外に知らせないといけないのに、その方法が見つけられず、狼狽《うろた》える。

「はああ、やっぱり君は能なしなんだね。あのね、誘拐ってけっこうリスク高いんだよ、知らなかった？」

そう言って、ユメルは大げさに肩をすくめてみせる。

「こんな真っ昼間から連れ去るのもひと苦労だしさ。人質を隠し続けるのも大変なの」

馬鹿《ばか》だなあと笑いながらも、彼の目はどんどんと据わっていく。

「――ねえ。ぼんやりしてないで、もう少し想像力働かせてよ。兄さんがさ。我慢できなくて、肌を掻《か》きむしりたくなるような。思い出すたびに吐き気がして、呼吸することも、難しくなるような。君を見るたびに絶望し、後悔して、僕に許しを乞《こ》いたくなるようなさ。そんな素敵な提案を、君に――」

――と、彼の剣幕がナンナを追い詰めた瞬間だった。

ガチャ、と厨房《ちゅうぼう》側にある勝手口のドアが開く音が聞こえた。

「ただいまー！　雨が降りそうだから、早く帰ってきたよ。ナンナちゃんもお昼――って、お客さん来てる？　いらっしゃい」

バージルだ！　それに気づいた瞬間、はっとする。

だって、だめだ。彼はただの一般人で、こんなことに巻き込んでいいはずがない。

「店長、逃――」

「ああー、お久しぶりです。お邪魔してます」

叫ぼうとするも、ユメルに遮られる。ナンナの喉元《のどもと》に針が突きつけられていて、少しでも動けば、そのまま貫かれそうだった。

バージルがこちらに顔を出すのは、いつも厨房に荷物を置いてからだ。それを知っているからこそ、ユメルはこうも堂々と武器を出しているのだろう。

「丁度、帰るところだったんで。――ナンナさん、具合悪いみたいで、早く医者に診せてあげた方がいいかも。じゃあね、ナンナさん」

そう言いながら、ユメルは悠々とした様子でハンチングをかぶり直す。それからカウンターに置い

たままのパンの袋を回収し、ナンナに背を向ける。

「……っ！」

呼吸がまともにできない。

喉元に針を突きつけられた恐怖で、身体がすくんだままだ。

何事もなかったかのように店から出て行ったユメルの後ろ姿を見届けるなり、全身の力が抜ける。

そのままぺたんと床に座り込んでしまったところで、バージルが表にやってくる。

「ナンナちゃん、具合悪いの？　大丈夫？」

指先が凍りついたかのように冷たい。

その場に座り込んだままカタカタと震えるナンナを見つけて、バージルがさっと顔色を変えた。

「え!?　ナンナちゃん!?」

慌ててナンナを支えようとしてくれるも、ぼんやりとしている暇はない。

ひゅっと息を吸い込んでから、ナンナはどうにか立ち上がる。一歩、二歩とよろける足で踏み出し、大丈夫だと自分に言い聞かせる。

ようやくまともに身体が動き、入口のドアの方へ駆けていく。ただ、外に出て周囲を見回すも、ユメルの姿はもう人に紛れていて、どこに消えたのかすらわからない。

「……っ」

まだ身体が強ばっている。

今の状態で声を出すのは、億劫《おっくう》だ。

でも、だめだ。ちゃんと、知らせなければ！

「――誰か！」

すっかり出遅れてしまった。こうすることしかできない自分が情けない。

「見回りの兵を呼んで！　今すぐ！　誰か……っ!!」

ここは商店街のど真ん中だ。ナンナの呼び掛けに、通りの人たちがギョッとして振り返る。バージルも店内から飛び出してきて、一体何ごとかと狼狽えた。

「ナンナちゃん、いったいどうしたの!?」

「〈灰迅〉です！　店長、セスさんが！　ずっと、ルヴェイさまが追ってた……っ！」

その時、突然身体が重くなった。

力が入らなくなって、地面に崩れ落ちる。

「ナンナちゃん!?」

「っ、これ……」

右腕がズキズキと痛み、彼の針がかすめたことを思い出し、表情を歪めた。

袖《そで》は軽くほつれてしまっている程度だ。傷はよく見えないが、深い傷でもなかったはず。それなのに、どうして身体がこうも重く感じるのだろう。

「ナンナちゃん！」

――と、そこに向こうから、青騎士の制服を着た者たちが走ってくるのが見え、ほっとする。ヘンリーと、彼の同僚のようだ。

「ヘンリーさん、セスさんが！　うちの、お客さんが。変装していました、ディアルノ人に……っ」

なんとか状況を説明するも、ぐるん、と体内がかき混ぜられるような感覚を覚えて、ナンナは地面に倒れ込む。

いよいよ起き上がることもできなくなって、ぐったりしたまま、どうにか訴えた。

「彼が、〈灰迅〉の、族長――」

「これは――」

ヘンリーはナンナの腕の傷に気がついたらしい。不自然なほつれ方をした袖を見て、表情を歪める。

信号弾を！　と、仲間に伝えながら、彼自身はナンナを支えつつ、腰につけたポーチから何か瓶を取り出す。

「少し痛むよ」

一刻も早くと、彼は一切の躊躇なく、服の上からその薬剤をかけていった。

「セスさん、のことは、店長に。……あとは……」

色々伝えなければいけないことがある。

でも、だめだ。なんだか、身体中が痺《しび》れてきた。

視界が霞《かす》み、身体に力が入らなくなる。意識が遠のくなかで、ナンナはどうにか言葉を絞り出した。

「ミルザ、先生のところに……」

なんとなくわかる。

これ、毒、かも。

そう最後まで言い切れたかどうか。ここでナンナの意識はふっつり途切れた。

◆　◇　◆

「――ミルザさん！　すみません、ナンナちゃんが！」

ヘンリーがミルザの薬屋へ駆け込んだそのとき、ミルザは珍しく奥の部屋で調剤作業をしているところだったらしい。

「君は？　ああ、光馬鹿のところの……って、ナンナ!?」

彼の腕の中で抱きかかえられたナンナを見て、ミルザが顔色を変える。慌てて部屋の奥にある長椅《なが い》子《す》の上の荷物をどけ、ナンナをそこへ横たえた。

「一体何があったんだ！」

「〈灰迅〉にやられたようです。毒矢みたいなもので」

「っ！」

ミルザが慌ててナンナの顔色をうかがい、瞳孔を確認する。さらに右腕に患部があることを見て、慌てて道具棚へ手を伸ばした。

「応急処置に毒消し《アンティドート》を」

「ああ。――ナンナ、悪いが服は破くぞ、いいね」

その声はナンナには届いていない。けれど、本人に確認をとる余裕もなかったらしい。

ヘンリーによって状況の説明を受けながらナイフを手に取り、ミルザは容赦なくナンナの服の袖を裂いていった。そして患部を目にした瞬間、彼女が息を呑《の》んだのがわかった。

「……そうか。なるほど。そういうことか」

普段、動揺することなどない、マイペースの権化《ごんげ》であるミルザの声が強ばっている。

「ミルザさん、ナンナちゃんは……」

「……命に別状はないよ。それは、保証する」

「よかった！　でも、それじゃあ……？」

そうやってふたりが言葉を交わしているのがようやく、ナンナの、遠い意識の向こうで聞こえた。

夢と現《うつつ》の境目から、ぼんやりと、意識が浮上していく。

（ミルザ先生の、声。ここは……？　わたしの、身体、は……）

身体のどこか奥の――そう、自分の魔力。いつも穏やかに身体を包んでくれている魔力が、澱《よど》んでいるような感覚がある。

そこにはうっすらと膜があって、変質させられてしまったような、違和感が残ったままだ。

「……」

「……ミルザさん？」

ヘンリーの問いに、ミルザは答えなかった。

「いや。今、あたしにできることはあまりないよ。あとは消毒をして、この子に休む場所を提供してあげられるくらいだ。それよりも君、あの光馬鹿と、それからルヴェイ君に連絡は？」

「信号弾を打ち上げましたし、伝令も出しました。きっと現場に向かっているはず。――後は任せても？」

「もちろん」

ヘンリーはすぐに現場へ戻るつもりらしい。

慌てて建物から出て行ってしまったところで、ようやく、ナンナの意識がはっきりとする。

「ん……っ」

「！　ナンナ!?」

重たい瞼《まぶた》を持ち上げると、らしくもなく、ミルザの焦った顔が見られた。

彼女には悪いけれど、あまりにもらしくなくて、おかしい。

ずっと緊張していた反動もあるのかもしれない。慣れ親しんだミルザの姿に安心し、ちょっとだけ泣きたくなった。

誤魔化すように、ふふふと笑ってみせると、ミルザも大きく両目を開けて、安心したように肩をすくめる。それからくしゃくしゃと、ナンナの頭を撫《な》でてくれた。

「――ん。命に別状はないからね。アンタはそうやって、笑ってな」

焦っていても事態が好転するわけでもない。だからこそ、彼女も気持ちを切り替えたのだろう。

「今、青騎士の子が君を運んできてくれてね。先に毒消しを使ってくれたようだけど、もう少しちゃんと、手当てをするね？」

「はい」

「……傷口は見るものでもない。アンタは少し、目、閉じてな」

「わかりました」

そう言いながら彼女は、ナンナの身体を起こし、改めて患部を綺麗《きれい》にしていく。

さすがにミルザのレベルになると、魔法でかなりのことをできてしまうようだ。

直接患部の汚れを消す生活魔法をかけてから、回復薬《ポーション》を丁寧に塗る。それから、くるくると清潔な包帯で傷口を隠していった。

「ありがとうございます。ミルザ先生」

「気にしないでいいさ。アンタも災難だったね」

「いえ」

「……全く。そもそも、ルヴェイ君が取り逃がしていたからだろう？　――彼にしっかり、責任取ってもらうんだよ」

「え？」

取り逃がしたというのは、ユメルのことなのだろうが。命に別状はないみたいだし、傷だって、おそらく大したことがないはずなのに、どうもミルザの声が重い。

「……はぁ。アンタみたいな女の子が……かわいそうに」

「回復薬、よく効きますね。もう、痛くはないですよ？」

猛毒とかではなくてよかった。心の底からそう思う。

だからこそナンナも不安になる。だって、相手はあのユメル――〈灰迅〉の族長だったのだ。

何度もディアルノ人に変装して、わざわざあの店に姿を現した。そこまでしておきながら、ナンナを殺すことが目的ではないと、彼は言い切ったのだ。彼の目的が見えなくて怖い。

軽く肌を傷つけられ、一般的な毒消し程度で解毒できてしまう程度の毒を与えることで、彼の溜飲《りゅういん》が下がるとは思えない。

（寒い……）

彼は、ナンナがルヴェイに相応《ふさわ》しくないと、言った。

あのような悪意と憎しみをぶつけられるのは初めてで、息が苦しい。

（わたしが、ルヴェイさまに釣り合わないことくらい、わたしが一番知ってるよ……）

油断すると涙が出てきそうだ。

もう何度も何度も、悩み、立ち止まり、それでも彼と未来を歩むって決めた。勇気を奮い立たせて、彼との未来を選ぼうと思っていたのに。

「へへ……」

自由がきく左手で目元を覆いながら、無理矢理笑う。

だめだ。ここで落ちこんだら、ユメルの思うつぼだ。

ルヴェイはこれまで、あれほどまでの悪意と向き合ってきたんだと実感し、心を奮い立たせる。ナンナだって、こんなところで落ちこんでいるわけにはいかない。

「無理はしないでくれたまえよ。――まだ、気持ちが悪いだろう？　今のうちに、もう少し寝ているといい。この長椅子は貸してやる」

「ありがとうございます」

今はミルザの言う通りだ。そのうち、セスについての事情を聞かれることもあるだろうし、休めるうちに休んでおくべきなのだろう。

薄手のブランケットがかけられる。献身的なミルザの行為がおかしくて、少しほっとする。

(うん。大丈夫)

胸の奥に、不安はずっと渦巻《うずま》いている。

でも、今は眠ろうと、ナンナは自分に言い聞かせた。

「おやすみ、ナンナ」

ミルザが頭を撫でてくれると、再び、とろとろとした眠りが押し寄せて、ナンナは夢の中に落ちていった。

◆　◇　◆

ドン！　と、信号弾が上がるのが見えたとき、ルヴェイは、その色彩に目を疑った。

昨夜捕らえた〈灰迅〉連中の聴取を終えた直後だった。

一度内容をまとめて、オーウェンに報告に行かなければいけない。そう思い、影の中を移動して、一気に城の上階へ上がった。外がよく見える回廊に出たそのとき、南地区の方角に青の信号弾が上がるのが見えたのだ。

あれは青騎士団第二部隊の特別連絡用の色彩。今、同じ騎士の連中の仕事を考えても、その方角を考えても、嫌な予感しかしなかった。

「ルヴェイ！」

同じ信号弾を目にしたのか、オーウェンの執務室からカインリッツが飛び出してきた。

「あの信号弾」

「ナンナの職場の近くだ」

「チッ！」

おそらく、ルヴェイと同じことを考えたのだろう。であるならば話は早い。

「俺《おれ》は行くぞ」

「もちろん。手勢をかき集めて、追いかける」

「頼んだ！」

そう告げるなり、ルヴェイは躊躇なく、近くの影に飛び込んだ。

影移動――それは、ルヴェイのギフト〈影〉の与えてくれる恩恵の中でも、もっとも便利に使用している技のひとつ。

ユメル・リーの呪いによって魔力が制限されていたときは大した移動はできなかったけれど、完全に回復した今なら、影さえ繋がっていればどこへでも移動できる。

横移動だけではない。縦移動も、思うまま。

一部が建物の影になる中庭を利用して、一気に城の上階から一階へと移動する。そのまま建物の中を突っ切り、南側の門へと抜けていった。

ルヴェイは、この街のことなら知り尽くしている。

この時間、どこに影ができ、繋がっていくのか。影の移動は走るよりも格段に速く、魔力消費だけで簡単に移動できる。

心臓が、ずっと嫌な音を立てている。

万が一、ユメルが彼女を狙《ねら》ったとすれば――それを考えるだけで、呼吸をすることすら難しくなる。

へらりと笑う彼女の姿を思い浮かべる。何度も何度も、繰り返し思い浮かべてきた姿のはずなのに、今だけはそれが上手《じょうず》にできない。

ユメルに囚《とら》われ、絶望する彼女の姿が脳裏に浮かぶも、ルヴェイは必死でその想像を振り払った。

だって、そんなことあるはずがない。あってはならない。

(君が笑っていてくれないと、俺には生きる意味がなくなるんだ――)

だから、どうか無事でいてくれと希《こいねが》う。

この嫌な予感は間違いだと。この連絡が――彼女とは関係のないものであってくれと、ただ祈る。

彼女の行きつけの商店街を突っ切り、彼女の職場であるベーカリー・グレイス手前の交差点で、青騎士の制服が見えて地上に姿を現す。

「ヘンリー!」

この日、この区域の警らを担当していた男だ。どんなときも元気に任務に当たっている彼が、ひどく焦っている。

「ルヴェイさん！　ナンナちゃんが！」

嫌な予感が的中した。冷たい汗が流れるのを感じながら、ヘンリーとの距離を一気に詰める。

「何があった！」

「わっ!?」

彼の胸ぐらを掴《つか》み、声を荒げた。

「ナンナは――」

「無事ですっ！　無事ですが、少し、負傷を――」

「っ……！」

「ま！　苦しいっ。落ち着いてください、ルヴェイさんっ。ほんとに、無事ですから……っ！　命に別状はないって、ミルザさんもおっしゃって……」

「怪我《けが》の具合はっ!?」

「あーっ、ちょ。落ち着いて。説明、しますからっ。実は――」

――彼の説明を聞いているうちに、ぽつぽつと雨が降りはじめたらしい。

空はすっかり暗くなり、雨が容赦なくルヴェイの肩を濡《ぬ》らしていく。

ざあああああ――。

ヘンリーの報告を受けて、ルヴェイは軒下に入る気にもなれなかった。

（ナンナが――）

まともに頭が働かない。心が、ひどく冷えていく。

「ルヴェイさん」

「カインが。応援をつれてここに。俺は――」

前髪が濡れ、目元を隠してしまう。

それを掻き上げる余裕もなくて、ルヴェイは茫然自失《ぼうぜんじしつ》になっていた。

「はい。行ってください。今すぐに」

「……っ」

それ以上、何かを考えることなどできなかった。ただ、身体が勝手に動いていた。

雨に濡れた地面に身体を沈める。

ナンナの命に別状はない。それがミルザの見立てであれば、間違いはないのだろう。

けれども――と、ルヴェイは思う。

身が切り裂かれるほどの激しい後悔に苛《さいな》まれる。

やはり、四六時中護衛をつけるべきだった。せめてユメルを捕らえるまでは、彼女にも仕事を休ませて――とそこまで考えて、首を横に振る。

（違う。それでは彼女の幸せは――）

ただ、彼女は彼女らしく、健やかに過ごしてほしい。そんな願いを抱いたからこそ、彼女の希望を叶えたのだ。

もちろん、見回りの者には、店に入る客に注意を払わせていた。

(ユメルが、ディアルノ人に扮《ふん》していた？　しかも、ナンナと知り合いだった、だと……？)

肝心のナンナが、事件後すぐに意識を失ってしまったため、ヘンリーもまだ詳しくはわからないと言っていた。

ただ、彼女の雇い主であるバージルの話によると、ユメルはセスという名を名乗り、パン屋に何度も通っていたらしい。

(何をやっていたんだ、俺は――)

手こずりながらも、確実に〈灰迅〉を追い詰めている。そう信じていた。

だが、手負いの獣は、何をしでかすかわからない。

(俺のせいだ)

嫌な予感がどんどん膨らんでいく。

ユメルは、何度も変装を繰り返してまで、用意周到《ようい しゅうとう》にナンナとの距離を詰めてきたのだ。単純に傷つける程度で終わらせるはずがない。

もしかしたら、という思いに突き動かされ、ルヴェイはようやく見えた薬屋のドアを影移動のまま一瞬でくぐった。

「ナンナ!!」

そこには、穏やかに眠るナンナの姿と、彼女とは対照的に厳しい顔つきで佇《たたず》むミルザの姿があった。

「……ルヴェイ君」

ルヴェイの声に反応し、ミルザがゆっくりと振り返る。

店の奥、長椅子に横たわって眠るナンナの表情は、驚くほどに健やかだった。ただ、のんびりと昼寝をする姿そのものだ。

彼女の身体には薄手のブランケットがかけられていて、少しだけ身体を丸めて、くうくうと眠っている。このような状況下でなければ、とても平和な光景に思えたかもしれない。

けれど、あのミルザの深刻そうな顔に、彼女がユメルに襲われたという現実を突きつけられ、ルヴェイは呻《うめ》く。

「君さあ、厄介なギフトだねえ。鍵《かぎ》とかおかまいなしに入れちゃうんだ。すごいすごい。…………なんて。さすがにベルくらい鳴らしな。完全に不法侵入じゃないか」

ミルザは目を伏せて、苦言を呈する。

「――すまない」

「それにびしょびしょだ。全く、店内を濡らさないでくれたまえよ」

「ナンナは」

「はあ。それどころじゃないって？　――ああ」

ナンナの顔色を見る限り、本当に傷はたいして深くはないのだろう。

けれども何だ。この焦燥感は。

「解毒も済んでいるし、回復薬も塗っておいた。傷もすぐ塞がるとは思うけどね」

そう語りながら、ミルザはタオルを一枚ルヴェイに投げる。

眠るナンナを濡らさぬようにと、ルヴェイも軽く髪を拭《ぬぐ》った。

「まだしばらく眠らせてやってくれたまえ。少し、身体にも負担が大きかったんだろう」

「……毒、だったのか」

「いや。そっちはほんの、嫌がらせ程度のものさ。はは……おそらくこっちも、嫌がらせなんだろうけどさ」

ミルザは口をつぐむ。

彼女は眼鏡《めがね》を押さえ、深刻そうな顔つきで、眠るナンナに視線を落とした。

「…………君の心境を考えても、今のうちに見ておくべきか。いいか、ルヴェイ君。何を見ても、受け入れてやってくれ。そして――頼むから、ナンナが目覚めたとき、言葉には気をつけてやってくれないか」

その前置きだけで、何が起きているのか予測は立つ。

でも、嫌だった。認めたく、ない。

「難しいことを言っているのはわかってるよ。あたしだって、なんて声をかけてあげたらいいかなんて、わかりゃしない。それでもさ」

そう言いながら彼女は、ナンナにかけていたブランケットをそっと捲《めく》る。

彼女を起こさないようにと遠慮がちな様子だったけれど、その下からあらわれた彼女の肌を見て、ルヴェイは絶句した。

治療のためにと、彼女の右腕は剥き出しになったままだ。

ぐるぐるに巻かれた包帯。そして、その包帯でも隠しきれないほどに広がる黒い色彩を見るなり、ルヴェイの心臓が大きく軋《きし》んだ。

「…………」

「可哀相《かわいそう》に。——幸い、まだ、服で隠れる場所ではあるんだけれどもね」

「……ナンナ……」

べっとりと墨で塗りたくられたような黒い痣《あざ》。

その痣には、嫌というほど見覚えがあって、全身の血が凍りつくような心地がした。

「ナンナ」

彼女は、まだ気がついていないのだろう。

平和に眠る横顔が逆に痛々しい。

「ナンナ……っ」

叫び出しそうなところを、必死で堪《こら》える。

胸を掻きむしりそうになる衝動を抑えながら、ルヴェイは呻いた。

「っ、っ……！」

息をするのも苦しくなって、己の喉を押さえる。

はあ、はあ、はあ。

冷静になれ。気持ちを抑えろ。そう自分に言い聞かせるのに、うまくはいかない。

ふつふつと、心の奥底に渦巻くこの感情はなんだ？　怒りか？

でも誰に？　ユメルに？　——いや、ちがう。護《まも》れなかった自分自身にだ。

本当ならば、昨夜決着をつけるつもりだった。

けれども取り逃がし、このザマだ。見つけ出すこともかなわず、先手を打たれた。

ユメル・リーのギフトは〈墨〉。

かつてその呪いをかけられていた経験があるからこそ、逆に甘く見ていた。だって、ルヴェイ自身には、あの呪いが広がるのに二年もの時間がかかったのだ。

けれど今、ナンナの状態を見て悟った。

腕にべっとりと広がる黒。ルヴェイのときよりもはるかに、呪いが侵蝕《しんしょく》するのが早い。

ナンナの体質によるものか、あるいはユメルが研鑽《けんさん》を積んだ結果なのか、痣の広がりかたが尋常ではなかった。

「あと数日もすれば、手か、首か――少なくとも、隠せない場所に影響が出る。そしておそらくだが、ルヴェイ君。このギフト〈総量型〉だ」

「そう、……いうことか」

うすうすそうではないかと、ルヴェイも思っていた。

「ユメルが操れる呪いの総量が決まっている。――おかしいと思っていたんだ。時間はかかるとはいえ、君の魔力を封じることができるほどのギフトなのに、なぜ、他の人間に同じ呪いがかけられたという話を聞かなかったのか」

ミルザはルヴェイとじっと目を合わせ、宣言する。

「答えは簡単だ。ルヴェイ君。おそらくユメルは、今まではほぼすべての力を君の魔力を封じるのに使用していた。脇目《わきめ》もふらず、君だけを抑えることに注力していたんだ。けれども、ナンナが君の呪いを解いたことで、同時にユメルにも、自由に使える力が戻った。だから、今は、その力のすべてをナンナに注いでいる」

「……今度はその力で、ナンナの力を封じようとしているわけか」

「おそらく。ヤツはナンナが、君を治癒《ちゆ》したことに気がついたのかもしれない。だから、呪いを治癒できる人間を、先に抑えこもうとしたのか。あるいは――」

ミルザが言い淀《よど》む。

あまりに卑劣で、邪悪な理由であるからこそ、口にできないこともある。

ルヴェイだって、とてもではないが、言葉にできない。したくない。

（あえて、殺さなかったのは）

言霊《ことだま》というものが世の中にはあって、口にすると、本当になってしまいそうだから。

「俺に。……俺に、見せつけるためか……」

まず間違いなく、そうなのだろう。

ルヴェイが一族を捨てたことに対するユメルの恨みは、深い。

ルヴェイに懐いてくれていたぶん、絶望も大きかったのだろう。

最初にユメルを裏切ったのは自分だ。

だから、ルヴェイ自身の手でケリをつけなければいけないと、ずっと考えてきた。けれども――。

「ナンナ……」

こんなの、あんまりだ。

ヤツの復讐の駒として、彼女が使われるだなんて、あまりに――あまりに、ひどい。

「俺が巻き込んだのか」

「そうだね」

「俺のせいで――」

「ああ。王太子殿下も、カインリッツも、君も。みんなしてこの子を引っぱり出した、その結果さ」

「…………っ」

ナンナがずっと、ルヴェイの妻になるのは荷が重いと感じていたことは知っている。

それでもルヴェイの存在を受けとめてくれて、支えようとしてくれた。関係性を前に進めることをよしとしてくれた。

だからルヴェイは、彼女に恥じぬようにと、自分の過去にケリをつけようとした。

しかしその結果はどうだ。

結局は、ルヴェイの抱えていた私情に、彼女を巻き込んだだけではないか。それも最悪な形で。

「――でも、ナンナは。アンタに救われて、幸せそうにしていると思うよ。こんな事件に巻き込まれたけど、彼女が外に出たことは悪いことじゃない。それは胸を張っていい」

「しかし」

「どんな状況でも馴染んじゃう子だからねえ。……あの家での生活はひどいものだったが、この子はけろっとして生活できていた。でもそれは決して幸福なものではなかったとあたしは思うよ。この子は否定するけどね。――肝心なところで自分の幸福を願えない、臆病《おくびょう》なところがあるのさ。だから、アンタたちが外に連れ出してくれたこと、あたしは感謝してる」

「だが……こんな、……こんな……っ」

ミルザの言っていることはわかる。

ルヴェイだって、ナンナがあのままワイアール家でこき使われて一生を終えるのが正しいなんて、絶対に思わない。

けれども、こんな痣。――明るくて、朗らかに笑う彼女の表情が蔭《かげ》るのは、見たくはないのに。

「だから」

ミルザが笑う。

くしゃくしゃに。強がるように、無理矢理。

「しっかり責任を取ってあげな。絶対に。この子を幸せにしてあげてくれ」

「もちろんだ」

それだけは、絶対に。

ルヴェイは迷いなく言い切り、ナンナのそばへしゃがみ込む。そして、今は穏やかに眠るナンナの頬《ほお》にそっと触れた。

笑うと、翠《みどり》色の瞳がきらきら輝く。色白の肌にも少し朱がさして、まるで太陽のように明るく、朗らかな彼女のことが好きだった。

隣にいるだけで、穏やかで、優しい時間を過ごすことができて。

彼女だけが自分を、ただの、どこにでもいるひとりの男にさせてくれる。

「責任を取ると、約束した」

出会ったばかりのころこそ、義務的な想いもあったのだろう。

けれどももう、そんな薄っぺらな感情じゃない。

彼女を、愛している。それだけは揺るがない。だから――。

「必ず。必ず――」

幸せに、する。

目を開けることなく、平和な顔で眠ったままの彼女の姿を目に焼き付け、ルヴェイは強く誓った。

◆◇◆

ふわりと意識が浮上した。

重たい瞼を持ち上げ、ナンナはぼんやりと天井に焦点をあわせる。

（…………あれ？）

ぱちぱち、ぱちり。

記憶を遡《さかのぼ》ってみたところ、ナンナはミルザの薬屋にいたと思っていたけれど。

（ううん？）

なんだか薄暗い場所だ。ミルザの店の、独特な匂《にお》いは一切しない。

一体ここはどこだろうか。天井の形に見覚えはなく、ゆっくりと身体を起こしてみる。

ベッドサイドには小さなランプが灯《とも》っており、部屋の様子もぼんやりと見ることができる。どうやらどこかの一般家庭のようだった。

窓際にいくつも鉢植えが置いてあり、カーテンも無地ではあるけれど、自然な素材の優しい印象のある部屋だ。テーブルやクローゼットも、木の温《ぬく》もりのするものばかりで、物は多くはないけれど、どこか小洒落《こじゃれ》た印象の、落ち着いた雰囲気の部屋だった。

窓の外を見ると、裏路地に面したどこかの住宅街なのだろう。ただ、空はすっかり暗くなっていて、景色《けしき》はよくわからない。

それに、すぐ近くに隣の家の壁があり、決して見晴らしはよくない場所だ。眠っている間に雨が降っていたのか、近くの屋根が濡れている。

ミルザの薬屋から移動させられて、眠っている間に夜になった——ということなのだろうが。

(ううーんと……？)

本格的にここはどこなのか悩んでみる。

右腕に痛みはない。おぼろげな意識ながら、ユメルに襲われたこと自体は夢ではないはずだが。

……そういえば、寝間着が男性ものだ。

さらさらしていて、とっても着心地のよい寝間着だ——というところまで思い至ったとき、もしかしてここはと、ひとつの答えに辿《たど》りつく。

「——っ！　目が覚めたか！」

ナンナが身体を起こしたわずかな音に気がついたのか、部屋のドアががちゃりと開け放たれた。

その音に反応して目を向けると、そこには、全身真っ黒の男が立っている。

ルヴェイだ。丁度、水を汲《く》みに行っていたのか、片手に桶《おけ》を抱えている。

そういえば、ナンナの額には濡れた手ぬぐいが置かれていたらしい。身体を起こしたときにぽろりと膝の上に落ちてしまっている。

「ルヴェイさま。……ってなると、ここは」

「ああ。俺の住処《すみか》だ。いつも使っている、な」

なるほど。たくさん住処があるとは聞いていたけれど、確かにこの部屋は、きちんと誰かが住んでいる気配がある。

ナンナに貸してくれている部屋とはまた雰囲気が異なり、本人のこだわりがいたるところに感じられる部屋だった。素朴だけれど、どこか優しい趣がある。

「――ナンナ」

ぽかんとしていると、ルヴェイが真っ直《す》ぐにこちらへ向かってきた。

苦しそうで、泣き出しそうな目を向けられ、ナンナの心がずきりと痛んだ。

ルヴェイは近くのテーブルに桶を置き、きゅっと唇を引き結んだまま、そっとベッドの手前で膝をつく。

「気分はどうだ？　具合の悪いところはないか？」

ごく自然に、手を取られた。

少しがさがさしている、戦う男の人の手だ。細く長い指が、愛《いと》おしげにナンナの手をさする。

「……」

胸の奥がつきんと痛んだ。色々ありすぎて、何が現実で何が夢なのか、曖昧になっている。

でも、ナンナの顔を覗《のぞ》き込むルヴェイの顔に、ユメルの姿が重なり、息を呑む。

「ナンナ？」

「っ、あ。いえ！　なんだか、まだ、ぼんやりしていて。セス——じゃなかった。〈灰迅〉の族長は、捕まりましたか……？」

訊《たず》ねると、ルヴェイはぎゅっと目を閉じ、首を横に振る。

彼の手が震えている。悔しさで唇を噛《か》む様子が痛々しくて、ナンナは慌てて右手を彼の口元に伸ばした。

「……わたしが不用心だったんです。あまり、ご自分を責めないでください」

そうしてそっと唇をなぞると、彼の三白眼がふるると震えた。眉を寄せ、ナンナ以上に痛みを感じている様子に、胸が苦しくなる。

彼はなんて優しい人なのだろうか。

早く安心してほしい。いつまでも悲しい顔をしてほしくなくて、にっこりと微笑《ほほえ》んで見せた。

「大丈夫ですよ？　毒は、ヘンリーさんとミルザ先生が何とかしてくれましたし。回復薬で、もう痛みもありません。ちょっと怖かったけど、平気です」

「っ……！」

ルヴェイは、表情をくしゃくしゃにしたまま、ナンナに顔を寄せてくる。

そのままぎゅっと彼に抱きしめられた。

ルヴェイは、ナンナの肩口に顔を埋めたままずっと震えていた。そんな彼を宥《なだ》めるように、彼の背中に腕を回す。そのとき、右腕に引きつるような違和感を感じた。

「っ……！」

「ナンナ!?」

痛みはもう消えているはずだ。回復薬を使ってまで綺麗に治してもらったのに、この違和感はなんだろうか。

表面上の痛みなどではない。何か、神経が傷つけられているかのような、ぴりぴりした痺れ。身体に網目状に張り巡らされた神経の一部が、何かに抵抗しているかのような感覚がある。

「大丈夫です。大丈夫……ちょっと、変な動かし方しちゃっただけかな、と」

だめだ。こんなときに、もっと心配させてどうすると、ナンナは首を横に振った。

心配そうに顔を上げた彼に、へらっと笑ってみせて、何度も、大丈夫だと繰り返す。

とはいえ、傷はいったいどうなっているのだろう。包帯が巻かれているのはわかるのだけれど、どうしても気になってしまう。

大したことない傷のはず。確認もかねて、あえてルヴェイに見せるように前に出す。そして一切の躊躇なく、袖をまくった。

「！　待て！」

ルヴェイが制止してくれたけれど、それがちょっと遅かった。

包帯が巻かれた右腕。そこに目を向けた瞬間、ナンナは凍りつく。

「……」

何も言葉が出てこなかった。

丁寧に巻かれたままの包帯は真っ白。ただ、清潔感のある白に覆われた場所からはみ出すように、あきらかに違和感のある箇所がある。

「…………」

息が苦しい。

頭が真っ白になって、すぐに事実が受けとめられない。

真っ白い肌にくっきりと浮かび上がる、ある色彩。そこからもう、目が離せなくなってしまって。

「そっか……」

ようやく絞り出せた言葉が、それだった。

「そう……いうこと、だったんですね」

体内にある違和感の正体もわかった。

神経というよりも、魔力か。

自分の身体を巡る魔力に、ぼんやりと膜がかかっているようなこの感覚。

「……」

右腕の外側にべっとりと、包帯では隠しきれないほどに広がっている、インクのような黒い痣。

ナンナの白い肌にくっきりと浮かび上がるその痣には、嫌というほど思いあたりがある。

「変だなって、思ってたんです」

どうして、即効性のある強い毒を使わなかったのか。

どうして、もっと急所を狙わなかったのか。

どうして、あんなにもあっさりと、ユメルは逃げてしまったのか。

悪意に満ちたその黒に、ナンナは息を詰まらせた。

「…………うっ……」

ほとり、ほとりと涙がこぼれる。

『何の取り柄もない女のくせに、思い上がるな!』

ユメルに吐かれた、まるで呪詛《じゅそ》ともとれる言葉を思い出す。

自分はちっぽけで、なんの取り柄もない、どこにでもいるような娘であることくらいわかっていた。

それでも、ちゃんと胸を張っていようと自分に言い聞かせてきた。

ナンナがルヴェイに相応しくないと、世界中の誰もが言ったとしても。ルヴェイが求めてくれるのなら、ナンナもそれに応《こた》えられる自分でいようと、心を奮い立たせてきたのに。

『兄さんがさ。我慢できなくて、肌を掻きむしりたくなるような。思い出すたびに吐き気がして、呼吸することも、難しくなるような。君を見るたびに絶望し、後悔して、僕に許しを乞いたくなるようなさ――』

ユメルの言葉は、きっと現実となるだろう。

だって、この痣の呪いは、治す手段などない。ルヴェイがこの呪いで苦しんでいたときだって、二年という時間をかけても、治療法が見つからなかったのだ。

そうしてようやく見つかったたったひとつの治療法が、ナンナの特別なギフト〈絶対治癒〉だけ。

でもそのギフトも、ルヴェイ相手にしか発動はしない。ナンナは、ナンナ自身に、己のギフトを使用できない。

（落ちこんじゃだめ、ナンナ。命は助かったんだから。これくらいの呪い、なんてことない）

――そう思うのに。

「……ひっく、……すみま、せんっ。わた、わたし……っ」

「ナンナ――！」

がばりと強く抱きしめられ、ナンナ自身も彼に縋《すが》りつく。

「ルヴェイさまっ……わたし……」

「ナンナ。すまない。全部、全部俺のせいだ」

ちがう。ナンナがぼんやりしていたせいなのに。

おそらくユメルは、ナンナを試していたのだ。事実、気づくきっかけはたくさんあったはずだ。あえてユメル本人が、彼に近づくヒントをちりばめていたように思う。

でもナンナは気づけなかった。それどころか、ユメルが変貌《へんぼう》したその瞬間、身体が強ばって、逃げることすらできなかった。

ルヴェイが一生懸命、過去の清算をしようと走り回っているあいだ、ナンナは平和ボケしたままぽやんと過ごしていた。

（ルヴェイさまの身体を蝕《むしば》んでいた痣と同じ。だったら――）

ナンナもいずれ、魔力を封じられ、ギフトだって使えなくなってしまうのだろうか。

ルヴェイの治癒係も、できなくなってしまうのか。

いや、自分以外誰も怪我をしなかった。それで十分じゃないか――そう思うのに。

（いつか、この痣は、広がっちゃうのかな）

ルヴェイは頬まで痣に覆われていた。

あんな風にいずれは、手や、顔にまで広がってしまうのだろうか。

そんな自分を想像し、言葉を失う。

（それはちょっと……困る、……かも……）

ナンナは、自分が好きだ。

いつも笑っていられる、自分が、とても。

その生き方は、亡くなった自分の両親が、彼女に残してくれたものだった。どんなに辛いときも、しんどいときも、そのなかに楽しさを見つけたら乗り越えられる。

つらいときほど、笑っていられるものを探すんだって。そう教えてくれた。でも――。

（笑えない）

ぜんぜん、笑えない。

いつか、真っ黒な墨に覆われてしまう自分も。

きっとそんなナンナを見て、苦しそうに表情を歪めるルヴェイを見ても。

(わたしだけじゃない)

最初に思い浮かべたのは、泣きそうな顔をしたルヴェイの姿だった。

(ルヴェイさまにも笑っていてほしいのに……!)

痣を見るたびに、きっと彼は、表情を歪めるだろう。これを自分のせいだと思い込み、後悔に苛まれるだろう。

(せっかく、一緒に笑って、歩いていけると思ったのに)

こんな姿じゃもう、それも敵《かな》わない。

ナンナの〈絶対治癒〉は、ナンナ自身には使えない。この病はきっと、治ることがない。

この呪いは、一生、このままだ。

ナンナはいずれ、この墨のような痣に覆われ、まともに太陽の下すら歩けなくなってしまうのだろう。

「う……ううう……うっ、ずっ……」

自分のことで泣くだなんて情けない。そう思うのに、ほろほろと自然に涙がこぼれ落ちていく。

胸が痛くて、苦しくて、呼吸すらままならない。

ますます醜くなった顔をルヴェイに見られるのが嫌で、ナンナはどうにか手で隠そうとする。

「ナンナ――」

けれどルヴェイは、それを許してはくれなかった。

やんわりとナンナの手を掴み、そっと顔から引き剥《は》がす。かわりに彼自身の手で両頬を包み込むように触れ、ナンナの涙を拭ってくれた。

「大丈夫だ。きっと、この呪いは打ち消す」

「でも――」

「呪いの元凶は、今もまだこの街にいる。もう、ヤツの手足はほとんどもぎ取った。――だから安心しろ。必ず、君を助ける。――必ずだ」

ルヴェイの言葉には迷いがない。

彼のなかで、もう確定している未来であるかのように、淀みない。

「それに俺は責任を取ると言った。あの言葉をたがえるつもりなどない」

「でも、こんな……わたし、みにく――――……!?」

その言葉は最後まで発することができなかった。

ナンナの両目が見開かれる。

「……っ」

すごく近くに、ルヴェイの顔がある。

印象的な三白眼は今は閉ざされていて――ひどく甘い口づけが、落とされている。

心臓が痛いくらいに跳ねている。

彼は、ナンナを離すまいと、その手に強く力を込め――薄い唇をしっかりと押しつけて。

「……君を、愛している。だから、こんなことくらいで手放すはずもない」

ほんのわずか。触れるか触れないかギリギリの距離で、彼が囁《ささや》く。

静かにその目を開いて、真っ直ぐナンナに視線を投げかけたまま。

「こんな痣も、何もかも、関係ない。俺は。君が好きで。――君と一緒にいたくて。ただそれだけなんだ。君に、こんなことで離れてほしくないし、泣かせたくない。元凶は俺が必ず捕らえる。だから――君には、ずっと。俺の隣で笑っていてほしい」

「……」

「君が、好きだ。君の笑顔を俺は絶対に取り戻す。だから俺に。俺に責任を取らせてくれ。――俺に遠慮するような形で逃げないでくれ。頼む」

「…………ルヴェイさま」

「俺は、これからもずっと。一生。君のそばで――君の隣で、眠る権利が欲しい」

呼吸を忘れた。

瞬《まばた》きすらできず、ほろほろと涙が溢《あふ》れ続ける。

痛ましげに眉を寄せた彼は、眦《まなじり》にそっと口づけ、涙を拭ってくれた。

「ナンナ。どうか、返事を」

「っ、ルヴェイさま、責任、感じすぎ――」

「君は、今の俺の告白が、責任感からくるものに聞こえたのか？」

「……」

ちがう。

わかっている。ルヴェイの言葉は全部本気だ。

口下手《くちべた》なところもあるけれど、彼は、誠実で、真っ直ぐで、彼の紡ぐ言葉はすべて嘘いつわりない彼の本心だ。そんなの、わからないナンナではない。

「俺を見くびってくれるな」

「……っ」

まだ、手を取っていてもいいのだろうか。

平凡で、唯一の取り柄だった特別なギフトすら、満足に使えなくなるかもしれない、ただの娘でも。

いつか、この痣も広がるかもしれない。未来に不安を抱えた娘でも。

(でも、ルヴェイさまは元凶を捕らえると、約束してくれた)

愛する彼を、ナンナが一番に信じないでどうするのだ。

「わたし」

「……」

「わたし、……ルヴェイさまが、好きなんです」

ぽろっとこぼれ出た言葉に、彼がくしゃりと目を細める。

「だから。わたしだって、ずっと。一生、そばにいたい――」

「っ！」

もう我慢ができないと、再び彼に唇を奪われた。今度はもっと長く、深く。

わずかな綻びから彼の舌が侵入し、歯列をなぞる。そのままナンナの舌を探し当てた彼のものは、もう我慢はしないと言わんばかりに、くちゅりと舌を絡め取った。

ちゅく、ちゅくと、口内がかき混ぜられる。

甘くて。苦しくて。息ができなくて。

ナンナは目をとろんとさせながら、ただ、彼のなすがままになっていて。

そのままふたり、ベッドになだれ込み、抱き合い、舌を絡め合う。

「ナンナ――」

ようやく、離れたかと思うと、彼は掠《かす》れた声でそう囁き、また唇を落とす。

何度も。何度も。たっぷりとナンナを味わうように、彼は執拗《しつよう》に口づけをした。

涙の滲《にじ》む眦をそっと拭い、彼がナンナの髪を梳《す》く。

その手つきの優しさが愛しくて、ナンナはますます泣きたくなる。

好きな人にこうして、優しく触れてもらい、自分だって同じように想いを返せることの幸せを噛みしめ、途方も無い気持ちになった。

「ナンナ、愛している」

「わたしも。ルヴェイさま」

するすると、彼の唇が落ちていく。頬に、首筋に、鎖骨に。それから彼は、寝間着のボタンを外していく。

右の肩近くまで黒く変色してしまったまだら色の肌があらわになり、震えずにはいられなかった。

ただ、ルヴェイが苦しそうに眉根を寄せたのはわずかの間だけ。その黒い痣までも、愛しそうにちゅ、ちゅ、と唇を落としていく。

「あっ……あの！　ルヴェイさま……っ？」

「ん」

「やっぱり、……気持ち悪く、ないですか……？」

たくさん唇を落としてくれるけれども、白い肌にべったりとこびり付いたような墨色はやはり違和感がある。

無理に愛してくれなくてもいいのにと思うけれど、彼は表情を変えることなく愛撫《あいぶ》を続ける。

「君は――痣のあった俺を見て、触れたくないと思ったか？」

「え。……あ……」

初めて彼の痣を見たのは――そう、ナンナのギフトを使うために、初めて身体を重ねたときだった。

「いい、え……」

「俺も同じ。……いや。もっと君を。どんな君でも、もっと、触れたいと……そう思う」

「ルヴェイさま」

「……なんて、病み上がり相手に、無理はさせられないがな」

そう言って彼は、残念そうにくしゃりと笑みをこぼした。

彼のそんな顔を見て、ナンナは改めて自分の願いを噛みしめる。

（あ、この顔だ）

ナンナはこうして、彼の笑顔が見たかった。

「……っ」

離れようとする彼の手首を掴む。

驚きで両目を見開く彼をそのまま引っ張って、少し、背中を浮かせて顔を近づけた。

「ん……」

彼の薄い唇に、自分のそれをくっつける。

これはナンナのわがままだ。もっとくっついていたいし、彼に愛されたい。

少しでも離れるのが寂しく、怖く、心細くて、震えてしまう自分がいて。甘えるようにして彼の身体に腕を回す。

「ナンナ……？」

「だめ……ですか……？」

「そ、れは……」

「あの、わたし。………………その」

はしたないと思われるだろうか。

でも、欲張りな気持ちばかりが膨らんで、抑えがきかない。

このまま、彼にいっぱい愛されたい。

恐怖も、不安も、全部。全部全部塗り替えるように、いっぱい、いっぱい、彼の想いを噛みしめたい。

でもそれがうまく言葉にできなくて、唇をひき結ぶ。

両頬を真っ赤にしながら、潤んだ瞳《め》をふいと逸《そ》らしたところで、再び唇を奪われた。

「いいのか？」

ナンナだけじゃない。彼の声だって震えてる。

でも、ナンナの答えはとっくに決まっていて。

「……はい」

こくりと頷くと、彼はきゅっと唇をひき結び、目を閉じる。

ぶるりと彼の身体が震えて、彼はナンナの肩口に顔を埋めた。

「途中でやめられる自信はない。わかっているんだな？」

「はい」

「そうか。――わかった。もう、我慢はしない」

今まで我慢してたのかと知り、胸がきゅんとしてたまらない。

ルヴェイは唾を飲み込み、ナンナの着ている寝間着をゆっくりと剥ぎ取りにかかる。ナンナの白い肌があらわになり、そのまま下着と一緒に、ズボンまでするすると脱がされた。

彼自身も黒いシャツを脱ぎ、適当に床へと投げてしまう。たちまち引き締まった彼の肌が見え、ナンナは息を呑んだ。

彼と身体を重ねるときは、いつだって期待する。

でも、この日、この瞬間は、ルヴェイが今まで以上に美しく見えた。

無駄な肉のない――そして、動きを制限しない適度にしっとりとした筋肉のついた、抜き身の刃《やいば》のような肉体だった。

人種が違うからか、ナンナよりも少し肌の色が濃い。綺麗に割れた腹と、臍《へそ》までのラインも美しく、今更ながら心臓がドキドキして煩い。

(この人と、一生――隣で、一緒に)

じわじわと、未来の約束に実感が湧《わ》き、胸の奥が熱くなる。

「？　どうした？」

「や。あの。その……！」

ぷしゅううう。と、脳が沸騰しそうだ。

「綺麗で。……すごく。あの」

ドキドキして、と、蚊の鳴くような声で申告する。

「未来の、旦那さまが、こんなに素敵な人なんだなって思うと。その――」

たちまちルヴェイもナンナと同じように真っ赤になり、恥ずかしそうに三白眼をそっと逸らした。

「そうか」

「はい……」

「君が好いてくれるなら、喜ばしいことだ」

「はい……素敵です」

「…………そうか」

彼が改めて、大きく深呼吸するのがわかった。

「大切にする。その……俺の、未来の、奥さん」

「っ、……は、い」

心臓に悪い。今はルヴェイへの想いでいっぱいで、不安などどこかへ飛んでいってしまった。

ふたりの間に沈黙が落ちる。

ちら、ちら、と視線が合っては逸らし、再び、重なって。

「ナンナ」

ルヴェイが目を細める。少し憂えた表情は苦しげで、たっぷりと色香を纏っていた。

覚悟を決めたように彼がナンナの身体に手を這《は》わせ、揉《も》み拉《しだ》き、愛撫する。首を、胸を、腹を強く吸われ、彼のものであるという印がはっきりと落とされる。

「かわいい……すごく。君が」

「ぁ……っ」

「俺が、……好きか？」

「んっ……はいっ」

「本当に？」

「すき、です」

「もっと。もっと聞かせてくれ」

「すき。ルヴェイさまが、好きです。愛してます」

ナンナももっと伝えたい。彼に知ってほしい。喜んでほしい。

好き。好き。大好き。愛しています。

そう繰り返しながら、ナンナもまた彼に触れた。

彼は性急にナンナの身体をいじりながら、同じように言葉を返してくれる。

俺も。好きだ。君が。愛している。

まだ直接大切なところには触れられていないのに、ずくりと疼《うず》く心地がする。早く彼に触れてほしくて、もどかしい。

言葉だけじゃなくて身体も欲しい。

どんどんと膨らむ欲を抑えきれなくて、気がつけば彼に擦り寄るようにして、腰を押しつける。

彼はごくりと唾を飲み込み、ゴツゴツとした手がナンナの下半身へと伸びていった。

さわっ、と、脚を撫でられるだけで、期待で胸が苦しくなる。甘い吐息を混じりあわせ、とうとう彼の手がナンナの大事な部分に触れたとき、痺れるような疼きに胸がいっぱいになる。

早く欲しい。――彼がもっと。

想いを通じ合わせても、それだけじゃ足りない。早く繋がりたくて、ねだるように彼にキスをした。

ナンナの太腿《ふともも》に、硬くて熱いものが当たっている。

ああ、これがなかに挿入《はい》るんだ。――そう思うだけで、ナンナのなかがじゅくりと熟れて、蜜《みつ》がこぼれ落ちそうだ。

ルヴェイの指がぐじゅぐじゅと膣《ちつ》内をかき混ぜ、解《ほぐ》していく。でも、もうとろとろに蕩《とろ》けていることも、当然お見通しなのだろう。

彼はもう片方の手で器用に、自身の下穿《したば》きを脱ぎ捨てると、そのままベッドにあぐらをかく。そうしてサイドテーブルの引き出しから小さな瓶を取り出し、ナンナの身体を起こした。

「こっちだ——」

彼に跨《また》がるような形で、膝立ちさせられる。

「ルヴェイさま……？」

「寝たままだと、腕が——擦れて痛むかもしれないだろう？」

「えっと。お薬、しっかり効きましたし。全然大丈夫、ですよ……？」

「そうか？　だったら、俺に付き合ってくれ。今日はこうして、君を愛したい」

「……っ」

きっとルヴェイなりの気遣いなのだろう。

そそり勃《た》った彼のモノは大きく、長い。ここに自ら腰を埋めていくのは、躊躇《ためら》う気持ちもあるけれど、それよりも期待の方が大きい。

ナンナが覚悟を決めたのを理解したのか、彼はふと笑った。そうして、先ほど取り出していた瓶の蓋を開け、口にする。

避妊薬を口移しするのが、すっかり彼と愛し合う合図になっている。ナンナも進んで彼に顔を寄せ、ゆっくりと唇を重ねた。

彼は遠慮がちにナンナの口内へ舌を侵入させ、とろり、とろりとその液体を流し込んでくる。

「ん……ぅ……」

少しとろりとした、あまったるい液体をこくんと飲み干し、微笑んだ。それから、彼の首にぐるりと腕を回す形でしがみつく。

目線の高さが合い、ナンナの慎ましい乳房が、彼の胸に押しつけられて。

たくましく、がっしりとした彼の肉体にしがみつきながら、ナンナはゆっくりと、腰をおろしていく。

しっとりと潤んだナンナの蜜壷《みつつぼ》に、彼の剛直が押し当てられた。ずぶり、と亀頭を受け入れた瞬間、その質量に全身が震える。

ああ――ずっと、これが欲しかった。こうして彼に、愛してほしかった。

腰を沈めていくたびに、硬くて熱い彼のモノが、ナンナのなかを埋めていく。圧倒的なその質量はひどく苦しく、甘美だ。

「ぁ……」

甘い吐息が漏れる。

ルヴェイもまた、同じように吐息を漏らし、ナンナの背中をつつつと撫でた。

「ん――んっ」

「ぁぁ……ナンナ、君のなかは」

「ぁ、ルヴェイさま、……んんんっ」

ずぷん、と、根元まで受け入れた瞬間、ナンナは軽く達してしまった。

彼のモノが、奥に当たっている。ナンナとこんなにも深く繋がっている。

「ルヴェイさま……すご……」

「ん。そうか」

「おく。奥にあたってます……」

「ああ、君のなかも。すごく、いい」

「うれしい……」

ゆさ。ゆさ。と、どちらからともなく、腰を揺らす。

肩口に顔を埋めるのも好き。彼のしっとりした肌の感触も、かすかに匂う男性らしい香りも、好き。

もちろん、このままいっぱい、彼の首元に唇を落とすのも。

でもやっぱり、彼の顔が見たくて、ナンナは顔を上げた。

少し隈の浮かんだ――陰気な。なんて、失礼かもしれないけれど、陰のある彼の顔がとても愛しい。

「好きです」

眦に、口づけを落とす。

「好き」

次は額に。鼻に。頬に。

「ルヴェイさまが、好き……」

それから唇に。

「ずっと、一緒にいたいです」

ルヴェイが戸惑い、眦を染めるのを見てなお、やめる気はおきなかった。

彼と晴れて、恋人になって。幸せな時間を共有していたし、いつかは彼と――という想いもあった。

それでもナンナは遠慮がちなところがあった。

だから自分の気持ちを、まだ全然伝えられていない。

足りない。もっと――もっと彼に喜んでもらいたい。

胸がいっぱいになって、ナンナは微笑む。翠色の瞳を潤ませながら、彼の柔らかな髪を撫で、背中に腕を回し、撫でる。

彼の全部を確かめるように、たくさん、たくさん触れる。そうしたらルヴェイも同じように、ナンナにたくさん触れてくれた。

これからナンナは、どうなってしまうのかわからない。

けれど、彼に愛されているということを実感したら、なんだか胸がいっぱいで。

恐怖も不安も、全部、この熱で塗りつぶされてしまえばいい。

「んっ……ぁ、こ、これ……んっ」

「ここ、いいのか……」

「きもち、い……」

奥のいいところに当たったらしく、ナンナの身体が跳ねた。

ルヴェイはナンナのことをよく知っている。だからわざとなのだろう。その一点を集中して捏《こ》ねるように、彼は下から突き上げるような動きを続けた。

くちゅくちゅ、と水音が響き、接合部を濡らしていく。

やがて彼の動きが激しくなり、ナンナはしがみつくので精一杯になった。

「ん……や、そこ。だめです」

「だめなのか?」

「へん。へんになるっ……!」

こんこんと甘い蜜が溢れ、身体の奥底に眠っていた熱がふくらんでいく。

ナンナはすっかりと彼の形を覚え、それでもまだ足りなくて。もっと、もっととねだるようにして、彼女の膣がきつく締まった。

ルヴェイも甘い吐息を漏らしながら、それでも動きを止めることはない。

「かわいい。ナンナ。もっと、その顔を見せてくれ」

「ルヴェイ、さま……っ」

「とろとろだ。俺ので、こんなに蕩けてるのか」

「だって……」

くちゅっ、くちゅっ、と淫《みだ》らな音を響かせながら、ナンナは口を開け閉めする。

言葉がうまくでてこない。彼の与えてくれる熱があまりに気持ちよくて、頭が回らない。

「きもち、い……っ」

ああ、なにかがくる。

身体の芯《しん》から、熱いなにかに呑み込まれそうで、それを必死で押しとどめながら、ナンナは目を細めた。

「ナンナ。俺で、もっと気持ちよくなってくれ」

「あっ、ルヴェイさま…も、っ、だ、だめっ……だめです」

「我慢しなくていい。俺も、もうっ」

ぱんっ。ぱんっ。と肌が強くぶつかりあう。

彼の大きなモノの圧倒的な存在感に翻弄《ほんろう》される。

何度も与えられる強い刺激、そして熱に、意識が焼き切れそうだった。

ナンナは仰け反り、口を開けた。

息ができない。酸素が足りない。――もう、溺《おぼ》れてしまいそうだ。

つま先から頭に向かって、ざっと白い波にさらわれ、全身が震える。

「んっ、ぁ――…………！」

「くっ……、っ、っ、……！」

遅れて彼のモノが大きく脈動する。

どく、どく、と、ナンナのなかに熱が広がっていく。

「……っ」

声が出ない。

ぜんぶ。

全部震えてる。

熱くて、苦しくて、おかしくなる。

大粒の汗が額から溢れ、ナンナはぐったりと彼にもたれかかる。

「はぁ、はぁ……はぁ、はぁ……」

ルヴェイの呼吸も荒かった。

互いに汗ばむ身体を抱きしめ合い、確かめ合う。

「はぁ、はぁ、はぁ……く……はぁ、はぁ」

「はぁ……ん、はぁ…………」

何を話すわけでもない。

今は存在を感じていたい。

荒く呼吸しながら、互いを支え合い、寄り添い合う。

腹の奥に、彼の白濁が満ちるのを感じながら、ナンナは心地よい疲労を感じていた。


――たっぷりと愛し合って、どれくらい経《た》っただろう。

互いに心と身体が満たされて、ふたりで一緒に横になる。

ルヴェイの腕を枕《まくら》にして、ナンナは彼の話に耳を傾けていた。

「ユメルは、俺の、腹違いの弟でな」

彼は片腕でナンナの髪を梳きながら、ぽつり、ぽつりと彼自身のことを教えてくれた。

弟だとは聞いていたけれど、腹違いであったことは初めて知り、本当に、ナンナからは想像もつかない生まれなのだと感じた。

それは、寝物語には少し、哀《かな》しい話だった。

彼の表情がどこか寂しそうで、同時に、懐かしそうでもあって。ナンナは彼の胸に頬をすり寄せる。

「気弱で、自分に自信がなくて――いつも、なぜか俺のあとについてくる……まあ、変わった弟ではあった」

彼がふっと目を伏せる。

言葉に詰まった彼は、ナンナの方へと身体を向け、縋りつくように抱き寄せる。

あれだけ愛し合ったというのに、こうして強く抱きしめられると、また心臓が落ち着かなくなる。

けれど、彼の方は、少し震えているようだった。

「〈灰迅〉は、旧フェイレンをまとめる筆頭部族でな。俺は、そこの次期族長として育てられていた」

「旧フェイレンをまとめる……えっと、それって、つまり」

「……ああ。まあ、ディアルノでいう、王族、のような、立場の、だな」

彼自身も主張するのに抵抗があるのか、言い淀む。

遊牧民族だからあんなに煌《きら》びやかではない、とか。戦ってばかりの血なまぐさい一族だ、とか。いいわけじみた言葉までぼそぼそと続けている。

が、ナンナもナンナで、ルヴェイの言葉を理解するのに時間がかかった。

（王族のような……って、旧フェイレンの次の国王さま？　つまり、王太子殿下と同じ立場……？）

どう考えても一般人どころかやんごとなき人物だった事実に気がつき、内心ひどく動揺する。けれど、それを表に出さないようにとナンナはどうにか堪えた。

（そっか……）

深呼吸する。

（うん。そうだよね……言えない、よね）

先ほどの言い方。ルヴェイ本人も、その立場を背負ったつもりはまるでなかったのだろう。

彼が抱えていたものの重さに気がつきつつも、ナンナはもう物怖《ものお》じすることをやめた。

彼がどんな過去を背負っていようが関係ない。ルヴェイは、ルヴェイで。どんな身分であろうが、ナンナが大好きな、どこか朴訥《ぼくとつ》とした彼には変わりない。

彼の背中に回していた手をすべらせ、今度は彼の頭を撫でる。

そっと。大丈夫だよって。何度も。

臆病で寂しがり屋な大切な人に、どうしても伝えたくて。

「…………ナンナ」

「えへへ、続けてください」

「っ、……ああ」

ナンナの気持ちが伝わったのだろう。彼は言葉に詰まりながらも、続きを語ってくれる。

彼の話は、ぼんやりと生きてきたナンナからすると、本当に物語の中の世界のようだった。

あまりに現実味がない。風習も、習慣も、倫理観も、価値観も——なにもかもが違う、遠い世界のお話。

ルヴェイは、旧フェイレンと呼ばれる、今はなくなってしまった国の族長の息子として生まれた。

彼の国は、いくつかの部族がしのぎを削りながら、もっとも力を持った部族が国全体を統治するという独特な風習を持っていた。

そしてルヴェイが生まれた〈灰迅〉と呼ばれる部族が、長らく国全体を統治している、最大勢力だったらしい。

〈灰迅〉の族長には、大勢の子供がいた。

その族長が、結婚している者、していない者も含め、大勢の女を囲っていたからだという。

それもそのはず。〈灰迅〉の族長にはひとつ、とても重要な役割があった。

「ギフトは……稀《まれ》に、遺伝する。それは知っているか？」

「はい。本当に珍しいとは、聞いていますが」

ギフトは神さまからの授かり物。血筋、家柄関係なく、個に対して、それぞれ相応しいものを与えられると言われている。

けれども本当にごく稀に、血に刻まれたギフトというものが存在するらしい。

そしてそれは遺伝する。必ずではないけれども。

「〈影〉のギフトがとてつもなく優秀なことは我が一族も気がついていた。〈灰迅〉が旧フェイレンを統一していたのも、代々の族長が持つこのギフトの力が大きかったのだと聞いている。――このギフトは血に刻まれたものらしくてな。〈灰迅〉ではこのギフトを授かった者が、次の族長になると決まっていたわけだ」

ナンナは頷いた。

そんな〈影〉のギフトを授かったルヴェイが国を捨てたのだ。ユメルの恨みの原因も、そこにあると考えられる。

でも同時に、疑問に思う。ルヴェイは極端なところもあるけれども、その心は元来優しく、穏やかだ。

責任感もあるし、身内を大切にしてくれる。そんな彼が責任を放り出し、一族を捨てるだなんて、それなりの理由があるはずなのだ。

そんなナンナの疑問を、ルヴェイは汲み取ってくれたのか、ぽつり、ぽつりと言葉を続ける。

「ただ、この〈影〉が子に発現すること自体もやはり稀でな。…………だから。その。俺の、故郷の一族の、長は、だな……」

その言い淀む様に、まさかと思った。

「〈影〉持ちを継承させるため、部族の女、そうでない女にかぎらず、ありとあらゆる女を、その。…………孕《はら》ませ……なければ、いけない、らしい」

「……」

「…………俺は、前の族長の子のなかで唯一〈影〉を受け継いでいた。だから」

その先の言葉が、出てこない。

ナンナも同じように、ただただ絶句した。

「俺は、おぞましい、存在で」

おぞましい。そんな言葉を自分自身に浴びせてしまう彼の心内を知り、呼吸ができなくなる。

胸がひどく痛み、涙が溢れそうになった。我慢しきれなくて、ルヴェイを強く抱きしめる。

「汚らわしく、思わないだろうか。そんな一族に生まれた、俺を」

「っ、ばか。思うわけ、ないじゃないですか……！」

彼の胸に顔を埋め、ふるふると首を横に振る。

「そ、そうか」

「うう……っ」

彼のそんな事情も知らず、ぽややんと生きていたことが悔しくなる。

初めて身体を重ねたあと、彼は言っていた。娶《めと》るつもりの女性しか、抱くつもりはないと。その思想が何に由来するのか理解し、胸が苦しくなる。

つまり、故郷の風習への厭忌《えんき》からだ。

もっと早く、この話を聞いてあげられていたら。そうしたら、もっと早く、彼の荷をともに背負えていたのに。

「俺は、どうしても。その風習が受け入れられなくて。それを当たり前に思う男たちも、族長に取り入ろうとする女たちにも、理解ができなかった。そんな力に頼って、大勢の人間を動かし、支配している一族自体、受け入れられず――逃げたんだ。成人する、その前に」

「ルヴェイさま……」

「複数の女に、襲われそうになった。誰も、彼女たちを止めなかったみたいで、夜に、俺の――」

一族で唯一の〈影〉の継承者。

そんな彼に、女たちが何を求めているかだなんて、ナンナだって理解できる。

「い、いいです……っ、いいんです、もうっ」

苦しくて、なんと声をかけてあげたらいいのかわからない。

「俺は。耐えられなくて、身ひとつで、逃げて――」

彼の声があまりに苦しそうで、彼の胸に顔を擦りつけたままわんわん泣いた。

おぞましい。

いくらルヴェイが優秀な戦士だったといっても、まだ未成年だった彼には恐怖だったろう。

「怖いのなんて当然です。逃げてよかったんです」

元来ルヴェイの感性は、ここディアルノ王国人の考え方に非常に近いのだろう。だから一族の風習に疑問を持ってしまった彼にとって、その部族の中で生きていくのは辛かっただろう。

〈影〉持ち当の本人であるからなおさら。

心を麻痺《まひ》させて、女たちに囲まれるルヴェイの姿を想像しかけ――でも、到底無理で。ルヴェイの気持ちを想い、涙する。

優しい彼のことだ。どんな理由であれ、故郷を捨てることに、思うところもあっただろう。

だって、ナンナはわかっている。ルヴェイは故郷のすべてが嫌いになってしまったわけではないはず。

それでも、大切な人がこの国に逃げてきてくれたことにナンナは感謝した。

ほろほろ涙を流すナンナに対し、今度はルヴェイの方が頭を撫でてくれる。

頬を撫でられ、導かれるようにして顔を上げると、苦しそうに、でも幸せそうに微笑むルヴェイと目が合った。

「ナンナは、優しいな」

「ち、ちが……」

「俺のために泣いてくれているのだろう？」

そう言うなり、彼のキスが眦に落ちてくる。

ほろほろこぼれ落ちる涙を拭うように。慈しむように。彼の薄い唇は、とても優しくて。

「優しいのは、ルヴェイさまのほうです……」

「君限定で、だ」

「っ、ルヴェ……んん」

いっそう深い口づけが落ちてきて、ナンナは目を細める。

後頭部を支えられ、少し苦しいくらいの口づけだ。舌をたっぷりと絡め合い、互いに強く抱きしめながら、一度では足りず、もっと。何度も。貪《むさぼ》り合う。

「ナンナ」

呼び掛けられ。何度も口づけられ。

気がつけばまた、彼に覆いかぶさられていて。

「俺は、君に出会うために、この国に辿りついたのだと思う。…………そう言ったら、笑うか？」

「いいえ」

必然。という言葉で、罪の意識を覆い隠して。

運命。という言葉で、正当化して。

どんな理由があれ、彼が故郷を裏切ったという事実は消えない。

実際、旧フェイレンの人たちとも、戦いの場で何度も対峙《たいじ》しているのだろう。

彼が心に抱える傷は、一生消えることがない。ナンナの〈絶対治癒〉でも治せない。——でも。

「わたしのギフトだってもう、とっくにルヴェイさま専用なのですよ？」

「ああ」

「わたし、きっと。神さまに、ルヴェイさまを支えるために、あのギフトを授かったのだと思います」

ちょっと物語じみてるかな。そう思ったけれど、彼が微笑んでくれたので問題ない。

幸せそうに眦を緩める彼を見て、ナンナは胸がいっぱいになる。

ナンナも、そしてきっとルヴェイも、胸の奥にたくさんの不安を抱えている。

けれど、ふたりでこうして慰め合ったら、まだまだ先に進んでいけるような気がした。

「それに、責任……とって、くださるのですよね……？」

もう後に退《ひ》く気なんてない。

ルヴェイも気づいているはず。

一度、甘えることを覚えたら、ナンナはとことん甘える性質《たち》だ。

「――もちろんだ」

「えへへ」

色気のない笑い方だろうか。

でも、ナンナは胸の奥に満ちる喜びを、素直に表現しただけ。

歓喜で瞳は潤み、眦は熱い。

勝手に笑みあふれるのを抑えきれない。

「よろしくお願いします。ルヴェイさま」

もう逃がさない。

そう誓うのは、ナンナの方なのだ。

幕間　高みになんて、行かなくてよかった

『よし、やったぞイサベラ！　ああ、これで我が家はもっと高みへ行ける……！』

もう、九年も前のことになる。

この国の端のとある街で、大きな戦いがあったと聞いた。

まだ幼く、難しいことはよくわからなかった当時のイサベラは、父親が無事に帰還してくれたことのほうがよっぽど嬉《うれ》しかった。

当時通っていた一般学校は、庶民の出の生徒しかいなかった。

その学校の中ではイサベラは十分、上流の家。皆に羨まれる立場であったからこそ、父の言う「もっと高み」がどういうものなのか、あまりピンと来なかった。

そして「今日からこの娘は、この家の召使いだ」と、奇妙な子供を連れて帰ってきたことも、どこか嫌な感じがした。

だって、それまで、子供の召使いなんていなかったのだから。

異民族の侵攻により故郷を失ったという娘は、家にやってきた当初こそ緊張した様子だった。

戦場を逃げ回っていたらしく、どこかに身体《からだ》を打ちつけたのか、打撲や擦り傷なども多く、みすぼらしい姿の子供だった。

どうしてこんな小汚い娘をわざわざ住み込みで雇ったのか。そんな疑問が思い浮かぶのと同時に、

面白くないという気持ちも大きくなる。

かわいそうな境遇だからと、他《ほか》の大人《おとな》たちが彼女のことばかり気にかけていたからだ。

この家にお姫さまはひとりしかいらない。この家の主《あるじ》の子供はイサベラだけだ。彼女はただの召使いでしかないはずなのに。

思えば、あの日から、イサベラの人生は大きく変わっていったように思う。

彼女がやってきてからというもの、新しく興した事業が次々と成功し、特殊な商品が飛ぶように売れていった。まるで、ナンナの存在が幸運を引き寄せているかのようだった。

イサベラの家はますます潤い、父はさらに上を目指す。

イサベラにも相応の教育を――ということで、貴族のお子様を受け持ったこともあるという優秀な家庭教師を雇うようにもなった。

結果、イサベラは、富裕層に相応《ふさわ》しい淑女になるように躾《しつ》けられた。

貴族の娘のように――とは簡単にはいかないが、上流階級に相応しい娘になるようにと、厳しい教育を受ける日々が続く。

イサベラはもの覚えのいい娘ではあったが、幼いころのクセはなかなか抜けない。庶民らしさを捨て、令嬢としての立ち居振る舞いを身につけるのにどれほど苦労したことか。

思うようにいかず、イサベラは常にイライラとしていた。

それでも、プライドの高い彼女のこと。「できない」「頑張れない」なんて言葉は使えない。だから、日々の苛立《いらだ》ちを、年の近いナンナにぶつけるようになっていった。

さらにナンナの異質さも、彼女に当たる要因となる。

イサベラのギフトは〈魅力＋〉。平民にしては魔力にも恵まれ、才能豊かだった彼女は、それはもう周囲の者たちには魅力的に見えたことだろう。

けれども、ナンナだけが態度を変えない。

それどころか彼女は、大勢の大人たちにまぎれ、一生懸命に仕事を覚えていく。己のつらい境遇に挫《くじ》けることもなく、にこにこと朗らかに笑っている。そうして健気《けなげ》に仕事をする姿は、他の使用人たちの心を打ち、皆にたいそう可愛《かわい》がられていた。

『よく働いて、えらい子だ』

『大変だけど頑張りな』

何の特別な才能もないはずなのに、なぜか皆が、彼女だけに甘い。

〈魅力＋〉を持ったイサベラ以上に目をかけるだなんて、一体どういうことなのだろう。

彼女はただの召使いのはずなのに。

イサベラには皆、言うことはきけども、あんなに甘やかしてはくれないのに。

どうして。

どうして。

どうして――。

甘やかしてくれないのは、当然使用人だけではない。仕事が忙しくなった父親もまた、頻繁に家をあけるようになってしまった。

たまに帰ってきたときも、自分のことよりも、ナンナの様子はどうだったとやたら気にしても、まるで後ろめたい気持ちでもあるのか、直接彼女には接しない。

たったひとりの、ナンナという娘が、この家の歯車を狂わせていく。

家は豊かになっていくのに、どんどん、イサベラの欲しいものが手のひらからこぼれ落ちていく。

父のロドリゲスは何かから目を逸《そ》らすがごとく、夜は酒に溺《おぼ》れ、昼間は仕事に没頭し、富を手に入れ、それでも全く幸せそうではなかった。

上を目指すというのはそんなに大変なことなのかと、イサベラは「寂しい」という言葉すら言えなくなってしまった。

そうして、イサベラがある程度年を重ね、有力貴族たちが多く通う王立の高等学校への進学が決まったころ、彼女の父がそっと教えてくれたのだ。――彼が犯した、その罪について。

ワイアール家は、その事業を拡大するために、ナンナの実家が持つ様々な商品を手に入れたかった。

きっかけこそ、正義感にも似た感情であったと、彼は主張した。

例えば〈透紗《とうしゃ》〉のような特別な商品が、ルドの街にある小さな商店でしか扱われていないというのはもったいないと。

商品の使い方だって、もっと可能性があるはずなのに、研究しないのはありえない――世の中に広めるべきだと、ロドリゲスは正当性を持って主張した。

けれども、彼の実の娘だからこそ、わかってしまった。

所詮《しょせん》、それはただの、聞こえのいい方便だ。彼は欲に目が眩《くら》み、罪を犯した。

ナンナという娘の戸籍を奪い、彼女の家族の財産まで奪った。

もちろん、商人として成り上がるつもりであれば、それくらいの罪でいちいち傷ついてはいられない。笑顔ですべてを覆い隠し、なかったことにすればいい。

それこそ、幼いときに——例えば、当時の戦乱に乗じて、ナンナを殺してしまえばよかったのだ。

けれどもロドリゲスは根が小心者で、それができなかった。

後悔するならば、手にしなければよかったのに、それもまた、ロドリゲスはできなかった。

かの家に圧力をかけていた以上、彼はもう、止まれなかった。

罪を犯し——さらにその罪から目を逸らそうとして——彼はナンナを近くて遠いところから静かに見張った。

イサベラだって気がついている。ワイアール家は、分不相応な場所に来てしまった。

最初から高みを求めていいような家ではなかったのだ。

不幸なことに、その事実は、有力貴族たちが多く通う王立学術院へ進学し、余計に実感するに至った。

貴族の子女とは根本的に、持って生まれた魔力の大きさが違う。

今までずっと、誰《だれ》よりも特別なもののように感じていたギフトは、ないも同然の役立たずに成り下がった。成績はふるわず、自分は、庶民のちっぽけな人間であったと思い知らされた。

ひどく、惨めだった。

努力したところでどうにもならない世界が、そこには広がっていた。

ナンナさえいなければ。父が、彼女の家を取りこもうとしていなければ。――こんな未来は避けられたかもしれなかったのに。

元来イサベラは努力家であった。

プライドが高く、そのプライドを守るためであれば、どれだけでも頑張れる人間であったのに。

いくら努力を重ねても、己の成績はいっこうに伸びない。庶民が背伸びをして、と馬鹿《ばか》にされる。

一方、学校に行けていないはずのナンナは利発で、そのこともまた、イサベラの気に障った。

惨めな自分を突きつけられるのは、いつだってナンナの存在があるからだ。

彼女が持っているらしい特別なギフトを欲して、あの〈光の英雄〉までもが頭を下げ、さらに彼女は優秀な騎士の男に大切にされている。

ぽやぽやと、何も努力せずに生きてきたくせに。あの子ばかりが特別で、同じく特別な人間から求められる。

ただの召使いだったはずなのに。何もしなくても、外の世界が彼女を求めて、勝手に手を伸ばしてくれる。

ああ、なんて世の中は不平等なのだろう。

――そして今。

真夜中の、父の書斎。そのドアの前に、イサベラはただひとり、静かに佇《たたず》んでいた。

このところ、父の様子があきらかにおかしい。

朝や夜も、支度のために使用人を呼ぶのを躊躇《ためら》い、ひとりでこそこそしているらしい。人前で着替えることをひどく嫌がり、焦燥感を帯びた彼の様子に、いよいよ使用人たちの心配も膨らんでいく。

一体何があったのか。

父の犯した罪、そして抱える不安を知っているからこそ、イサベラが直接話を聞くべきだと思ったのだ。なによりもイサベラ自身が、不安に怯《おび》えたままでいたくはなかった。

ワイアール家がナンナの実家の権利を奪うために、ナンナの存在を確保し、彼女から戸籍を失わせた。それは事実だ。

でも、ワイアール家としては、今まで通り、堂々としているしかない。

ナンナの実家のことに関しても、かつて彼の家と契約を結んだと言い張ればいい。証拠《しょうこ》はルド侵攻の際にすべて焼かれてしまった。それで全部だと。

そのためには、びくびくしてはいけない。そう父に訴えようと思っていたのに――父の書斎からなぜか話し声が聞こえて、イサベラは息を呑《の》んだ。

『……先ほど……という……』

知らない男の声だった。

物音を立てないようにと、イサベラはそっと、ドアに己の耳を押しつける。

『…………』

それでもはっきりとは聞こえない。

どこか苛立ったような東の地方独特の訛《なま》りが混じった声が響き、イサベラは息を呑む。

『〈灰迅《かいじん》〉に…………隠れ家を……』

〈灰迅〉という言葉を聞いて、目を見張る。

（お父さま……？）

さすがのイサベラだって知っている。それは確か、旧フェイレンの残党による組織ではなかったか。

そして、かすかに入り交じる東の訛り。隠れ家、という単語からも、嫌な予感が次々と押し寄せ、イサベラの心の奥がちりちりと燻《くすぶ》る。

じっと身を潜め、声を押し殺して、聞こえてくる単語と単語をつなぎ合わせる。

このところ父の様子がおかしかったこととも相まって、イサベラはひとつの答えに辿《たど》りついた。

（お父さまが、〈灰迅〉と繋《つな》がってる？）

『ひ、ひぃ！　もう、許してくれ……このとおりだ！』

「！」

いや、違うと確信する。これは脅されているのではないだろうか。

焦って縋《すが》りつく父の声がハッキリと聞こえ、イサベラ自身も狼狽《うろた》える。

『これを！　この呪《のろ》いを！　消してくれっ！　もう、もう、首まで――！』

（呪い……？）

一体何が。そう思った次の瞬間――、

「きゃっ！」

突然、書斎のドアが開いたかと思うと、強く腕を掴《つか》まれた。そして、あっという間に誰かに部屋の中に引っ張り込まれてしまう。

「これはこれは。可愛らしい鼠《ねずみ》が一匹潜んでいたか」

「……っ」

黒い。それがその男に抱いた第一印象だった。

長い黒髪に、鋭い目。どこか気怠《けだる》そうで、目の下に濃い隈《くま》を作った男は、イサベラを羽交《はが》い締めにし、後ろから刃物を突きつける。

「イサベラ！」

さすがに娘がいるとは思っていなかったのか、父のロドリゲスが両目を見開き、一歩、二歩と前に出る。

「待ちなよ、ロドリゲス？　それ以上近づくと、この娘を殺すよ？」

「ま、待て！　待ってくれ!!」

「……ははは、君。いいところに来たね？」

訛りの強いこの声。やはり、父と話していたのは、この黒い男で間違いがない。

声だけは笑っているけれど、その表情までは読み取れない。

ただ、ひどく寒いと感じた。

一見穏やかそうに聞こえるその声には焦りが滲み出ていて、敵意と、殺意と、複雑な感情が抑えきれず、流れ出してきそうな激情が見え隠れしている。

細身ではあるけれど、力が強く、イサベラの力じゃその腕の中から逃げ出すことも難しそうだった。

「せっかく来てくれたんだ。君も、僕の最後の駒になりなよ。はははははっ！　君たちも！　僕も！　もうおしまいだ！　だからさあ。最後に、一緒にあの人を殺そう？」

そう囁《ささや》きかけられ、イサベラの頭は真っ白になった。

「ん……」

重たい瞼《まぶた》を持ち上げる。

あたたかなお布団に包まれて、もぞもぞと身じろぐ。しばらくぼーっとしてから、ナンナはゆっくりと身体《からだ》を起こした。

（朝……？）

窓からは優しい光が部屋に差し込み、窓際の植物が瑞々《みずみず》しく輝いている。

優しい木の温《ぬく》もりをいっぱいに感じるその部屋で、ナンナはぼんやりと、これまでのことを思い出した。

（えっと？　…………あー……そっか、ここ、ルヴェイさまの）

外が明るくなったからか、窓の向こうの景色《けしき》もよく見える。

……とはいえ、すぐ隣もやっぱり家らしく、狭い路地があるくらいで、眺望は全く望めないのだけれども。

それでも、やや薄暗い部屋の中はなんだか穏やかな雰囲気で、至るところに彼のこだわりが感じられた。

（ルヴェイさまの、家……）

今まで興味はあったけれど結局来ることの敵《かな》わなかった彼の隠れ家に、ようやくお邪魔することができたのだ。改めて、じわじわと感動が膨らんでいく。

しっかり生活感を感じる彼のテリトリーは、ナンナから見た、ルヴェイの性格がそのまま反映されていた。

華美すぎず、素朴な雰囲気を感じるお洒落《しゃれ》な家具に、小さな植物の鉢が並ぶ優しい部屋。

（ルヴェイさまって、なにげに、趣味がいいよね……）

気取りすぎない優しい意匠が多いところも、ナンナはとても心がくすぐられる。ナンナとの身分の差はあきらかに大きいはずなのに、彼の価値観には、共感できる部分がたくさんある。

（本当は、旧フェイレンの王さまになっていたかもしれない人なんだけど……）

そのことはきっと、あまり気にしない方がいいのだろう。

それよりもだ。隣の部屋から、物音が聞こえてくる。

いい匂《にお》いも漂ってきているということは、久しぶりに、ルヴェイが朝食を作ってくれているのかもしれない。

ナンナのためにと、真剣に鍋《なべ》をかき混ぜている気がする。その姿が見たくて、ナンナはそっと、ベッドを下りた。

畳んであったルヴェイの寝間着のシャツを借りて、さっと腕を通す。ディアルノ人男性と比べると小柄な彼だが、ナンナには十二分な大きさだ。

そうしてシャツ一枚をワンピースのように身につけてから、いい匂いのする方向へ歩いていった。

彼の隠れ家はナンナが使っている家よりもずっと狭くて、ドア一枚を挟んですぐそこがダイニングのようだ。

キッチンに立っていたルヴェイが、音に気がつき、顔をこちらに向ける。

彼はすっかり身支度を済ませていて、いつもの黒いシャツとズボンをスッキリと身に纏《まと》っていた。

「おはようございます、ルヴェイさま」

「ああ、おはよう。……その。よく眠れたか？」

「はい。とっても」

たっぷり愛されて、彼と抱き合ったままゆっくり眠って、なんだか満たされた気持ちだ。

決着がついていないことはたくさんあるけれども、今、この空間に流れる時間はとてもゆっくりで、優しいものだった。

（もうちょっとだけ、甘えていいかな）

ナンナはとことこと彼のもとへ歩いていき、背中から彼に抱きついてみせる。

お玉でかき混ぜていた彼の手がピタリと止まり、硬直しているのがわかった。

「朝ご飯、何ですか？」

「え……あ。と。君には、あまり馴染《なじ》みがないかもしれないが、粥《かゆ》を、だな」

「お粥」

「最近、この家で調理することがなくて。保存できるような食材しか、置いていなかったから――」

王都ではパンが主食だ。でも、ルドの街にいたころは、米も家に常備してあったし、何だか少し懐

かしい。

「ふふっ、美味《おい》しそうです」

干し肉とキノコが一緒に煮込まれていて、しっかり出汁《だし》も出ていそうだ。ルヴェイに後ろから抱きついたまま鍋を覗《のぞ》いていると、彼の呻《うめ》くような声が聞こえた。

「……ナンナ」

「？　どうしました、ルヴェイさま」

ふと彼の顔を見てみると、頬《ほお》を染めながら、何か言い淀《よど》んでいる。左手で口元を押さえながら三白眼をきょろきょろさせ、やがて、何かを決意したかのようにごくりと唾《つば》を飲み込んだ。

「いや。その――少し、実感していただけだ」

「えーっと？　何をです？」

「君が。こんなにも、俺《おれ》に。その……自分から、甘えて、くれるようになったのだな、と」

「！」

彼の言葉にナンナは両目を見開いた。

（そういえば！　そう、かも……！）

いくら恋人同士であったとしても、ナンナはずっと、彼に遠慮がちなところがあった。――いや、ナンナだけではない。ルヴェイもだ。

互いが互いを尊重しようとしすぎて、どうしても甘えるのに勇気が必要だったのに。

「だめでしょうか……？」

「いや、全く。その。……もっと、甘えてくれると、嬉《うれ》しい」

「ふふ。──はい」

胸がいっぱいになってぎゅううと抱きしめると、彼がますますわたわたとするのがわかった。耳まで真っ赤にしながら、彼はぎゅっと目を閉じる。

「あ。いや……やはり、その……むぅ」

どうも他《ほか》に伝えたいことがあるらしく、口を開けたり閉めたり忙《せわ》しない。

「どうしました？　ルヴェイさまもわたしに甘えてくださいね？」

「えっと。その。甘える、というか、なんというか」

「はい」

「さすがに今、箍《たが》を外すわけにはいかないというか」

「はい？」

「だから。君が、その。俺の……を、着ているのを、妙に、意識してしまったというか、なんというか」

「あ」

指摘されて、自覚する。

ナンナは今、彼の寝間着のシャツをワンピースのように一枚羽織っているだけだ。丈はさほど長くないから、太腿《ふともも》はばっちり見えている。さらに下着も着けてないため、ルヴェイの背中にぴっとりと胸が当たってしまっていた。

自慢できるほどの大きさはないけれども、改めて意識すると、ナンナ自身にも恥ずかしさが押し寄せてくる。

「きっ、着替えっ。着替えますねっ、ええと、昨日の!?」

「あっ、いい！　気にするな、俺の気持ちの問題だからっ！　……その。大丈夫だから」

「……はい」

「朝食が済んだら、君の着替えを取りに行ってくる。だからそれまでは、それで。すまない」

「いえ！　ありがとうございます……っ」

結婚の約束までしたはずなのだけれど、いつまで経《た》ってもこの気恥ずかしさには慣れない。彼と距離を取ってから、目を合わせて苦笑し合う。

「——浴室はそっちだ。軽く身体を洗ってくるといい。それから、朝食にしよう」

「はいっ、あの。お借りします」

「ああ。置いてあるものは自由に使ってくれ」

こくこくと頷《うなず》いてから、ナンナは彼の厚意に甘えるとした。


そんなわけで、今朝は、賑《にぎ》やかにしつつも、久しぶりにゆっくりとした朝となった。

ルヴェイの故郷の味がする優しい朝食を頂いて、至れり尽くせり面倒を見てもらった。

朝食を頂いたあとすぐ、ナンナの荷物を取りに行ったルヴェイは、驚くほどの速さで戻ってきた。

使命感に満ちた表情で彼が持ち帰った服を身に纏う。

まだ痣《あざ》が広がりきっているわけではないけれど、首元まできっちり隠れるようにとハイネックのブラウスを用意してくれたのは、彼なりの配慮なのかもしれない。

それに淡いグリーンのボレロとスカートを合わせると、自然と気分も明るくなる。こうして明るくて優しい色を選んでくれたのも、ルヴェイの優しさなのだろう。

そうして支度を済ませてから、ルヴェイと一緒に外に出る。

昨日の今日だ。きっと心配させただろうと、バージルのもとにも顔を出した。仕事は休みにしてもらい、その足で登城して、今――。


「――すまなかったね、ナンナ」

オーウェンの執務室にて、なぜかオーウェンとカインリッツふたり並んで頭を下げられるという始末。

「あ、あのっ。殿下っ！　カインリッツさまっ！　頭を上げてくださいっ」

畏れ多すぎて心臓に悪い。

そもそも、どう考えても、ぽやんとしていたナンナが悪い。それを、さも自分たちの責任であったかのようにしっかり謝罪されてしまい、どうしたらいいのかわからない。

「ううっ……、ルヴェイさま……」

「ナンナ。本当に、すまなかった」

助けを求めたつもりなのに、ルヴェイにまで再度頭を下げられ、ナンナはぶんぶん首を横に振る。

悪いと思うなら、そういう心臓に悪い行為はやめてほしい。

おろおろするナンナに対し、さすがにオーウェンが顔を上げ、苦笑いを浮かべた。

「まあ、素直に受け取ってくれ。我々の事情に君を巻き込んだ。それに、君は以前からあの男と面識があったというのに、我々は気づくことすらできなかった。――そのせいで、治るかどうかもわからぬ呪《のろ》いが君に降りかかるだなんて、完全に私たちの落ち度だ」

「そんな……っ」

「もちろん、その呪いを解くために、我々も尽力する。――具体的に言うならば〈灰迅《かいじん》〉の族長ユメル・リーを捕縛する。必ず」

そう言ってオーウェンはルヴェイに視線を向ける。

「ユメルのギフト〈墨〉は〈総量型〉。あの男の意志で、染める相手、そして染める量を操ることができる。俺は、まだ幼かったアイツが、染めた相手の呪いを解く様子も見たことがある。だから――アイツを捕らえることができれば、あるいは」

ナンナを染めているこの呪いを解くことができるかもしれない。

つまりはそういうことなのだろう。

「……これは間違いなく、ヤツの復讐《ふくしゅう》だ。俺はずっと〈灰迅〉の者たちを追い詰め、大勢捕らえてきた。だからこそ、いよいよ自棄《やけ》になっている節もある。最終的な標的は、おそらく、俺。――ナンナ。君という回復手段を断ったうえで、再び俺の能力を奪いに来るだろう」

なるほどと、ナンナは大きく頷いた。

ルヴェイはあえて言葉にはしないが、ユメルの目的はもっと陰湿なものだろう。ナンナを傷つけ、その上でルヴェイの反応を見たがっている。そういう意味でも、ユメルからの接触があると見ていいはずだ。

――などと。ごく真面目《まじめ》にユメルのことを話し合っているものの、ナンナはもうひとつ、気になっていることがあった。

ナンナに謝罪した後からずっと、オーウェンの隣に控えているカインリッツが俯《うつむ》いたままなのだ。

そのうえ、ただならぬ様子で、ぶるぶると震えているのである。

「あ……あの？　もう、頭を上げてください、カインリッツさま。起こってしまったことは仕方ないのですから、ね？」

いくらなんでも責任を感じすぎだ。

わたわたとしながら声をかけてみたところ、彼はさらに、ぶるぶるぶるぶると大きく震えた。

「ナンナ嬢っ!!」

そして、顔を上げたかと思うと、シュバババとナンナの前にやってきて、彼女の小さな手を取ったのである。

「ありがとうっ！　よく、決断してくれたっ!!」

声が大きい。

「へ？」

ユメルの話など、一瞬でどこかへいってしまい、ナンナは間抜けな声を出した。

がばりとこちらに向けられた彼の瞳《ひとみ》からは、滂沱《ぼうだ》の涙が溢《あふ》れている。

これは謝罪の涙なんかじゃない。感極まっているらしい。……何かに。

「え、ええと……？」

「オレのっ！　オレのルヴェイがっ、し、幸せを……幸せっ!!」

「あー……」

登城してから痣の話ばかりで、その話題には一切触れてこなかったけれど、さすがカインリッツと言うべきなのだろうか。彼は、ルヴェイのことを本当によく見ている。

ナンナたちの様子から、彼は気づきを得てしまったらしい。

……つまり、ルヴェイと将来を誓い合ったという事実に。

(まあ、ルヴェイさまもね。隠しきれてないものね)

本人の表情こそキリッとしているものの、問題はその影にあった。

なんだかこの日、彼の影がふるっふると揺れているのを、すでに何度も目撃している。

現に今、カインリッツに話題を振られた瞬間、ルヴェイの足元から影がにょっきり伸びて、まるで動物の尻尾《しっぽ》のように揺れている。

曰《いわ》く、オーウェンやカインリッツの前では、たまに見られる光景らしい。もちろんそれが意味するのは、喜びだ。

――つまり、だだ漏れであった。

「ナンナ嬢っ!!　どうかルヴェイをっ！　幸せにしてやってくれえ!!」

「は、はあ……」

いや。もちろん。そのつもりではあるけれど。

なにかもう少し情緒のある表現方法はなかったのだろうかと、呆《あき》れてしまう。

真面目な話もどこへやら。すっかり毒気を抜かれて、肩をすくめる。

すると、目の前にいたはずのカインリッツが、一瞬で消えて瞬いた。

バン！　と大きな音のした方に目を向けると、カインリッツが吹っ飛ばされている。いつかのナンナのように壁に磔《はりつけ》になっていて、頬を引きつらせていた。いちいち考えなくても、犯人は明白だ。

「許可なくナンナに迫るな。――殺すか？」

「あは……あはは、はは……」

どこか懐かしくさえ感じる殺気立ったルヴェイを見て、ナンナは苦笑いを浮かべる。

最近ナンナの前ではすっかり穏やかになったけれど、出会った頃《ころ》の彼はこんな感じではあった。彼の変化をこんなところで実感してしまい、ちょっとだけおかしい。

オーウェンも同じことを考えていたらしく、くすくすと優雅に笑う。

そうして、場が穏やかになったそのときだった。ひとりの兵が入室し、オーウェンの耳元で何かを報告したのだ。

それを聞いた彼は、ふむ、と深く考えるように頷いてから、ルヴェイを――そして、ナンナを見て、そっと囁いた。

「なるほど。――皆、聞いてくれ。どうやらこの城に、ワイアール家のご令嬢が来たようだよ？　もちろん、何の約束もないし、普段なら当然、門前払いだが――どうする？」

賑やかだったカインリッツとルヴェイが、ぴたりと動きを止める。そして皆、カインリッツの方をじっと見つめ、大きく頷いた。

拘束《こうそく》こそされていないものの、大勢の城の兵士に囲まれたイサベラはまるで罪人のようだった。

今の状況の重要な参考人とも言える彼女は、この日突然、城へやってきたのだという。

その顔は青ざめていて、いつものような凛《りん》とした雰囲気はない。けれど、それもナンナの姿を見つけるまでだった。

「！　本当に、……アナタも、お城にいたのね」

すっかりとオーウェンの執務室に馴染み、皆と共に寛《くつろ》いでいるナンナの姿に、彼女は目を吊《つ》り上げる。まるでナンナが城にいることを予測していたかのような彼女のセリフに、皆、眉を寄せた。

「どうして、どうしてアナタばかり……！」

咄嗟《とっさ》に掴《つか》みかかろうと、イサベラが前のめりになる。けれどもすぐに、左右に控えていた兵たちに押さえこまれた。

あまりの剣幕に、さすがのナンナも目を丸くする。

はっきりとした憎悪。そして自棄になったかのように冷静さに欠けた彼女に、ただただ困惑するしかない。

もちろん、彼女に好かれていないことは百も承知だ。それにしてもこの剣幕は何だ。

一方のオーウェンはというと、そんな彼女の姿を見て、やれやれと紅茶を啜《すす》っている。やがて彼はティーカップを置いて、イサベラに向き直った。

「イサベラ・ワイアール。私の客人に対して、ずいぶん失礼な態度をとってくれるね？」

「……王太子、殿下……!?」

ナンナしか目に入っていなかったのか、彼の姿を見て、イサベラは悲鳴に近い声を上げた。どうやら彼女は、連れて来られたのがオーウェンの執務室であることすら知らされていなかったらしい。

イサベラは真っ青になり、がたがた、がたがたと震え出す。

「客人？　客人ですって……？　アナタが、殿下の……？」

「ああそうだ、大切な客人だ。――で？　君の用件とはなんだい？」

「そ、そん、な……で、殿下に……？」

ようやく状況が見えてきたらしい。イサベラは汗をかきながら、一歩、二歩と後ろに下がる。

「私は、そもそも。そこにいらっしゃる、ルヴェイ……さまに……」

（あー……）

なるほど、とナンナは思った。

本来はルヴェイ相手に取り次ぎをお願いしたところ、王太子であるオーウェンまでも出てきたのだ。

そのうえ、この場には〈光の英雄〉カインリッツまでいる。怖《お》じ気《け》づくのも当然だ。

全く、この国の王太子殿下は何にでも首をつっこみたがるし、なかなかに人が悪い。

じいいとオーウェンの方を見てみると「ナンナは私の管轄だからね」とウインクが返ってきた。

それを見てますます、イサベラが信じられないという顔を見せた。

けれどもすぐに、先ほどオーウェンに忠告されたことを思い出したらしい。それ以上、ナンナに対する暴言を吐くこともなく、彼女は唇をひき結ぶ。

相当緊張しているのだろう。彼女は何度か深く呼吸したあと、神妙な顔つきで話しはじめた。

「そこにいらっしゃる、ルヴェイさまに言伝《ことづて》がございます。〈灰迅〉の族長ユメル・リーより、です」

「！」

「なんだって……!?」

まさかここで、ユメル本人からのメッセージが届くとは思わず、誰もが両目を見開く。

オーウェンでさえも多少驚いているようで、へえ、と口の端を上げ、前のめりになった。

「探す手間が省けたじゃないか。つまり、イサベラ。君は直接、あのユメル・リーに会ったというのかい？」

「は……い…………」

「それはどこで？」

「自宅の……父の、書斎です」

「へぇ？　先日、ロドリゲスを召喚したときは〈灰迅〉との接触について、特に口を割らなかったけど……いつの間に？」

ナンナにはよくわからない話題だ。だから気を利かせたルヴェイが隣でひそひそ解説してくれる。

先日、ルヴェイがワイアール家の調査を進めていたが、まさに〈灰迅〉との繋がりについて探っていたらしい。

そこに、先日のナンナの報告だ。ロドリゲスが何者かに脅されている可能性があることから、両者の繋がりが濃厚になった。話を聞こうと呼び出したが、そのときは収穫がなかったと。

「ち、違うんですっ！　父は、……父は、脅されて、いて……っ!!」

イサベラが必死で首を横に振る。

「すべてっ、すべて詳《つまび》らかにします……！　だから……だから……っ！」

彼女は、自分の首を押さえるようにしてしゃがみ込んでしまう。

そのまま震えて動かなくなった彼女を、オーウェンたちは冷ややかに見下ろしているだけだった。

「……お嬢さま？」

あのイサベラが、人目をはばからず崩れ落ちている。

長く彼女に仕えた身ではあるけれど、初めて見る光景だった。

オーウェンの目の前で罪を告白するのが怖いのは当たり前だ。けれども彼女のこの怯えようは、どう考えても尋常ではない。

もともと気が強く、プライドの高い彼女からは考えにくい光景である。

「……もしかして」

この日の彼女の服装は、ハイネックで上品なブルーのドレスだ。彼女がいつも好んで身につけているものとは少し趣が違う。

それに、だ。

先ほどからやけに、彼女は自身の首の右側に触れていないか。

恐れるように、確かめるように、ずっと首や肩をさすっているのはなぜだ。

ナンナの右腕に纏わりつく、異様な感覚。ナンナ自身、この感覚を知っているからこそぴんときた。

ちゃんと衣服で隠れていても、誰かに見られているように感じて、隠したくなるような。

ひとつの事実に辿りつき、ナンナは恐る恐る、口を開いた。

「…………お嬢さまも、ユメルに痣を？」

「！」

ぽろりとこぼれ出た言葉に反応し、いよいよ我慢できなくなったのかイサベラはわんわんと声に出して泣き出したのだった。

彼女の怯え方は異常だった。――そして、今のナンナなら、彼女の気持ちもよくわかる。

ナンナの言葉に、イサベラ自身も何かに気がついたのか、涙に濡《ぬ》れた顔を上げる。

「私……も、ですって……？」

「……はい」

イサベラの眦《まなじり》に溜《た》まっていた涙がこぼれ落ちる。

そんな彼女の表情には、憎悪と、動揺と、そして哀《かな》しみが溢れていた。


『――久しぶりに兄弟水入らずで話でもしようよ、兄さん』

実に悪趣味な方法で届けられたメッセージが、皆に伝えられる。

『今日、あなたにはっきりわかるような合図を送るよ。そこで待っている』

イサベラが言うには、ユメルは何かにひどく焦っていた様子らしい。

何に、だなんて言わなくてもわかる。

彼の手足となる〈灰迅〉の連中は、ルヴェイを含む青騎士たちの尽力で次々に捕らえられている。ルヴェイにかけた呪いも完全に解かれているし、ユメルにはもう、頼れる仲間もほとんどいない。

そんな状況に追い込まれているからこそ、強硬手段に出たのだろう。

どう考えてもこれは罠《わな》。それがわかっているからこそ、ナンナはルヴェイの袖《そで》をぎゅっと掴む。

「ルヴェイさま……」

「ああ。いつか接触してくるとは思っていたが――」

彼の表情も強《こわ》ばっている。

ナンナを掴んでいる手がぶるりと震え、三白眼が鋭く、ただ前を見据えていた。

「君へかけられた呪いを解くことと引き替えに、再び俺の魔力を封じることを取引するか。――いや。それではまた、君に治癒《ちゆ》してもらえると考えるだろうからな。直接、俺の命を狙《ねら》ってくるか」

「そんな」

「安心していい。みすみす、やられるようなことはしない」

なんて、くしゃくしゃと頭を撫《な》でてくれるルヴェイの手が優しい。

「あのルヴェイがこんなにも表情豊かになるなんてなあ！」と、横で咽《むせ》び泣いて雰囲気を台無しにしてくれる人が約一名いらっしゃるけれど、そんなものは無視だ。

ちなみに、そんな〈光の英雄〉さまを見て、イサベラの涙もぴたりと止まっているけれど、深くつっこまないであげてほしい。

イサベラには、これまでの話も聞いた。

どうしてワイアール家が〈灰迅〉に脅されることになったのか。

元を辿ると、ルドの街からナンナを引き取ったことから始まるらしい。

まさかそんなことがこの事件とも関わりをもってしまっただなんて思わずに、ナンナは驚いて息を呑《の》む。

ワイアール家の犯した罪。それもまた、ナンナの想像力をはるかに越えて、まるで物語の世界のような気持ちだった。

ワイアール家がナンナの両親の生み出した功績を欲しがったことにも驚きだし、自分の両親が、ワイアール家が欲しがるような素晴らしい商品を生み出していたことにもびっくりした。

さらに、それらの商品が、いまや世にこんなにも流通している事実を知って、ナンナはあまりの現実味のなさにぽかんとしてしまう。

「ルヴェイさまの着てるコートの、その特殊な布も……うちの……？」

「ああ」

「そ……なの、ですね」

商品の製造権や販売権のために自分の戸籍が失われたことに、なんともいえない気持ちになったのは事実だ。でも、それよりも、両親の残したものがこうも世に広く流通していることへの感動の方が大きかった。

両親のことを思い出せば、ナンナと同じで、いつもぽややんとして、楽しそうに生きている人たちだった。

変わったものを作るのも趣味で、何にでも好奇心旺盛で——幼いナンナに早々に文字や計算を教えてくれたのも、もちろん両親だった。

家には本が溢れていて、自然とそれらを手に取るように育ったし——そういえば、商品のアイデアを聞かれて、ナンナ自身、あれやこれやと好き勝手言っていたこともあったように思う。……まさかそれらを商品化させているとは思わなかったけれど。

(父さんも、母さんも……嫌なことは見せないようにって、わたしを守ってくれてたんだ)

商品の権利を譲《ゆず》るようにと、ワイアール家から色々相談を持ちかけられて……というより、圧力をかけられていたらしい。

そんなことも知らないで、ナンナはのほほんと生きてきた。

のほほんとしていられるように、両親が、全部きれいに隠してくれていたのだ。

(父さん、母さん)

いろんなことを知らないままで、ぼんやり生きていた自分に落胆しながらも——なぜだろう、ワイアール家のことをさほど憎めない自分もいる。

「そっか。ふふふ、そっかあ」

胸の奥がじんわりと熱くなって、ナンナは頬を緩めた。

「何よアナタ。どうして笑ってられるの?」

「え？　……そっか。うん。笑ってるんですね、わたし」

「気持ち悪いわね！　私が！　私の家が！　憎くはないの⁉」

イサベラの問いかけに、ナンナは目を細める。

「……えーっと、その。複雑な気持ちではありますけど。憎くは、ないですよ」

「っ……！」

「たぶん。わたしも、わたしの両親も。自分たちが作ったものを、こうして世に広く伝えることなんてできなかったでしょうから。父さんや母さんが作ったものが、大勢の人の役に立ってるってことが……驚きで。今、噛《か》みしめているところです」

「アナタの！」

イサベラは叫んだ。

「アナタのそういうところが、大っ嫌いなのよっ‼」

再び前に出ようとしたイサベラが、兵たちに取り押さえられる。

王太子殿下の御前だぞ、と咎《とが》められても、彼女は止まらなかった。

「善人ぶって！　虐げられても、自分は平気だって顔をして！　何も考えないで生きてるだけなのに‼　みんなにチヤホヤされて‼　――さぞ気持ちいいんでしょうね⁉　自分では何もしていないくせにっ‼　周りの人が勝手に動いて……！　愛されて……‼」

「お嬢さま」

「アナタのせいよ！　全部、アナタのせいなのに……！」

それは、この九年間、彼女がずっと溜め込んできたものなのだろう。

ナンナの実家と関わったことで、ワイアール家は大きくなった。けれども、そのせいで失ったものも多かったのだと思う。

それでも、罪は罪。ナンナが戸籍を奪われ、虐げられてきた過去は消えない。

ただ、イサベラのことは、とても憐《あわ》れに感じた。

もともと努力家で、プライドの高い彼女のことだ。ナンナの存在がなければ、もっと心穏やかに生きていけたかもしれない。

でも今のナンナにはもう、彼女にしてあげられることなんてない。

泣き崩れる彼女を横目に、ルヴェイがナンナの肩を抱き寄せた。

気にしないでいい。そう伝えようとしてくれているのだろう。

オーウェンたちもため息をつき、そろそろ潮時かと考えたようだ。

イサベラを連れていけ――そう、指示を出そうとした彼の元へ、そのとき、ひとりの伝令が駆けつける。

「報告致します！　アザレア職人街、第七地区で火事です！　旧フェイレンとおぼしき者の姿が付近で確認されている模様！」

瞬間、ルヴェイが「きたか」とぼそりと呟《つぶや》いた。

「アザレア職人街？　第七地区って、まさか――」

ナンナは呻き、ルヴェイに視線を向ける。

だってそこは、今朝、世話になっていた彼の隠れ家がある場所ではないだろうか。ミルザの薬屋からほど近い場所にあったからこそ、昨夜、ナンナはあの家に運び込まれた。

あの温もりに溢れた優しい家が、燃えている。

「……………見つけられていたのか」

そんなルヴェイの言葉に、ナンナはもしかして、とも思う。

ルヴェイは隠れ家をいくつか所有している。そのなかでも、彼が普段使っているあの家の場所は、細心の注意を払って隠していたはずだ。

「もしかして、わたしを連れていってくださったせいですか……？」

ルヴェイのことだ。影移動で出入りさえしていれば、簡単に見つかることもなかったはず。

けれども、ナンナを連れていったことで、影を移動できなかったとしたら？　そして、ナンナを連れて出入りする姿を見られていたとしたら……？

申し訳なさで胸が痛んだけれど、ルヴェイはくしゃりと笑って、ナンナの頭をさらに撫でる。

「君をあそこへ連れていくと判断したのは俺だ。気にするな。――それに、君と過ごす家なら、もう他にあるだろう？」

「あっ……ええと」

そう囁かれて、ナンナはぽっと両頬を染めた。

そういえば、そうかもしれない。

普段ナンナが使わせてもらっている、あの可愛《かわい》らしいお家《うち》。

ルヴェイの服も何着か置いたままになっているし、大きなベッドまで購入してある。今でももう一人暮らしに近い生活をしていたし、このまま彼と一緒に生活することになっても、全く困らない。

「わざわざ向こうから誘ってくれたんだ。ケリをつけてくる。だから、君はここで」

「ルヴェイさま」

そのままぐいっと引き寄せられ、強く抱きしめられる。

皆の息を呑むような音が聞こえたけれど、ルヴェイはそんなのお構いなしだ。

「必ず、無事に帰ってくる。君と生きると、約束をしたからな」

「は……い。どうか、お気をつけて」

「ん」

彼は少しだけ迷うような表情を見せた後、そっとナンナの額に唇を落とす。

皆の前ではそれで精一杯だったのだろう。すぐに気恥ずかしそうに手で口元を隠してしまう。

そうして彼は、カインリッツやオーウェンに声をかけた後、そのまま影に沈み込み、行ってしまった。

◆　◇　◆

(なるほど、あえてのこの時間ということか)

ただひとり、往来を全力で疾走しながらルヴェイは考える。

ユメルはこれまで、ずっと隠密で活動していた。人の往来があるこんな真っ昼間に仕掛けてくるとは考えにくかったが。

（太陽は真上……俺のあの家からだと、街の外に出る気か？　それとも……）

完全に、ルヴェイを押さえ込むことだけを目的にしているようだ。

ルヴェイの世界に侵蝕《しんしょく》してくるユメルの気配。ナンナを襲い、彼女を呪いで縛り、さらにルヴェイの自宅まで焼いた。

さすがと言うべきなのだろう。ユメルはルヴェイのギフトを知り尽くしている。

影同士が繋がりにくい時間帯にルヴェイを呼んだ。

正直、影のないだだっ広い場所に出られてしまうと、ルヴェイのギフトは融通が利かなくなるし、魔力消費が格段に大きくなる。当然、それも見越しているのだろう。

（相手はユメルだけか？　……カインたちが追ってきてくれるだろうが）

さて、一度に何人相手にすることになるだろう。残る〈灰迅〉の人数はそう多くはないだろうが。

あらゆる展開を想定し、カインリッツたちの動きについても考える。

ひとりで来い、とは伝言にあったものの、カインリッツたちが動かない理由はない。後から援護は期待できるが――はてさて、ナンナへの呪いを盾に、ユメルが何をしでかすかさっぱりわからない。

建物から建物へ。道を横切り、再び影へと潜り込む。

ルヴェイはこの街のことを知り尽くしている。アザレア職人街の自宅へ続く道ならなおさら。昼間でも十分、それなりの速度で辿りつくことができる――が。

『来たね』

久しぶりに聞く、一族の言葉。

『愛しの恋人と引き替えに、呪いが解かれた気分はどうだい？』

「……っ」

『ねえ？　兄さん』

すっかり火の手が回り、大声を上げながら消火活動にいそしむ人々の後ろから、そっと呼びかけられる。

息の出し方で意図を変える独特の発音法に、かつての記憶が蘇《よみがえ》る。

（ユメル――！）

気配を読み取ったその瞬間、影からナイフを作り出し後ろへ振った。けれども、相手も当然ルヴェイの動きを読んでいたらしく、とーんと後ろへ跳躍する。

そして、ルヴェイを誘うように、男はさらに西へと駆けていった。

ぞくぞくとした。

ユメルは、本当に変わった。以前会ったときよりも、ずっと大人《おとな》になっている。

年齢はナンナよりも少し上だったはず。身長がかなり伸びたらしく、細身ながらも、ルヴェイよりも上背があり、たくましくなっていた。

事前にナンナに聞いていた風貌《ふうぼう》とは異なる姿。

彼はセスと名乗り、ずっとディアルノ人に変装していたというが、今は旧フェイレンの装束に身を包んでいる。――もう、隠れるつもりがないからこそなのだろう。

「くっ」

それにしても、想像以上にユメルの動きが速い。

さすが血の繋がった弟と言うべきか。

しかしそれも、当たり前だ。

これまで、ルヴェイ自ら全力で探し続けてきたのに、彼は見事、逃げ続けてきたのだ。こちらのことも知り尽くしているようだし、隠密能力も相当なのだろう。

ギフトなしの単純な身体能力だけで言っても、ルヴェイと差がないように思える。

さらに〈灰迅〉の者たち同士の連携も取れているらしく、後ろから何名か迫ってきているようだ。

ユメルとの対峙《たいじ》に介入されたら厄介だ。彼らの捕縛はカインリッツたちに任せるにせよ、少し足止めをしておくべきかと、ルヴェイはくるりと身を翻《ひるがえ》す。

建物と建物の間に発生している大型の黒い影に触れ、一気に引っ張る。それを空へ向けて伸ばし、屋根の上でこちらを見ている男の足にぐるりと絡めた。

「きゃっ！」

「なんだなんだ⁉」

人通りが多い場所で行うには、非常に目立つ足止め方法ではある。

だが、目撃者が多ければ、カインリッツたちも追ってきやすいだろう。ルヴェイが離れてしまうと、影を固定できる時間は長く保《も》たないけれど、足止めには十分だ。

「っ！」

ひとり、ふたり、三人。

ルヴェイが見つけられる範囲で、影で拘束していく。

（ちっ！　結構残っているな……！）

先日の掃討作戦でほぼ捕らえたつもりでいたけれど、ルヴェイの行く手を阻む者はまだいるらしい。

（決戦までに魔力を消耗させるつもりか）

馬鹿《ばか》にするな、とルヴェイは思う。

〈影〉のギフトの優秀な点は、条件さえ揃《そろ》えば消費魔力が少ないということだ。この程度の妨害、対応できぬルヴェイではない。

ただ、こんな真っ昼間の街中で暴れられると厄介ではある。

突然の戦闘に逃げ惑う人――そして、そんな一般人を狙う〈灰迅〉の男が目に映る。

瞬時に、袖の内側にできた影から、影のナイフを生み出し、投擲《とうてき》する。

カンッ！　と、音を立てて男のナイフを弾《はじ》く。影移動で男の足元へ移動し、下段から蹴《け》り上げ、吹き飛ばした。

そして、恐怖でしゃがみ込んでしまった女性に声をかける。

「まもなく〈光の英雄〉が来る！　彼らに助力を願え！」

「っ、え!?　は、はい……！」

突然、地面からあらわれた男の呼び掛けに、彼女自身は目を白黒させている。ただ、この混乱の中、〈光の英雄〉の名前は確実に人々の希望となった。

周辺で慌てふためく人々が、皆、カインリッツの名前を叫び出す。それは、さすが〈光の英雄〉というべきなのだろう。

こんな突然始まった戦闘に、人々が恐怖しないはずがない。それでも、カインリッツの名前が出るだけで、皆の声に明るさが戻る。彼は間違いなく、この街の人々の希望なのだ。

後から追ってくるであろうカインリッツに、街のことは託し、ルヴェイはユメルを追う！


そうして導かれたのは、西門を抜けたさらにその先だった。

この街の外には草原が広がっており、木々も少なく、ルヴェイが利用しやすい大きな影がほとんどなくなるのだ。

ひとけのないところまで辿りつき、ようやくユメルは立ち止まる。そしてくるりとこちらを振り返った。

真昼の太陽は眩《まぶ》しく、影は短い。

旧フェイレンの装束を身に纏った、黒髪の男。自分よりもかなり若いユメルは、ルヴェイとよく似た顔つきでこちらを見つめている。飄々《ひょうひょう》とした様子で、へらりと笑ってみせているものの、その目は全然笑っていない。

『本当にひどいよ、兄さん。僕が丹精込めて仕掛けた〈墨〉を解いちゃうなんて』

再び懐かしい言語で語りかけられる。

『せっかく、丁寧に丁寧にじっくり思い知らせてあげようって思ったのに。そろそろ頃合いかなって思ってたら、突然、全部無駄にされちゃうんだもん。僕の努力を無駄にしないでよ』

『ずいぶん勝手な主張だな』

『――勝手なのはどっちだよ』

そうしてユメルは語気を強め、ぎろりとルヴェイを睨《にら》みつけた。

『自分勝手に一族を捨てたくせに。兄さんがいなくなったあと、僕たちがどんな目にあったかも知らないくせに』

ユメルの主張はもっともだ。

ルヴェイは己の役目からただひとり、逃げ出した。一族のことなど全部無視して。

父や一族、そして国に対して真っ向から刃向かうことすら諦《あきら》め、ただひとりこの国へとやってきた。

『いつまで逃げてるんだよ。どこへ行ったって、兄さんは〈灰迅〉の人間なんだよ？　もうね。仲間もほとんど残ってないんだ。――兄さんたちが、捕らえてくれちゃって』

『馬鹿なことはもうやめろ』

『馬鹿なこと？　全部兄さんのせいじゃないか。一族がバラバラになったのもそう。僕たち、若い連中は、どうやって生きていったらいいかもわからなかった。――だからさ。最後くらいさ？　せめて滅亡するときは一緒にさ？　一族の本当の長として、責任とりなよ』

『ユメル！』

ゆらりと彼の身体が揺れる。

来る！　そう感じたとき、ユメルは懐から数多くの針を取り出し、魔力でもって一斉にこちらに打ち出した。

（くっ！）

自身の影を利用して、身体半分を地面に沈めて避ける。

けれども、その動きは読まれていたらしく、さらに針を打ちこまれ、ルヴェイは影から出て横転した。

ざっと地面を蹴り、ユメルに接近する。

ギフト以外のルヴェイの主な攻撃方法は接近戦だ。袖口の影からナイフを生み出して、相手の懐に忍び寄る。

昼間の時間、このように周囲の大きな影の少ない状況だと大きな得物《えもの》を作りにくい。それでも今は、手持ちの能力でどうにかするしかない。

『取引をしようよ、兄さん！』

ルヴェイの攻撃を避けながら、ユメルは呼び掛けてくる。

『大切な恋人を助けたいんだろ？』

『当然だ！』

『だったらさ、戻ってくる気はない？　元凶だった父さんだって死んだ。兄さんが嫌いだった人たちも、もういないんだよ？　……ま、そもそも、人が残ってないだけなんだけどさ』

『っ』

『兄さんの好きなようにしていいんだ。兄さんの〈影〉さえあれば、また一からやっていける。そうだろ？　あの草原に戻って、今から』

『馬鹿なことを言うな』

ルヴェイは無数の黒いナイフを生み出し、投擲する。それをひらりと避けるユメルと距離を詰めるために、相手の進行方向を読む。

『俺はもう、故郷とは一切関わらない。この国で、ただのルヴェイとして生きていく。それだけだ――！』

間合いにさえ入れれば、ユメルの影にだって入り込める。そうすれば捕らえたも同然だ。

〈影〉は優秀なギフトではあるが、支配したい影に触れなければ、影の操作も創造もできない。昼の時間だとなかなかに融通が利かず、遠距離攻撃はせいぜいが影によって形作った小型のナイフを投げるくらいしかできない。

だから可能な限りナイフを生み出し、次々と投擲していく。

『あーあ。やだやだ。本当に、昼間でも嫌なギフトだね！』

無限に湧《わ》き出るその攻撃に、さすがのユメルもうんざりしているらしい。進行方向をナイフの投擲によって乱され、ざっ、と地面に踏みとどまる。

その隙《すき》を逃《のが》すはずもなく、ルヴェイは一気に相手の懐に飛び込んだ。

(捕らえた！)

ふわりと逃げるユメルの影に、ルヴェイの影が重なる。瞬間、ルヴェイはその身を影に沈めた。

(よし！)

これで、相手の足元を掴むことも、背中に回り込むことも自由自在。

決着はついた。――そう思ったのに。

ユメルが、にやりと口の端を上げるのが見えた。

『残念だったね！』

『！』

影に沈み込んだはずのルヴェイに、光の洪水が押し寄せる。

（光魔法!?）

影に溶けていたはずの身体が強引に引き出され、気がつけば地上に、生身で立っている。

（まずい！）

そう思ったときにはもう遅い。

ユメルが持つ刃《やいば》が、ルヴェイの左肩を捉《とら》えていた。

『くっ！』

強引に体をひねって避けるけれども、完全には避けきれない。

真っ黒なコートを破られ、ルヴェイの肩に刃がかすめた。ルヴェイの綺麗《きれい》な肩に、血の線が一本走っている。

（やられた……！）

〈墨〉だ。

こんな傷一つで、ヤツの魔力は簡単にルヴェイの体内に侵入する。

（また……ヤツのギフトに……！）

ユメルのギフト〈墨〉は、彼が自ら傷つけた相手に、己の魔力を侵入させ膨らませるもの。おそらく、他にも条件があるはずだが、正確なことはルヴェイにだってわからない。

もちろん、ルヴェイに対してすぐに効果を発揮するようなものでもないことは、身をもって知っている。

だから焦る必要などない。ここでユメルに逃げられるわけにはいかないのだ。

(必ず、決着を、つける……！)

自分のことなどどうでもいい。それよりも、ナンナだ。

彼女の呪いをそのままになど、しておけるはずがない。

『いつのまに、光魔法など覚えた……！』

『ああ。兄さんに復讐するためにね。必死になって覚えたさ』

さすが、リーの血族と言うべきなのだろうか。もともと適性もあったのだろうが、光魔法を習得するだなんて、すばらしい才覚だ。

ルヴェイの弱点を知った上で、相当な努力をしてきたのだろう。

『その才は、もっと別のことに使うべきだったと思うがな』

『本当だよね。それは僕も反省してる。――今の一撃で仕留めるつもりだったんだけど、身体の方がついていかなかったみたいだ。僕もまだまだ、鍛錬が足りないな』

完全に不意をつかれたのは、やはりユメルの作戦だったのだろう。彼はギリギリまで光魔法の存在をルヴェイに隠し続けた。

ルヴェイにはひとつ、大きな弱点がある。

それが、カインリッツも使用するあの光魔法だった。

自然光であれば、〈影〉を利用する持続時間や、動きを制限されるくらいで済む。けれども、魔法による光の照射をうけると、ギフトによる影は問答無用《もんどうむよう》で消失する。あるいは、影の中に身を潜めていたとしても、その身を地上へ引きずり戻されるわけだ。

光によって、単純に影が打ち消されるだけではない。光魔法の厄介なところは、相手の魔力を相殺する力を有しているところだ。

光魔法を操れる人間自体がそもそも少ないので、今まで面倒な相手といえば、カインリッツくらいだったけれども。

『……』

『へぇ。いい顔。……僕、すごいな。すごくない？　あの兄さんを追い詰めている』

『…………』

『さ。横槍《よこやり》が入らないうちに、さっさと決着をつけよう。兄さん？』

そう言ってユメルは、光の球体をいくつも生み出し、ルヴェイを照射し始めたのだった。

これは、カインリッツがルヴェイを掴まえるのによく使う魔法と同じだ。

(厄介な)

この光の球体に照らされている限り、ルヴェイは影に入り込むどころか、ナイフなどの武器すら作ることができない。

普段から影に入り込むために、余計なものを一切身につけていないルヴェイは、当然、影の武器に代わる得物を持ちあわせていないのだ。

つまり、身一つでユメルを捕らえなければいけない。

（さて……どうしたものか）

らしくもなく、追い詰められているのを自覚した。

◆　◇　◆

時間は少し遡《さかのぼ》る。

ルヴェイが真っ先に部屋を出ていったそのあと、にわかにナンナの周囲が騒がしくなった。

カインリッツも慌てて立ち上がり、周囲に指示を出しながら、同じように飛び出していく。

最後に残ったオーウェンが、相変わらずの物腰柔らかな様子でナンナに向き直った。

「ナンナ、私たちも失礼する。君は騒ぎが収まるまで、このまま城に留《とど》まるといい。応接室に案内させよう」

「殿下、待ってください！」

指揮官であるオーウェンが忙しくなることは重々承知しているけれども、あえてナンナは彼を呼び止めた。

「ユメルの能力に関して、少しご相談が。それから、お嬢さまにも」

兵たちに連れていかれそうなイサベラを横目に、ナンナは訴える。

「イサベラ？　………………ふむ。なんだ？」

入口付近で立ち尽くしたまま、オーウェンが問いかける。

「……私はアナタと話すことなんて、もうないのだけれど」

イサベラもとても不服そうにしているが、ここで彼女を帰すわけにはいかなかった。

先ほど、イサベラに――そして、ルヴェイたちに色々教えてもらって、ひとつ思いついたことがある。

せっかく目の前に、ナンナと同じ呪いをうけたイサベラがいてくれるのだ。言い方は悪いけれども、利用しない手はない。

「お嬢さま、その痣、いつつけられました？」

「話を聞かない子ね！　私はもう！　アナタに用はないと言ったの！」

「まあまあ、同じ痣をつけられた者同士、ちょっと相談しましょうよ」

「本当に腹の立つ子ね!!」

ぎゃあぎゃあと賑やかなイサベラを一瞥《いちべつ》して、ナンナはうーんと考える。

「殿下。ルヴェイさまは、ユメルの能力を〈総量型〉っておっしゃってたんですよね」

ナンナはまともな教育を受けていない。

けれども、ミルザの薬屋にある資料はかなりの数を読んでいるため、特に魔法やギフト関連の知識ならある程度は身につけている。……技能方面はさっぱりだけれども。

「ああそうだ。それが何か？」

「わたしの総魔力って、ルヴェイさまと比べると、どれくらいあるかわかりますか？」

オーウェンは〈絶対鑑定〉持ちだ。おそらくルヴェイの能力についても把握しているだろうから、彼に聞くのが一番早い。

「ふむ。そうだな――もう一度触れても？」

「はい」

かつて一度読み取られただけだから、彼もおおよそしか覚えていなかったらしい。オーウェンはナンナの方へと歩いてきて、手にそっと触れる。

「………約、半分といったところだな」

「半分」

おそらくルヴェイはとてつもなく魔力が高いと思われるので、彼の半分もあるという事実に自分が一番驚く。

足元にも及ばなかったらどうしよう、とは思っていたけれど、これならある程度役に立てるかもしれない。

「だったら殿下。お嬢さまはどうです？　私と比べて、どれくらい総魔力がありますか？」

「ふむ」

ナンナの考えていることが読めてきたらしく、オーウェンは鷹揚《おうよう》に頷いた。

すでに拒否権のないイサベラに近づき、手を出すようにと命令する。

ほぼ罪人扱いではあるものの、自国の王太子に手を取られ、さすがのイサベラも頬を染めた。

（ふふっ、お嬢さまったら、そんなお可愛らしい面もあるんじゃないですか）

男なんて、というタイプの人間だと思っていたけれど、非常に女の子らしくて可愛らしい。

「で？　君は何を考えているんだ、ナンナ」

「――で、いかがです？」

「残念だったな。君の三分の一にも満たない」

「うーん、そうですか。………あとは。あの。旦那《だんな》さま……じゃなかった、ワイアール家の当主さまも、同じように呪いに冒されていると考えていいんですよね？」

「まあ、そうだろうが。……まさかとは思うが、ナンナ」

はい、と返事もそこそこに、ナンナはさっと、羽織っていたボレロを脱ぐ。

「!?」

「っ、ナンナ……!?」

ぎょっとするオーウェンやイサベラをよそに、ブラウスの袖口のボタンを外した。それから、ぐいっと袖をまくり上げ、腕を晒《さら》す。

「あ。別に脱ぐわけじゃないので、お気になさらず」

「いや、それはわかるが――こんなところで」

「でもこれ、大事なことなんですよ」

そう言いながらナンナは、皆に見えるように黒く染まった右腕を出した。

あらわになった黒色に、さすがのオーウェンも、周囲の護衛の者たちも、顔をしかめる。

妙齢の女性が背負うにはあまりに禍々《まがまが》しいその黒を目の当たりにして、オーウェンはぎゅっと眉根を寄せた。

「…………本当に、悪かったな、ナンナ」

「いえ。あ。はい。その。お気持ちは頂くことにしたんですけれど、それよりも」

この呪いを受けて、よかったのかもしれない。

それはまるで、希望に近い気持ちだった。

最初にこの肌につけられた黒を見たときは絶望で涙したけれど、今、この状況下で初めて、とても前向きな気持ちが膨らんでくる。

「まさかとは思うが」

そうして、頬を引きつらせるオーウェンに向かって、ナンナは元気いっぱいに頷いてみせたのだった。

「多分、そのまさかです。――この呪い、進行速度上げられるかやってみますので、痣に変化があるか、見ていて頂けますか?」

ユメルのギフトについて、ルヴェイからしっかり説明は受けている。

その際、彼が口惜しそうにしていたのを覚えている。

どうも、かつてルヴェイがその身に受けたものより、ナンナにつけられた痣の方が、はるかに呪いの進行が早いらしい。

その理由について、ナンナも自分なりに考えてみた。

一・単純に術者であるユメルの能力が向上した。

二．ナンナよりもルヴェイの方が呪いに対する抵抗力があった。

三．ナンナよりもルヴェイの方が魔力量が多く、呪いで染めるのに時間がかかった。


ひとつめはナンナにはどうしようもないこと。けれども、ルヴェイの呪いが解けてからのこの短期間で、急にユメルの能力が向上したとは考えにくい。

となると、ふたつめかみっつめだ。

魔力量は、ルヴェイの方がはるかに多い。それは事実だ。

けれど、ルヴェイをあれだけ染めるのに二年もかかっているのだから、ナンナを同じ程度染めるのにも、せめて数ヶ月はかかってもおかしくないはず。

となると、考えられるのは残りのひとつ。

(ルヴェイさまは、ユメルの呪いに恐怖し、必死で抵抗していた)

でも、ナンナ自身はぼんやりとしていただけ。抵抗なんて、あまりした記憶がない。

そのせいか、昨日の今日でここまで肌が染まっていたというわけである。

(多分……この〈墨〉のギフト、呪いを植え付けられた人の抵抗力や精神力にも影響を受けるんだ)

——で、あるならば、だ。

今、ルヴェイはユメルと戦っているはず。

相手はルヴェイの血族。これまでずっと、ルヴェイたちの力をもってしても捕まえられなかった相手だ。かなりの実力に違いない。

いくらルヴェイでも、楽な戦いではないだろう。だから、ナンナだって、こんなところでじっとしてはいられない。

「いきますね？」

ナンナは意識を集中する。

魔力を扱うこと自体は、元来全く得意ではない。

平民にしてはとても魔力が強いらしいけれども、だからといってそれを扱う勉強をしたこともない。

ミルザ曰《いわ》く魔力の扱いが大雑把な自分だけど。

(別に、細かな制御なんていらないもんね)

簡単だ。

ただ、受け入れればいい。

言ってしまえば、今、ナンナの身体はユメルの魔力と繋がっているのだ。

ナンナがユメルの呪いを精一杯受け入れたならば――その分、ユメルが自由に使える魔力が少なくなるということではないのだろうか。

ユメルのギフトは〈総量型〉。それ以外のことはまだまだ未知で、ナンナが思うような結果が得られるとは限らない。けれど、やれるだけやってみてもいいと思う。

「あ……アナタ……」

イサベラの声が震えたのがわかった。

「いかがでしょう？　殿下。お嬢さま？　わたしの肌の黒、広がっているように見えませんか？」

もともと肘《ひじ》関節のあたりまで広がっていた黒が、更に広がり、手首に近づきつつある。

予想が確信となり、へらっと笑ってみせた。

「ははは、…………全く、なんて子だ」

オーウェンが苦笑いを浮かべている。

「ね？　いかがです？　予想通りでしょう？」

「ああ」

観念したようにオーウェンがナンナの近くへ歩いてきて、そっとエスコートする。

もともと座っていたソファーに腰かける形で、落ち着いて取り組むといいと言ってくれた。

「んー……自分の感覚だと、全然わからないですね。やっぱりわたし、魔力の扱い大雑把みたいで」

「宝の持ち腐れだね」

「これまでの人生で、特に必要のないものでしたからねえ」

もう少し練習しておくべきだったのだろう。もちろん、そんな余裕どこにもなかったけれど。

自分の魔力に膜がかかったような感覚は相変わらずだけれど、それだけ。

ルヴェイが言っていた「どんどん魔力が封じられていくような感覚」という微妙な変化を感じ取ることは、ナンナには無理だ。

「よし。よくわからないので、とりあえずやってみますね。――ほら、お嬢さまも！」

何のために彼女を帰さなかったと思っている。

今、ナンナとイサベラの目的は同じ。最終的にこの呪いに打ち勝つことだ。であるならば、彼女も協力してくれるはずなのだけれど。

「どうかしてるわ……！」

イサベラは、顔を強ばらせたまま後ろに下がった。ブンブンと首を横に振り、恐怖する。

一方のナンナは、すっかり受け入れてしまっている。面白いもので、一度受け入れると、痣による肌の侵蝕はどんどんと進んでいく。

ブラウスのリボンを解《ほど》いて襟元《えりもと》のボタンを外し、中をこっそり覗いてみると、鎖骨のあたりまでべっとりと黒に染まっているのがわかった。

ここまでくると逆に好奇心が湧いてくる。どこまで染まるのだろうと、幼い子供がどろんこ遊びをするような気持ちになるのだけれど、イサベラにとってはそうはいかないらしい。

「わ、私は、絶対嫌……！」

「そんなことおっしゃらずに、協力してくださいよ」

「だって、もし……もし、あの方が失敗したら、一生、そのままになるかもしれないのよ!?」

「うーん」

失敗したら、なんてイサベラは言うけれど、そんな未来を想像しようとして、できなかった。

ルヴェイは絶対にユメルを捕らえ、ナンナのもとへ帰ってきてくれる。それは、なぜだか確信に近い想いだった。

（あ、そうか）

逆に、どうしてこんなにも悪い想像ができないのだろうと考えてみたけれど、そんなの当たり前だ。

ナンナにとってルヴェイは、永遠の英雄だから。

「ね。お嬢さまは、『月影の英雄』って、読んだことありますか？」

「え？　ええ、まあ……一時期、流行《はや》ったわよね」

あまりに唐突すぎて、びっくりしただろうか。

けれども、イサベラは知らないのだろう。

ナンナは、幼いときにルヴェイに助けられ——その存在に再び出会ったのは、まさに物語の中だった。

『月影の英雄』の主人公ヴィエル——彼がすべてを救う物語を、何度も、何度も、何度も、何度も
——それはもう、気が遠くなるくらい、繰り返し見守ってきたのだ。

「ルヴェイさまは、その『月影の英雄』の主人公、ヴィエルのモデルらしいですよ？　この国の〈影の英雄〉さまが、失敗するはずがありません。ねえ、殿下？」

「ああ、そうだな」

同意を求めてみると、オーウェンも鷹揚に頷く。

「イサベラ。今、君がナンナに協力するのなら、ワイアール家が〈灰迅〉の族長ユメル・リーに脅されていたという報告、信じてやってもいいぞ？」

「！」

「まあ、私としても……これを女性に強要するのは気が引けるからな……」

と言いながら、オーウェンはナンナを流し見る。

ぐんぐん広がる黒い痣を見て、さすがのオーウェンも頬を引きつらせた。

ナンナ本人はきょとんとしているけれど、周囲から見ると、かなり衝撃的な光景らしい。

「……ナンナ。痣が大きくなっているのはわかったから、早く肌を隠しなさい。私も、ここにいる他の男たちも、後でルヴェイに睨まれるのはごめんだ」

「あっ」

そういえば、興味本位でまるっと肩まで出してしまっていたけれど、確かにまずかったかもしれない。わたわたと袖を元に戻し、肌を隠す。

というより、わざわざ捲り上げなくとも、もうすでに手や首元まで黒い痣が広がってきていた。

「っ……っ、っ、っ」

ナンナの身体を染める黒を見つめながら、イサベラはずっと泣きそうな目をしていた。

女性としてのプライドと、ワイアール家のことと、彼女自身の罪と——そして、ナンナのこと。いろんなものが彼女の中に渦巻《うずま》き、決断できないでいるのだろう。

けれども、やがて彼女はぎゅっと両手を握りしめ、叫ぶ。

「わかったわよ！　やればいいんでしょっ、やればっ!!」

「お嬢さま」

「っ、っ……ほんとに、あの、ルヴェイさまって方を信じていいのよね……？」

「当たり前です」

「全く……！」

ぷりぷりと怒りながら、彼女は頭を抱える。

オーウェンもここは、彼女の決断を尊重する気らしい。だから、ナンナと同じようにして彼女をちょうどナンナの向かいのソファーへと導いた。

罪人扱いされなかった事実にまた、イサベラは泣きそうな顔をして唇を噛みしめる。けれどもすぐに、そのまま何かを考えるように黙り込んでしまった。

おそらく、意識を集中させているのだろう。

だって、痣を受け入れるとはいっても、そのやり方は手探りだ。

イサベラはまず自分に言い聞かせることから始めなければいけない。

頭ではわかっていても、あの痣を受け入れるというのは決して簡単ではないのだと思う。

「殿下。ついでに、ワイアール家に使いとか、出せたりします？　ほら、旦那さ……ええと、ロドリゲスさまも、同じ呪いを受けているらしいですし」

「だな」

いくら脅されていたとはいえワイアール家は〈灰迅〉に協力した。それを罪に問うつもりなら、いくらでも交渉材料は用意できる。

オーウェンはすぐに使いを出してくれた。ナンナと、イサベラと、ロドリゲス。三人で、できる限りユメルの邪魔ができればそれでいい。

「お嬢さま、いけそうですか？」

「っ、わ、わからないわよっ！　アナタみたいに、肌を出すようなはしたないことできるはずがないものっ！」

なるほど、目視できないので、痣が広がっているかどうかわからないと。

「わたしみたいに鈍感でなければ、ほら。魔力が使えなくなってる感じがするとか、そういうの……」

「わかるわけないでしょう⁉」

「あー……お嬢さまも鈍感仲間ですか」

「あのねえ！　勝手にアナタの仲間になんてしないでくれるかしらっ」

「いやでも、今、共通の敵に対して、一緒に戦ってる仲間でもあるじゃないですか」

「絶対いや！」

イサベラはキーキーわめきながらも、涙目になったりと、感情の上がり下がりがとてつもない。

きっと、不安もいっぱいあるのだと思う。

オーウェンが言うとおり、彼女は女の子で。……いや、ナンナも女の子ではあるのだけれど。でも、ナンナと違って、もっと女性らしい……いわゆる淑女だ。自分の肌に治るかどうかもわからない黒い痣を広げていくだなんて、普通は受け入れられるはずもない。

「わたし、お嬢さまのそういう思い切りのいいところ、嫌いじゃないですよ」

「私はアナタのこと大っ嫌いよ！」

「そういうハッキリとしたところも、嫌いじゃないです」

「ホントにムカつくわね、アナタ！」

「ほらほら。頑張りましょう。ね？」

「キイイ！」

　ふたり向かい合って、ああでもない、こうでもないと取り組みながら、イサベラはぽつりと教えてくれた。

　彼女はユメルによって、袖の内側に隠れるような小さな毒針を持たされていて。でも、どうあっても、それを使う気にはならなかったと。

（きっと、セス――ううん、ユメルは、わたしたちを試しているんだ）

　本当にナンナを殺す気であれば、あのときに殺せばよかった。ユメルの行動ひとつひとつが、とてつもなく悲しくて、空虚だ。

　そしてワイアール家は、そんなユメルの悲しい計画に巻き込まれた。ナンナとの関係性とその罪から、丁度いいとユメルにつけ込まれたのだ。

　イサベラは自ら、証拠《しょうこ》としてその針を提供して。

　最後まで隠すこともできただろうに、それをしなかった彼女に対して、やっぱり嫌いじゃないとナンナは感じた。

◆　◇　◆

　ユメルの光魔法による球体で、場の空気が一気に変わった。

〈影〉がほとんど効果を成さないこの状況下、使えるのはこの身ひとつ。

もちろん、ギフト以外にもルヴェイは様々な魔法を習得してはいるけれど、そのほとんどが身体強化系の補助魔法や、毒や痺《しび》れなどの状態異常攻撃だ。

毒や痺れの類《たぐ》いは、ユメルは確実に身体を慣らしているはずなので、効くこともないだろう。

そもそも、光魔法使いに魔法攻撃自体が、あまり効果的ではない。となると、いつものように身体強化一択だ。

『くっ！』

光魔法による攻撃を避けながら、ルヴェイは地面を跳躍する。

一歩、二歩、三歩！　相手の懐へ飛び込むための軌道を読み、場を照らす光球とは別に、放たれる光線を避ける。

『光魔法など、似合わないな！』

『知っているよ！』

〈影〉を消滅させるだけでも厄介なのに、光線によって焼け焦げる地面を見て、ルヴェイはますます顔を強ばらせた。

おそらく、一撃でも喰《く》らえばかなりのダメージを受けるだろう。身体強化をした今、避けるのは難しくはないけれども、これではジリ貧だ。

（ヤツの魔力が尽きるまで粘るか……！）

だが、ルヴェイはすでに、ユメルのギフトを再度受けている。ゆえに、ユメルがここで逃げてしまう可能性だってあるのだ。

(それだけはさせない……！)

勝機はまだある。持久戦に持ち込めば、ルヴェイに分がある。

眩《まばゆ》いほどの光魔法を避け、ひたすら駆ける。そのときだった。

『!?』

ユメルの表情に変化があった。何かに困惑するような、ほんのわずかな変化だったけれども。

ルヴェイを照らす光球が揺らめき、突然消失する。

別にルヴェイが何か仕掛けたわけでもない。けれども、その一瞬を逃《のが》すはずもない。ルヴェイは慣れた動きで新たな影のナイフを生み出し、投擲した。

ユメルが怯《ひる》んだ瞬間、相手の影を捉える。

そのまま動きを制限してやろうと影を拡大したところで、新たな光球が生み出され、それがかなわなくなる。

ならば直接体術で——と手を伸ばすが、すんでのところで避けられてしまった。

(くそ、仕切り直しか)

また距離を取られてしまった。兄弟ながら、厄介な相手だ。

『くっ……はあ、はあ……小癪《こしゃく》な……！』

『？』

けれど、なぜだかユメルの方が焦っているようだった。

先ほどまで生み出されていた光球は再び消え、まるで、魔力を温存するかのように小狡《こずる》い魔法ばかりになる。

（もう、魔力が尽きたのか？）

そんな馬鹿な、とも思う。

けれども、攻撃の手を緩めるつもりはない。相手が魔力量に問題を抱えているのなら、もっともっと消費させてやればいい。

光魔法でかき消されることを承知で、ルヴェイは次々と、己の影から物体を創造する。

なんだっていい。どうせ、かき消される。

このギフトの優秀な点は、ほぼ無限に影から物体を作り出せることだ。相手がうんざりするくらい、どんどん攻撃してやろう。

『くそっ！　何なんだよ、あの女は！』

『？』

焦りでユメルが叫んでいる。

『女を捨ててるんじゃないのか!?　いったい何をしてくれてるんだ、兄さん!?』

『は……？』

……それは、ナンナのことを言っているのだろうか。

今、ユメルにはナンナの何が見えているのかさっぱりわからないが、ルヴェイの目的は変わらない。

ユメルを捕らえること、ただひとつだ――！

◆　◇　◆

「きゃっ！」

突然、向かいで集中していたイサベラが声を上げて、ナンナは瞬く。

「ど、どうしました……？」

「これは」

イサベラに目を向けるなり、ナンナもはっとする。

彼女の顎のあたりまで広がっていた黒い痣が、突然、綺麗さっぱり消えたのだ。

「すごい。……効果、あったみたいですね」

イサベラの痣が、綺麗になくなっている。

それは、ユメルが焦って、自由にできる魔力を回収した――と考えていいのだろうか。

どう見ても、イサベラの呪いは、完全に消えてしまったらしい。

「お嬢さま、よかったですね……！」

正直、イサベラの美貌《びぼう》が痣で覆われていくのは、さすがにナンナも良心が痛んだ。だから綺麗さっぱり消えて、実によかった。

うんうんといい笑顔で頷いてみたところ、イサベラの方がとても複雑そうな顔をしている。

「でも……アナタは」

ナンナの方は、相変わらずだ。

気の毒そうな顔を見せてくれるイサベラに、へらりと笑ってみせた。

「大丈夫ですよ」

以前なら「ざまあないわね」くらい言われそうなのに、ここはやはり共同戦線を張っていたからだろうか。さすがのイサベラも、ナンナを心配してくれているらしい。

「わたしは、まだユメルの魔力と繋がってるみたいですね。じゃあ、もうちょっとルヴェイさまたちのお役に立てるよう、頑張りましょう」

いよいよ、顔にまで痣が広がってきているようで、ナンナを見るイサベラの瞳に同情の色が滲《にじ》んでいる。それでもナンナは、ルヴェイを信じるだけだ。

ただただ痣を受け入れて、ユメルが魔力を戻したがっても返してあげない。それくらいの気概で挑むしかない。

「アナタの相手をしなきゃならない、あのユメルって男も大変ね」

「別に相手してるわけじゃないと思いますけど」

ただちょっとだけ、ギフトのせいで、魔力の一部が繋がっているだけだ。

「どうしてそんな笑ってられるのよ。……はあ、全く。私ったら、これまでの人生何やってきたのかしら。アナタ相手にムキになっても、みんな馬鹿を見るだけなのよ」

「ありがとうございます」

「褒めてないわよっ！」

ムキーッ！　と声を上げるイサベラの顔色は、先ほどよりもずっとよくなっていた。それが、今は嬉しい。

イサベラの呪いは解かれた。あとはナンナだけだ。

「じゃあ、ユメルにも早く諦めてもらいましょう」

なんて笑ってみるけれど、イサベラの負担が減った分、ナンナが踏ん張らなければいけない。

ルヴェイが今、どんな状況かもわからない。

けれど、この行為はきっと、意味がある。

そう信じて、ナンナはひたすら、意識を集中させた。

◆　◇　◆

顔色を悪くしながらも、ユメルは変わらず光魔法を乱射する。

どういう理屈かわからないが、魔力もやや持ち直したらしい。

ユメルの放つ眩い光にルヴェイの影は消失し、再び接近戦を余儀なくされた。

しかし動揺を隠せないらしく、どうも動きが鈍い。そしてルヴェイも、そんな好機を逃すはずがなかった。

（確実に魔力が枯渇しつつある……！）

誰かに、背中を押されている気がした。

それが誰かなんて、考えなくたってわかる。意識の向こうで、朗らかに笑って、見守ってくれている彼女がいる。

(覚悟しろ、ユメル！)

ユメルの光魔法は一向に安定せず、再び光球が揺らいだ。その一瞬を見逃さない。懐に入り込み、自身の影と相手の影を重ねる。大きな物体は作れない。でも——！

『！』

ユメルが立っている地面にあるその影を、隆起させる。

ガンッ！　と爆発的に地面が盛り上がり、ユメルの体勢が崩れた。

ちょうどそのタイミングで、再び光球が光を取り戻し、具現化した影が消滅する。

足場をなくしたユメルは踏ん張ることもできず、その身は宙に放り出された。

(つし！)

捉えた。

確実に、ユメルに、触れた。

腕をとり、反対側の肩を固定し、そのまま地面へ——！

どんっ！　と、相手の身体を、叩《たた》きつける。

『……っ！』

うつぶせに倒れ込んだユメルの腕を後ろ手に固定する。ギリギリと、力を込めて押さえこみ、静かに語りかけた。

『いい加減、現実を見ろ。ユメル』

『……っ』

そう呟いた瞬間、ユメルは頭を横に向け、まるで泣きそうな顔をしながら、目を細めた。

誰かに置いていかれた、まるで幼い子供のような表情だった。

彼がこんな風になってしまったのは、きっとルヴェイにも責任はあるのだろう。それは嫌なくらいにわかっている。

でも。

ルヴェイは決して、揺るがない。

『――俺が、冷たいと思うか？　だが、これが俺だ。お前に見えていなかっただけ。昔も今も、変わらない。むしろ――』

『ぐ、ぁ……っ！』

『ナンナにかけた呪いを解け。さもないと、この場でお前を殺す』

『にい、さん……っ』

故郷のことはずっと夢で見ていた。

砂嵐で霞《かす》んだような、モノクロームの風景のなか。

〈影〉持ちの自分に対して、言い寄る女たちと、遠巻きに見ている男の兄弟たち。

同じ〈影〉持ちである父親は、特別であったルヴェイを煙たがり、跡取りではあったが冷たくあしらわれた。

縮まらない距離。血は繋がっているのに、家族のようで、家族でなかった者たち。

だからこそ、異質だった自分に、まるで素直に憧《あこが》れるような、いたいけな眼差《まなざ》しを向けてきたユメルの存在に救われることもあった。

『九年前のルド侵攻。あのとき、お前を逃がしたことを後悔させないでくれ』

『！』

久しぶりに見た弟は、成長していたといえどもまだ若く、そんな彼を戦に駆りだした同族に怒りを覚えた。

だから、せめて、生きろと。ルヴェイはかつて、邂逅《かいこう》した彼に願った。

私欲のためにディアルノ王国を侵攻する旧フェイレンの人間を許すわけにはいかない。

けれども、せめてユメルには。

大切な弟には、穏やかに暮らせる地を見つけてほしいと。

幸せになる術《すべ》を探してくれと、静かに祈った。

『僕に、気づいて……た……？』

『当たり前だ。半分でも、血を分けた兄弟だぞ』

『嘘《うそ》だ。嘘だ嘘だ嘘だ……！　だって、兄さんは、僕なんか、忘れて』

ユメルは両目を見開く。がたがたがたと震えながら、焦点の合わない目で遠くを見て。

『僕は、兄さんにとっても、どこにでもある、石ころのような——』

『違う』

ユメルを拘束する手に、力が入る。

あまりにも歯がゆくて、苦しい。

『だったらどうして、僕を見捨てて！　いなくなってしまったんだ！』

『……っ』

ユメルの言葉は事実だ。否定することなどできない。

ルヴェイは逃げたのだ。

おぞましい故郷の悪習が受け入れられずに。

ユメルがこうなってしまったのは、彼が言う通り、ルヴェイが故郷を離れたことが要因だろう。

ユメルが自分を慕ってくれていたことは知っている。でも、ルヴェイもまだ、故郷にいたころは若く、未熟で。ユメルの親愛にどう応《こた》えたらいいのかなんてわからなかったのだ。

『せめて、一言だけでも理由を聞かせてくれていたら――！』

悲痛なユメルの叫びに、ルヴェイは唇を噛んだ。

それは、ユメルの言う通りだ。苦い思いが広がってゆく。

『あなたがいなくなったあと！　一族が、どんなにっ……！』

どんなに胸が痛もうと、ここで彼を逃がすつもりはない。ルヴェイは、暴れようとするユメルをただただ押さえつけた。

彼の怒りは痛いほどに理解できる。それでも、ルヴェイは、自分が歩んだ道を否定するつもりはなかった。

『――悪かった』

『……っ』

ルヴェイはちっぽけな人間だ。この腕で抱えられるものなんて、多くはない。

『お前が責めたくなる気持ちはわかる。俺は至らぬ人間で、今でも、まだ迷う。——俺よりも、お前の方がよっぽど立派だ』

ずっと疑問に思っていたことがある。

どうして、捕らえた〈灰迅〉の連中は、ルヴェイよりも年下の若い男ばかりだったのか。

『旧フェイレンは崩壊し〈灰迅〉の連中はバラバラになった。お前たちは他部族によって、草原を追われたんだろう？　そこを、若い連中をとりまとめ、落ち延びた』

もともと気が弱く、内向的だったユメルがどれほどの勇気を振り絞ったのか、想像に難《かた》くない。

『お前の決意が、一族の若い連中を助けた。俺には、できなかったことだ』

『そんな、今更、…………兄、さん』

嗚咽《おえつ》混じりの声が聞こえ、ルヴェイは目を細める。

本当にすまない、と、心の奥で呟きながら、はっきりと言葉にする。

『——それでも。略奪行為も、復讐も、到底許されるものではない』

『……っ』

『裁きを受けろ、ユメル・リー。俺は冷酷な人間だ。たとえ血の繋がったお前にだって、俺は、情けをかけるつもりなどない』

ユメルから奪い取ったナイフを相手の喉元《のどもと》にかざし、睨みつける。

『そしてナンナの呪いを解け』

　いくら大切な肉親であったとしても、ナンナに危害を加える者を、許すつもりなどないのだ。

「ナンナの呪いを、解くんだ――――！」

　ディアルノ王国の言葉で言い直す。

　これは決別だ。

　遥か遠い――あの草原の地で。

　後ろからちょこちょこと追いかけてくる彼との、懐かしい思い出との。

「……」

　ユメルは口を閉ざす。

　ルヴェイの言葉を噛みしめるように、ぎゅっと目を閉じて、しばらく――深い、深いため息をついた。

「あーあ……幻滅だよ。つくづく、幻滅だ」

　少し、東の訛《なま》りが混じる言葉で、彼は吐き捨てる。

「腕鈍ってるでしょ。光魔法程度に翻弄《ほんろう》されるとか、僕程度の攻撃を受けるとか、情けない」

　ははは、とユメルは乾いた笑いを漏らす。

「そもそもこんなにも僕を取り逃がし続けるとかないでしょ。いくらギフトに恵まれたと言っても、その程度の実力じゃ、故郷に残っていたとしても〈灰迅〉の族長になんてなれてなかったよ、きっとね」

　彼は怨嗟《えんさ》の言葉を吐き出し続ける。

　自嘲するような笑みを浮かべ、嗚咽混じりの声で、ぼそぼそと。

「それから兄さんってば、女の趣味悪すぎ。もっと他にいただろうにどうしてさ。よりにもよってあんな平和ぼけした平凡な女とか。女を見る目なさすぎ」

「……」

「…………何か言い返しなよ。好きな女、罵倒されてるんだよ？　冷酷？　嘘言わないでよ。さっさと僕を殺さないあたり、情けをかけすぎだよ、兄さん」

　ユメルは視線だけをこちらに向けた。

　目を真っ赤にさせて、恨みがましく言っているけれど、もう、抵抗するつもりはないようだった。

「俺もまだまだ、甘いらしい」

「本当だよ。〈灰迅〉の族長になんて、向いてない。逃げて正解だったんじゃない？」

「そうだな」

　眦を下げて、頷く。

　素直に認めたのが意外だったのか、ユメルはわずかに両目を見張ってから、すぐに視線を逸《そ》らした。

「しょうもない人間になってくれちゃってさ。復讐し甲斐《がい》がない」

「ん。そうかもしれないな」

　素直に頷くと、ユメルは長く息を吐く。

　そして、何かを噛みしめるように、しみじみと呟いた。

「──あの女と同じだ。どこまでお人好しなんだよ」

◆　◇　◆

城の外から、何やら大勢の人の気配がして、ナンナは立ち上がる。

そろそろだろうと思っていた。待ちきれなくて、この応接室に移動してきてからも、ずっとうろうろ歩き回っていたのだ。

昼間にルヴェイたちが出ていったきり、もうかなりの時間が経っている。

相手はあのユメルだけではなく、これまで捕らえ損ねていた〈灰迅〉の残党も、この機に一気に捕縛しようとしているらしい。

もう間もなく、日が傾きはじめるのではという頃合いだった。

「ふー……」

どうにも落ち着かない。

痣はすでに綺麗さっぱり消えている。オーウェンの計らいで、大きな姿見で全身チェック済みだ。

見るも無惨なあの黒い痣は、もうどこにも見当たらない。鏡に映っていた自分は、ルヴェイの選んでくれた淡いグリーンの服を着た、平凡な女の子だ。

（うん。前と同じ。わたし、いつもと変わらないよね）

ちゃんと、ルヴェイに見てもらえる姿に戻っているはず。イサベラだって、ほっとしたような顔をしていたし。

ちなみに、そのイサベラはというと、ナンナの痣が消えたそのあと、安心したような表情をして、他の兵に連れられていった。彼女は彼女で、事情聴取があるのだという。

すべてを詳らかにします、というのは彼女の言で——逃れられぬ罪もあるだろうけれど、どうか、あまりひどいことにはならないでいてほしいと、ナンナは願った。

だって、一緒に墨に染まった仲間だから。……なんて言ったら、イサベラはぷりぷり怒りそうだけれど。

ひとまずナンナの身辺も落ち着いて、後はルヴェイを待つだけだ。

呪いが消えたことからも、ユメルと決着がついたことはわかっている。でも、やっぱり心配でそわそわしてしまう自分もいて、早く彼の顔を見たくてたまらない。

ぐるぐるぐるぐる。

窓際に立って外の様子を見たり、ソファーに座ったり、歩き回ったり——忙しない様子でいるナンナを、護衛の兵たちが見守ってくれている。

いよいよ我慢できなくて、外に出てもいいですかと訊《たず》ねようとしたところで——ガチャリと、ドアが開いた。

「ルヴェ………ああ、殿下ですか」

現れたのは、こんな非常事態でも実に優雅なこの国の王太子殿下であらせられた。

イサベラとナンナがふたりで粘っているときから、すっと部屋から消えて、方々へ指揮に飛び回っていたのは知っているけれど。

「あははは、ずいぶんなご挨拶《あいさつ》だな。せっかく私自ら、君に報《しら》せを持ってきたというのに」

「報せ？」

「そう。ユメル・リーは無事に捕縛したよ。街中に散っていた〈灰迅〉の者たちの護送も終わった。そろそろ戻ってくるんじゃないかな」

「!!　ルヴェイさまは！　ご無事ですか!?」

「大きなケガをしたとか、そういう報せは入ってきていないよ」

「……よかった」

鷹揚に頷くオーウェンを目にして、ナンナはふらふらとへたり込む。ぺたりと床に座り込む形になってしまい、ナンナ自身も戸惑った。

「あ……あれ……？」

身体に力が入らない。

どうやらすっかり腰が抜けているらしく、はあああ、と大きく息を吐いた。

「……よかった、ルヴェイさまが無事で」

もちろん、信じていた。

彼が失敗するだなんて考えられなかったし、痣が消えたことからも、ほぼ確信できてはいたけれど。

(本当に、よかった)

心の奥底では、どうしようもないくらいに心配だったらしい。

「全く。レディがこんなところに座り込むんじゃないよ」

「すみません……殿下」

「ん」

苦笑いを浮かべたオーウェンが自ら、ナンナに近づき、手を伸ばす。そのままナンナの手を引こうとしたところで――、

「…………ルヴェイ」

「はい、なんでしょう」

「なにかな、この〈影〉は」

「殿下のお手を煩わせるのもどうかと思っただけです」

「……」

ぐるりと、オーウェンの足首と手に黒い縄のようなものが巻きついていた。

その縄を辿ると、ちょうどこの部屋の入口の方から伸びていて。

「……」

音もなくこちらへ近づいてくる、黒いコートを纏った人物から目が離せない。

そしてその人物は、場所をあけたオーウェンの代わりに、すっと、ナンナの前にしゃがみ込んだ。

「ルヴェイさま」

「今戻った、ナンナ」

苦笑いを浮かべるオーウェンを横に、優しい眼差しを向けてくれるナンナの英雄がそこにいた。

「おかえりなさい……」

いつもと変わらない穏やかな彼の表情に、胸がいっぱいになる。

「おかえりなさい、ルヴェイさま……っ」

黒いコートは左肩のところがほつれていて、どうやらうっすらと傷ができているようだけれど。

心配でそれに触れると、大事ないと彼は短く言葉を切って。

今度は彼の方から、ナンナの――もう、どこにも痣のない、頬に、首に、肩に触れ、額を重ねる。

「――痣は？」

「ルヴェイさまのおかげで、この通りですよ」

「気持ちが悪かったり、痛かったりすることは？」

「なにもないです。元気そのものです」

「そうか」

「はい。…………本当に、ご無事でよかった」

彼はナンナの心配ばかりしてくれる。むしろ、心配したいのはナンナの方なのに。

しかもそのまま抱き上げられ、ナンナは途方も無い気持ちになった。

嬉しい。けれど、彼は肩を怪我《けが》しているのだから。それなのに、こんな風に抱きかかえられているのが申し訳なくて、彼にせがんで、どうにかちゃんと立たせてもらう。

もうちゃんと、脚にも力が入る。だから今度は自分から彼に寄り添った。

でも足りなくて。もっと彼の顔をよく見たくて、彼の頬に手を添えた。

彼がはにかんだような笑みを浮かべてくれたのが嬉しくて、ナンナもつられるようにして目を細め

て──、

「あー、あー…………ねえ。ちょっといいかい、おふたりさん」

「！」

「!!」

──そうだった。

ここはおもいっきり、お城の中だった。

すぐ隣にはなんと王太子であるオーウェンもいるし、周囲にも護衛の兵が何人もナンナたちを見守っているわけで。

「あ。ええと……」

「ん。とにかく。無事で、よかった」

「ですね」

ふたりしてぼそぼそと、頷き合う。

この続きは、きっと、家に帰ってから。

……ルヴェイの隠れ家は使えなくなってしまったし、今日は一緒に帰るよね？　そんなことをふわふわ思っていたそのときだった。

「ルヴェイ。ナンナはそう言ってるけどね、全然無事じゃなかったからね？」

「え？」

「あ」

……。

…………。

……………。

(殿下のっ！　裏切り者っ……!!)

すべてがいい方向に進んだ。そう思っていたはずなのに。

「一体、何が」

ルヴェイの三白眼が揺れている。

いや、別にオーウェンを口止めしていたわけでもないのだけれども。

なんとなく……とても……非常に……ルヴェイには言いにくい気がしていたので、言わずに済ませることができそうなら黙っておこうと心に決めていたのに。

「ナンナ、君の役に立ちたいって、結構無茶をしているからね？　大事な恋人だったら、しっかり話を聞いて、今後のためにも説教することをおすすめするよ」

「ナンナ……？」

ぎぎぎぎ、と、ルヴェイが壊れたゼンマイ人形のようにこちらを向く。

そのぎょろりとした眼光に、ナンナはなぜだか、冷や汗が止まらなかった。

「でででで殿下っ!?　でもっ、わ、わた、わたし、お役に立ちましたでしょう!?」

「それはそれ、これはこれ」

「そんな……っ」

「いいから、黙って絞られなさい」

「ひいいいい」

ルヴェイの、ナンナを抱きしめてくる腕に力がこもっている気がする。

「ユメルも……君がどうのと言っていたが、いったい？　君は、何をやらかしたんだ？」

「ええと……そ、それはですね……」

(考えろ。考えろナンナ……ここを、乗り切る方法をっ！)

言い換えれば、誤魔化す言い回しを。

……と思うのに。

何をどこから説明したらいいのかわからず、しどろもどろになり、それでますます怪しさが増す。

「えっとですね、その……」

ひとまず、相手のギフトを利用して、魔力をこちらに縛れないかなと試してみた……的な伝え方をしたけれども。

「ナンナ、自分からあの痣を受け入れて、ユメルの魔力消費を促したんだよ」

裏切り者オーウェンによって、懇切丁寧にばらされたのであった。

さらに、その実験にイサベラたちを巻き込んだことも。

そしてなにより、結果、痣が広がって、言葉で伝えるには憚《はばか》られるような状態であったということまで、全部。

「……」

「……あの、ルヴェイさま？」

「…………」

ルヴェイの顔から感情が抜け落ちた。

彼の三白眼はじっとナンナを凝視したまま、ぴくりとも動かない。

「殿下、本日はこれにて失礼しても？」

あまりに低いその声色に、ナンナの全身が恐怖で震えた。

「ああ。ナンナをちゃんと、送っていってあげなさい」

「はい」

そうして短く言葉を切った彼は、そのまま強く、ナンナを問答無用に抱き上げたのだった。


「ルヴェイさま！　ねえ、ルヴェイさま……！」

城を出て、ずいぶん経つというのに、彼はずっと無言のままだった。

進行方向から、ナンナが間借りしているあの可愛らしいお家に向かっているのはまちがいがない。

けれども、彼はうまく言葉を紡げないようで、抱きしめる腕が少しだけ痛かった。

それでも、ナンナは、それを咎めることなどできなかった。彼が深く傷ついていることがわかって、かける言葉が見つからなくて。

冷静になってみれば、自分が起こした行動が、無茶だったことも理解している。

少しでも役に立ちたくてあんな選択をしたけれど、あれは大層な賭けだった。

もし、ユメルに逃げられでもしたら、ナンナは一生、あのひどい痣と共に生きていかなければいけない可能性だってあったのだ。

ルヴェイを本当に信じているならば、何もせず、じっと待つだけが正解だったのかもしれない。

――でも。

もし、彼の身に何かあったのなら――そんな想像をしてしまい、いてもたってもいられなかった。

そうして言葉に詰まっているうちに、ナンナたちは帰るべき場所に辿りついて――。

「ナンナ……」

玄関のドアを閉めたその瞬間――ルヴェイに、強く、強く抱きしめられた。

「あ……あの……」

「…………っ」

背中を丸め、ナンナの肩口に顔を埋めたまま、彼は何も言ってくれない。

けれどその身体がぶるぶる震えていて――ナンナが想像していた以上に、彼がナンナのことを心配し、心を痛めてくれていたことを知った。

ナンナは、自分の行動に後悔はしていない。

けれど、ルヴェイの想いもわかるからこそ、胸が苦しくなる。

「…………ごめん、なさい」

「……っ」

謝るなり、彼がぶるりと大きく震え、ますます強く抱きしめられる。

そうして顔を上げた彼と目が合い、たちまち唇が重ねられた。

「っ」

わずかに開いた唇から、強引に舌が入りこんでくる。

舌先が触れ合い、ぐちゃりとかき混ぜるように強く求められ、苦しいくらいで。

心臓が激しく鼓動し、まともに立っていられなくなる。膝《ひざ》から崩れ落ちそうになったところを強く抱きとめられ、ただ彼に身体を預けた。

「君が……」

「……」

「君が、無事でないと……俺は」

「……」

「何もかもが、意味をなさなく、なるんだ」

戦いに勝ったとしても。

ユメルを捕らえたとしても。

世界は彩りを失ってしまう。

ユメルを捕らえたその先で、痣が本当に治るのかどうかなんて確証もなかったからこそ、余計に。

「頼むから、無茶なことは、しないでくれ」

掠《かす》れた声で懇願され、ナンナは息を呑む。

震える三白眼と目が合って、我慢できないと、再び彼の顔が近づいてきて。

縋《すが》るように再び唇が重ねられる。

何度も、何度も。触れ合わせるだけのものも、喰《は》むように、求め合うようなものも。

それから、ナンナの無事を確かめるように、彼はあらゆるところに口づけを落としてくる。

唇に、額に、頬に、眦に――。

するすると唇は落ちていき、同時に、彼はナンナのボレロを脱がせ、ブラウスのボタンを外しはじめる。

そのままあらわになった白い首元を強く吸い、ぱっと赤い花を散らして。右腕まで肌を晒し、綺麗になったそこにも印をつける。

ユメルの呪いが消えたことをその目で確かめながらも、彼はまだ、安心できないようだった。

「……………ごめんなさい」

「君が無事で、本当によかった」

「大丈夫、ですよ？」

「君の大丈夫が信用できない」

はっきり言い切られ、ナンナはたじろぐ。

けれど、彼はふいっと目を逸らし、逡巡《しゅんじゅん》して。

「助かった」

微《かす》かに聞こえるくらいの、ほんの小さな声で。

「……………ありがとう」

そう囁いたのだった。

お城から帰ってくるうちに、外はすっかりと暗くなっていた。

彼に連れられ寝室に向かい、サイドテーブルに置かれた魔光具だけを灯《とも》す。それからゆっくりと、ベッドに横たえられた。

ルヴェイは真剣な様子で、ブラウスの残りのボタンを外していった。本当にナンナの痣が綺麗に消えたのか、彼女の肌に唇を落とし、隅々まで確かめながら。

「ナンナ」

彼の唇が触れるたびに、ナンナの身体が小さく跳ねる。

こうも強く求められることに、ナンナ自身、まだドキドキしっぱなしで。そのうえ、彼の必死な表情を見るだけで、心の奥がぎゅっと握りつぶされるような心地がした。

「ルヴェイ、さま……」

大丈夫です。無事です。痣は消えました。呪いなんて、何も残っていません。心配することなんて、なにもないですよ。――なんて、どんな言葉を重ねても、彼の抱える不安は拭《ぬぐ》えないだろう。

だから、彼の頭を抱きかかえるように、両腕を回して。何度も、何度も、彼がナンナの無事を実感できるまでずっと、優しく撫で続ける。

ふと、顔を上げた彼と目が合い、微笑《ほほえ》む。

彼がまるで泣きそうな顔をしたから、慈しむように、もう一度彼を抱きしめるのだ。

「わたしは、大丈夫ですよ」

「ナンナ」

「変わらず、そばにいます」

「…………ああ」

もう何度目かもわからなくなった口づけが与えられる。

ナンナも素直にそれを受けとめ――でも、足りなくて。もっと、もっとと求めてしまう。

もうどこにも痣はないかと、ルヴェイはナンナのブラウスを取っ払う。身体の隅々まで確かめるように、ゴツゴツとしたその手で触れていった。

「……ふふ、くすぐったい」

「甘んじて受け入れてくれ」

「はい」

もちろんだ。

彼の不安を取り除くためならなんだってする。

ごろりとうつ伏せにさせられ、肩や背中までつぶさに確かめられる。

まるで宝物に傷がついていないか確認するような彼の手つきが愛しくて、ナンナははにかむように静かに笑った。

ころんとまた仰向けにさせられ、目が合って。

微笑むナンナの顔を見て、ようやく彼の表情も緩む。

「気が済みましたか?」

「いいや、まだだ」

「わかりました。じゃあ、好きなだけ」

そう言って微笑むと、彼もばさりと上着とシャツを脱ぎ去って、前髪を搔《か》き上げる。

本当に全身確かめるつもりなのか、ナンナのスカートや下着まで取っ払ってしまい、そのままそっと、彼女の太腿に触れた。

見られている。

彼に、全身くまなく、確かめるように。

自分から言い出したことだけれども、こうもしっかり観察されると、なんだかとっても気恥ずかしい。

ナンナは両腕で胸を隠すようにして自分を抱きしめるけれど、それすらも、ルヴェイにやんわりと止められて。

このあと、彼が何をするつもりかなんてわかっている。

もじもじするナンナに、彼はふと眦を下げてから、その手を滑らせた。

最初は太腿に。それからお腹《なか》に、乳房に――それから乳首をくにくにと摘ままれて。

「あ……っ」

いよいよ彼が、その気になった。彼の視線に熱を感じて、ナンナは身をよじる。

けれど逃がすものかと掴まえられ、そのまま、彼の熱に溺れていく。

彼は何度もナンナの肌に手を滑らせながら、器用に全身を愛撫《あいぶ》していく。

幸せで、愛しくて、胸がいっぱいになる。

だからナンナからもちゃんと伝えたくて、彼に手を伸ばした。

「好き、です」

「ん」

「ちゃんと、そばにいます」

いなくなりません。

ずっと、隣で生きていきます。

どうか、ひとりぼっちだった彼が、少しでも安心できますようにと、願いを込める。

彼はなかなか自分の胸の内を明かしてくれない。

けれど、ユメルは、彼の弟だったのだ。

ルヴェイがユメルのことを大切に思っていたことは、理解している。長年、ルヴェイを呪いで苦しめてきた相手だけれど、彼を捕らえるのは苦しかっただろう。

そんな、特別な存在と、決着をつけてきた。

ナンナのことばかり心配しているように見えるけれども、きっと、それだけじゃない。

縋るような手つきの彼が愛しくて、そして、とても哀しくて。ナンナは慈しむように抱きしめる。

彼を癒やせるのは自分でありたい。

彼が安心できる居場所になりたい。

気持ちをちゃんと伝えたいから、態度で示す。

ナンナの方から腕を回して、口づけを落とす。

ふふふ、と笑うと、彼も優しく目を細めた。そして、そのままルヴェイは、ナンナの身体に手を滑らせ、大事な場所にそっと触れる。

そこはすでに濡れそぼっている。

だって、こうして、抱きしめ合っているだけで、彼が欲しくてたまらなくなるから。

そのことに彼も気がついたらしく、少し気持ちに余裕ができたのか、彼が口の端を少しだけ上げた。

くちゅ。

くちゅ、くちゅ……。

甘い水音が静かに響きわたる。

ナンナはものほしそうに瞳を潤ませながら、甘い吐息を漏らす。

こうして中を捏《こ》ねられると、もっと、もっとと欲望ばかりが膨らんでいく。

それはルヴェイと交わるまでは知らなかった感情で――ナンナひとりじゃ抱えきれなくて、彼の名前を呼んだ。

「ルヴェイさま……」

「ん？」

「わたし、もう……」

はしたない。

ナンナってば、ぜんぜん我慢ができない子になってしまっている。

恥ずかしいけれども、もう、身体の奥が疼《うず》いて、苦しくてたまらない。涙目になりながら彼に縋ると、彼も心得たとばかりにこくりと頷いた。

ルヴェイももう我慢できないのだろう。

自身のズボンを脱ぎ捨て、肌と肌を触れ合わせ、互いの体温を確かめ合う。

「ナンナ……」

彼の熱っぽい視線に、ずくりと胸が疼き、ナンナは唇を震わせた。

どうしてだろう。気持ちが溢れて、泣きそうになる。

「ナンナ」

「ん。……きて、ください……っ」

蜜口《みつ》に、彼の熱くて硬いものが押しつけられ、呼吸が浅くなる。期待と緊張でなかがひくつき、早く彼と繋がりたくて、ナンナは何度も頷いた。

彼もナンナの頬を撫でながら、ずぷり、とその先端を膣内《ちつ》へと挿入していく。

深く繋がっていくその圧迫感、そして彼自身の存在感に、ナンナの心の中はいっぱいになり、幸せで溶けていってしまいそうだった。

「ぁ、……んん」

苦しくて、疼くような痛みのなかに、心地よさがあって、甘い吐息を吐く。

「ひゃ、ぁ……ん、ルヴェイ、さま……っ」

ゆさ、ゆさと腰をゆるく揺すられ、嬌声《きょうせい》を上げた。

ナンナの乳首はピンと勃《た》ちあがり、ルヴェイは幸せそうにその小ぶりな胸を捏ねまわしながら、なかも、外もたっぷりと愛してくれる。

「ぁ、んっ、や、そこ……っ」

「ん。ここだな？」

「ぁぁ……ん……っ」

なかのいいところも、ルヴェイにはとっくに見つけられていて。彼の硬いもので、そこをぐりぐりと擦《こす》られると、あまりの刺激にナンナの身体は跳ねた。

「ひゃっ……」

「ナンナ……ん、かわいい……ナンナ……」

「ぁ、ルヴェイ、さま……っ」

「もっと。もっと、呼んでくれ、ナンナ」

「ルヴェイさま」

こうして愛し合っていると、彼は存外、甘えん坊なところがあるらしい。

名前を呼んでほしがり、気持ちを言葉にしてほしがる。

そうして、感情を形にして示さないと、彼にはまだまだ、ナンナの愛が実感しにくいのだと思う。

（ふふ、おかしい）

ナンナはこんなに、彼のことが大好きなのに。

愛しくて、彼の頭を抱きしめ、髪を梳《す》く。

艶《つや》のある彼の髪を撫でるのが楽しくて、くるくると指先で絡めとる。すると、彼が少しだけ不思議そうな顔を見せるのだ。

ルヴェイは、ナンナの髪を撫でるのが好き。そのことにはなんとなく気がついていたから、ナンナだって同じことをしているだけなのだけれど。

「すき、です」

「ん……」

彼の頭のてっぺんに口づけを落とすと、彼が幸せそうに息を吐くのがわかった。

「もっと、きてください……」

「ああ、ナンナ」

頷いた彼は、ゆっくり――ゆっくりとナンナの奥まで貫いていく。その焦《じ》らされるような快感に、ナンナの瞳は潤み、甘い吐息が漏れた。

「は……ぁ……」

「声、もっと聞かせてくれ」

「ルヴェイ、さま……っ」

きっとわざとなのだと思う。

彼はもどかしいほどにゆっくりと腰を前後させ、ナンナの狭い膣内を擦る。

怖いくらいに彼の存在を確かめさせられて、苦しくて、でも心地よくて、欲ばかりが顔を出す。

もっと彼を求めてしまい、ひくひくとナンナの膣が締まった。

「はぁ……ぁ、くっ」

「あっ、ルヴェイ、さま……」

「君が、君のなかは、こんなにも」

「んぅ……」

気持ちいい。

掠れた声でそう告げられ、ナンナは歓喜に震えた。

肉付きの悪いまだまだ痩《や》せっぽちの身体だけれど、彼はとても愛おしそうに、たくさんのキスをくれる。

あの痣が消えてもまだ不安なのか、彼はたくさんの赤い花を散らしてくれて。墨のかわりに、彼に染められているみたいで、幸せすぎて泣きたい気持ちになる。

彼の愛撫はどこまでも優しくて、ナンナばかり気持ちよくなってしまいそうだ。

愛しくて、もどかしくて、もっと欲しくて――ねだるように彼の頭を撫でると、彼はナンナに顔を見せてくれて。

ふと、彼の吐息が聞こえて。

あ、とナンナは思う。

ルヴェイが、笑ってくれた。

幸せを噛みしめるような、控えめな笑み。彼が見せるこの顔が、ナンナはとても好きだった。

ナンナの乱れた髪を、彼は丁寧に梳きながら、ようやく唇にもキスをくれる。

愛情を伝えるたびに、彼は、こうして穏やかな様子を見せてくれて。

胸がいっぱいになる。だって、ナンナは、彼にもっと幸せを感じてほしいのだ。

きっかけは、ギフトによる巡り合わせ。

でも、神さまがくれたこの特別なギフトは、きっと、彼を癒やすためにあるもので。

「すきです、ルヴェイさま」

どうか。

これからもずっと、あなたを癒やせる場所にいさせてください。

「あいしています」

手を触れ。身体を重ねて。愛し合える場所に。うっすらと傷が残る、彼の左肩に口づけを落とす。

この傷も、ナンナのギフトで治ってくれたらいい。

どんなに小さな傷だって、その優しい穏やかな心だって――なんだってナンナは彼を癒やしてあげたい。

「ぁ、ああ……！」

いよいよ彼の抽送《ちゅうそう》が激しくなり、その強い快感に、ナンナは睫毛《まつげ》を震わせる。

ルヴェイもナンナの髪を撫でながら、目を細め、甘い吐息を漏らした。

快感の波が強くなり、ナンナは彼にしがみつく。

欲しい。

もっと、彼と一緒にどこまでもいきたい。

「ナンナ、……くっ、もう……」

「ん……ルヴェイさま……」

きて。

そう声になったか、ならなかったか。

ナンナのなかに熱が広がり、強い快感に流される。

魔力がぐるりとかき混ぜられる心地がして、祝福で満たされる心地がする。

そうして与えられるあたたかな熱に溺れながら、ナンナは目を細める。

彼の、肩の傷も、この祝福が癒やすといい。

これからも、彼は危険な仕事に身を投じることも多いだろう。それでも、こうして――彼を支え、満たしてあげるのは自分でありたい。

ナンナは、これまでの人生で、多くを望まなかった。

ただただ流され、でも、そんな中でも精一杯笑っていたらって自分に言い聞かせていたけれど。

(この場所だけは、誰にも譲りたくない)

ナンナはルヴェイの治癒係。

それは、神さまが授けてくれた、ナンナの居場所なのだ。

エピローグ

ペンを握る手が震える。

(怖っ。あー……こういうときに限って、インクつけすぎたりするのよね、わたし)

握るペンのつるりとした感触が、普段と違って高級すぎるせいだろうか。

……いや、それだけではなく。単純に緊張しているだけなのだろうが。

ちらっと横に目を向けてみると、ナンナの手元を真剣な表情で見守り続ける未来の旦那《だんな》さまが立っている。

今、ナンナの手元にある用紙に署名をし、証人にもサインをしてもらって、教会へ提出を済ませば、晴れてルヴェイと夫婦になる。……つまり、婚姻届であるわけだが。

(なんでこんなことになってるのかな!?)

〈灰迅《かいじん》〉との決着をつけてから、まだ二週間程度。すなわち、プロポーズからも、同じくだ。

婚約期間を全力ですっとばして、善は急げと結婚することになったのである。それはもう、たいへん唐突に。

(もちろん。嫌じゃないの。全然っ、嫌じゃないんだけどねっ!?)

互いに、実家とのしがらみもない自由な身であるし、ルヴェイに至っては普段使用していた隠れ家が焼け落ちてしまった。

他にも所有している住処《すみか》はあるみたいだけれど、もう別々に暮らす理由もない。

だから、ナンナが住んでいる家に転がり込んで、一緒に生活するようになった。であるならば、早めにけじめをつけるべきだろうという流れではある。

そもそもナンナは庶民だし、ルヴェイの価値観もナンナに非常に近いために、貴族のように大々的な結婚式を執り行う予定もない。商店街の親しい人たちと報告会を兼ねた食事会をするくらいだから、準備もたいして必要ない。

つまり、先延ばしをする理由が全くなかったわけで。

――今。なぜか、この国の王城の、王太子であるオーウェンの執務室で、婚姻届を書いているというわけである。

「ナンナ、どうした?」

ペンを持ったまま硬直していたからか、ルヴェイが不安そうな顔をする。

「……やはり、少し、急ぎすぎただろうか?」

しゅんと落ちこまれてしまうと、なんだかナンナが悪者になった気分だ。

「ちっ、違います！　全然違います！　ただ、とっても緊張しているだけでっ！」

すでにルヴェイのサインはしたためてある。ナンナだけが知っていた、あのクセの強い彼本来の字で。だからナンナも、その隣に名前を書くだけ。

(よし……！)

ナンナはいよいよ、覚悟を決める。震える手で、ゆっくりとペンを走らせた。

ナンナ・メルク――と。

(本当に、久しぶり)

フルネームでサインするのは。

(返ってきたんだ――わたしの、名前)

これを教会に提出したら、ナンナの名前はナンナ・リーになる。

復籍して早々に名前は変わってしまうけれど、ナンナの手元には多くのものが戻ってきた。

戸籍だけではない。ワイアール家に奪われたメルク商店の権利。それから、父が残したアイデアメモや、ノートまで。

ロドリゲスが父の遺品をどうやって手に入れたのかまではわからない。

けれど、それらは大切に保管されていて、久しぶりに見た父の字に、また涙してしまったのはルヴェイとナンナだけの秘密だ。

ワイアール家の調査を進める過程で、ルヴェイやオーウェンたちはメルク商店のこともあらいざらい調べ上げてくれた。遠い昔の、幼いナンナでは知り得なかった両親の仕事の話などが聞けたのは、とても嬉《うれ》しかった。

それらの大切な思い出や、遺品、そして両親が残してくれたメルク家の権利――全部を抱えて、ナンナは今日、お嫁に行く。

もう、何も持たないちっぽけな娘なんかじゃない。胸を張って、メルク家の娘だよと言えるようになって、彼のもとへ嫁げるのは、最上の幸福であった。

「できた」

婚姻届に記された自分の名前を見て、ナンナは満足げに頷《うなず》いた。

そしてペンを置いてほっとした瞬間、後ろからがっしりとした腕が伸びてくる。

「ナンナ、ありがとう！」

苦しいくらいに抱きしめられ、ナンナは目を白黒させる。

ふと視線を後ろに向けると、ルヴェイの笑顔が飛び込んでくる。その瞬間、胸が温かくなって、緊張などどこかへ飛んでいってしまった。

「大切にする。これからも、ずっと」

「はい、わたしも。ルヴェイさまに負けないくらい、大切にしますね？」

「っ……！」

感極まったらしく、ルヴェイはナンナの肩口に顔を埋めてしまった。この調子だとしばらく動けなさそうだ。

こんなにも喜んでもらえたことが何よりも嬉しくて、へらっと笑っていると、横からぱちぱちと手を叩《たた》く音が聞こえてきた。

「うん、おめでとう。私も嬉しいよ」

当然、この執務室の主であるオーウェンである。

彼は自分の執務机の方から様子を見ていたようだが、すっと立ち上がり、こちらに歩いてくる。それからナンナの前にある婚姻届を手に取り、にやりと笑う。

「では、次は私とカインリッツの出番か」

「あ、あははは……よろしくお願いします……」

何がといえば、証人欄である。

貴族は結婚式における参列者が婚姻の見届け人――すなわち、証人となるのが一般的だが、庶民はそうはいかない。ゆえに、婚姻届に証人欄が存在するのである。

新郎側に二名、新婦側に二名ずつの証人が必要なわけだが、ルヴェイの証人として、オーウェンとカインリッツが名前を書いてくれるということらしい。ちなみに、ナンナ側の証人はミルザとバージルである。

（こういうとき、ルヴェイさまって本当に、もともと住む世界が違う人なんだって実感するよね）

こんな署名がある婚姻届を持っていくと、教会側が度肝を抜かしそうな気がする。

それほどまでに桁違いに身分が異なるお方たちの名前を頂くわけなのだが。

「ううううっ、よかったなあ！　……ルヴェイ！　本当に、おめでとう!!」

先ほどからずっと、あえて存在を無視してきた号泣中の〈光の英雄〉さまが、いよいよ無視できない程度には鬱陶《うっとう》しくなってきている。

ただ、左手で口元を押さえながらも、さっとナンナからペンとインクを奪っていくあたり、署名する気満々らしい。

「その涙で婚姻届を汚してみろ。貴様とは絶交だ」

「心配するなよ。オレが、ルヴェイの大切な婚姻届を汚すはずがないだろう？」

ハンカチでさっと涙を一拭《ふ》き。たちまちキラキラオーラを放ちはじめるカインリッツを見て、ナンナは堪《こら》えきれず、声を出して笑った。

「ふふっ、あははは」

雲の上の人たちには違いない。けれど、こうして話してみると、存外気軽で——庶民と変わらないところもあるのだなと実感する。

ルヴェイとのこともそう。

出会ったころこそ身分のせいで物怖《ものお》じしていたけれど、きっと彼は、ナンナとすごく近い場所にいてくれたのだろう。

城を出て、ふたりでゆっくりと歩いていく。

ミルザとバージルにも、これから署名をもらいに行く約束はしてあるから、順番に訪問する予定だ。

ミルザはともかく、バージルは他《ほか》に並んだ名前を見て仰天しそうな気がする。想像すると、ちょっと面白い。

「楽しそうだな」

顔に出てしまったのだろう。ルヴェイがナンナの顔を覗《のぞ》き込み、眩《まぶ》しそうに頬《ほお》を緩めている。

その優しい表情が愛《いと》しくて、ナンナも顔一杯の笑みを浮かべた。

「いよいよだなって、思いまして」

「ああ、そうだな」

「ほんとに、いろんなことが、ありましたけど」

あれから。

ユメルは城に連行され、今は裁きを待つ身となった。

軽い罪にはならないだろう。それでもルヴェイはオーウェンに、命だけはと嘆願したらしい。

オーウェンとしても、ユメルは重要人物だから、安易に命を奪うような刑を与えるつもりはないと言っていたのだとか。おそらく、旧フェイレンの他部族との関係に影響することを考慮しているのだろう。

政治について、詳しいこともわからないし、そもそもナンナは口を挟めるような立場でもない。

でも、ルヴェイが少しほっとしたような顔をしていたから、彼にとって納得できる結果なのだろう。

それから、イサベラのこと。

オーウェンと約束した通り、ワイアール家はユメル・リーに脅されて、隠れ家や私財を提供するしかなかったという話になった。

重い罪は免れたのは事実らしいが、ワイアール家は、メルク家から奪った権利を手放す必要があり、そのせいで事業を大幅に縮小せざるをえなくなった。

さらに、オーウェンの直接介入があったほどの何かをしでかしたらしい――という噂《うわさ》が瞬く間に王都に広がり、今まさに、ロドリゲスはその事後処理に走り回っていることだろう。

商人にとっては、致命的な結果だったはずだ。

けれど、あの後、久しぶりに会ったイサベラは、やつれていながらもどこかスッキリしたような顔をしていたのが印象的だった。

（――そうそう。突然、お店に来たのよね）

つい先日の出来事である。あのときは実にびっくりした。

彼女がわざわざあんな庶民のパン屋さんに足を踏み入れては、店内でパイを食べて帰っていったのである。

『美味《おい》しいものなのね』とこぼす彼女の横顔が、なんだかあどけなく見えて、とても印象的だった。

実際、とても美味しそうにパイを食べてたし、またいつか顔を出してくれるかもしれない。

――来てくれるといい。

そうすれば、彼女との関係も、もう少し変わったものになるかもしれない。

「ナンナ、どうした？」

「なんだか感慨深くて。いろんなこと、思い出しちゃいました」

「そうか」

「ルヴェイさまと出会ってからですよ？」

「？」

「わたしの世界が、こんなにも開けたのは。毎日いろんなことがあって、目まぐるしくて、楽しくて

――」

ぎゅっと握った手に力を入れる。

「――とても幸せです」

「そうか」

彼が表情をくしゃくしゃにする。

多幸感に溢《あふ》れた笑みを浮かべ合い、ふたり並んで歩いていく。

「卑屈になるのはもうやめます。わたしはルヴェイさまの奥さんだって、ちゃんと、胸を張って言えるようになります」

「ああ」

「ふふふっ。――でも、こうして改まって宣言するの、ちょっと恥ずかしいですね」

らしくもなく大きく出てしまって、へらりと笑う。頬が熱くなり、手でぱたぱた扇《あお》ぎながら誤魔化すと、ルヴェイが何か言いたげに眉《まゆ》を下げた。

「ルヴェイさま？」

「あー、ええと。それなんだが」

「それ、とは？」

何を指し示しているのかさっぱりわからずに、ナンナは首を傾《かし》げる。

「その。俺《おれ》の、奥さんに、なってくれるのなら。そろそろ、だな……」

「？」

「…………ルヴェイ、と」

蚊の鳴くような声で何かが聞こえた。

もちろん、聞き返すような野暮なことはしない。

おそらく彼は、今、すべての勇気を振り絞って、甘えてくれたのだと思う。

(――もう。本当に。仕方のない人)

彼は、誰《だれ》もが憧《あこが》れる青騎士であり、陰ながらこの国を護《まも》り続けてくれる英雄さま。

そんな特別な人が、ナンナの前でだけこんなに臆病《おくびょう》で、引っ込み思案になる。

本心を伝えるのが上手《じょうず》でない人だけど、いつも一生懸命だ。

愛しさがこみ上げてきて、ナンナはルヴェイの手を強く引っ張った。予想外な行動だったのか、振り返ると、ルヴェイが困惑している。

「っ、お、おい、ナンナ⁉」

「早く行きましょ、ルヴェイ」

「！」

瞬間、彼の両目が大きく見開かれた。

(――こんなに喜ぶなら、もっと早く、呼んでみればよかった)

でも、もう物怖じなんかしない。ナンナは、伝えることに躊躇《ちゅうちょ》しない。

朗らかな笑みを浮かべながら、彼の手を引っ張ると、彼もたちまち破顔する。

この優しい人がいつまでも笑っていられるように、共に生きていく。そうナンナは、強く誓った。

書籍版書き下ろし

MELISSA

だって、特別な夜ですから

はぁー、とひと息。浴室でひとり身体《からだ》を温めながら、ナンナはこの日あったことを思い出していた。

いまだにふわふわしている。

ルヴェイと出会ってからずっと、まるで夢の中にいるんじゃないかなって思うことばかり続いているけれど、今日もとびっきり特別な一日だった。


ルヴェイと籍を入れた数日後。

ナンナたちは慣れ親しんだ南区第二商店街にある料理店を貸し切って、晴れてお披露目の食事会を行ったのである。とはいえ、あまり畏《かしこ》まったものでもない。

ここ、ディアルノ王国では、結婚式は貴族や富裕層の文化でしかなく、平民は親しい者を集めて料理を振る舞う食事会を行うのが一般的だ。

皆でわいわいと騒ぎ合って、新郎新婦を囲んで飲む。要はお祝いにかこつけて、近所の者たちで酒を酌み交わし、今後もよろしくと挨拶《あいさつ》し合うことが目的なのだ。

老若男女《ろうにゃくなんにょ》関係なく、大勢の者たちが店に顔を出し、ナンナたちに祝福をくれる。

取り仕切ってくれたのはバージルで、この日は彼の奥さんも一緒になって、朝からしっかりと準備を進めてくれた。

「いろいろあったみたいだけれど、ナンナちゃんも元気になったし、本当によかったねえ」

なんて何度も繰り返しながら。

やはり、先日のユメルの起こした騒動では相当心配させてしまったようだ。

一方で、その事件を見事解決したのもルヴェイであることを知り、バージルの中でのルヴェイへの信頼はますます厚くなったらしい。

だからこそ、お気に入りの彼のもとへ娘を送り出すがごとく、大変張り切ってくれている。

もちろんナンナも――そしてルヴェイまでもが手伝ってくれて、大勢の客人を迎え入れる準備は万端だった。

……ルヴェイが料理も掃除も飾り付けも何でもできることに、バージルたちは大層驚いていたけれど。

（ルヴェイってば、わたしよりも料理上手《じょうず》だもんね……）

準備を手伝ってくれていた人たちにいちいち感心されて、ルヴェイも朝から面映《おもは》ゆそうだった。でも、自然と皆に馴染《なじ》んでいて、ナンナはとても眩《まぶ》しく感じた。

だって、これから、この第二商店街近くのあの家で暮らしていくと決めたのだ。

ルヴェイには、そのうち改めて家を建てるという将来設計があるらしいけれど、それも急ぎではない。あの家は、ふたりで暮らすには十分な広さだし、愛着もある。

だから、彼が近くのこの第二商店街の皆と親しくできそうなことが、とても嬉《うれ》しい。

というわけで、食事会は昼間からわいわい大賑《おおにぎ》わい。

途中、ヘンリーはともかく、カインリッツまで顔を出してきて、たちまち大騒ぎになったりもしたけれど、今日だけは甘んじて受け入れよう。

だって、ふたりの門出をあんなにも祝福してくれることは、素直に嬉しかったから。

そんなわけで、みんなに盛大に祝福してもらえて、ナンナはずーっとふわふわしていたのだ。

もちろん、浮ついていたのはナンナだけではない。

（ふふ……ルヴェイも、ずっと頑張ってたもんね）

普段だったら、影の中にどろんと消えてしまっても不思議ではない状況であった。

商店街の皆は、自分の仲間だと認定した相手に遠慮がない。だからナンナの伴侶になるルヴェイに対しても、とても親しげに接していた。

そんな彼らに対し、ルヴェイは終始、背筋をちゃんと伸ばして、堂々としていたのだ。

ナンナのために、いい夫であろうとしてくれたんだと思う。その張り切りっぷりを可愛《かわい》く感じてしまったとは、本人には絶対に言えない。

ただ、誰《だれ》に対しても誠実に受け答えをしていた彼を見て、とても誇らしく感じたものだ。

だからナンナも背筋を伸ばして宣言した。

『わたし、ナンナ・リーになりました』

旧フェイレン人らしい、リーという姓を。

正直に話すと、少しだけ勇気が必要だった。

先日の〈灰迅《かいじん》〉による火災、そして派手な捕縛劇を経て、この街の人々はますます、異民族へ悪い印象を抱くに至った。リーと名乗ることによって、何も知らない人たちがどう感じるのかくらいわかっている。

でも、集まってくれた人たちは皆、ルヴェイに対して好意的だった。人種ではなく、ルヴェイの人柄を見てくれているからだろう。

それに、ナンナ自身、ルヴェイのことを誇りに思っている。

彼は過去を清算し、和解——とまではいかないものの、弟とひとつの決着をつけた。

改めて家族と向き合った今、彼が、以前よりももっと、リーという姓を大切に思うようになったことを理解しているからこそ。

ナンナだって、彼の故郷の思い出を大切にしたい。

『素敵な名前に、なったでしょう？』

背筋を伸ばし、満面の笑みを浮かべてみると、それはもう、割れんばかりの拍手が返ってきた。

おめでとう、という祝福の言葉が飛び交い、ルヴェイと目を合わせて、微笑《ほほえ》み合った。

ルヴェイが旧フェイレン人であることなど、少なくとも、ナンナの周囲の人々は気にしていない。

純粋に、ナンナとルヴェイの門出を祝福してくれている、その事実が嬉しくて——。

「ふぅー……っ」

いまだ興奮さめやらず、ナンナは両頬《ほお》を押さえたまま、ざばりと浴槽で立ち上がる。

いつまでもこうして、ふわふわしている場合ではない。いいかげん、覚悟を決めて風呂《ふろ》から上がらなければいけない。

食事会でのあれやこれやを何度も思い出しながら、改めて、ナンナはルヴェイと結婚したという事実を噛《か》みしめているのだが。

(問題……というか、本番は、これからだよね)

心臓がずっとばくばくと音を立てている。

お風呂に入る前から、入浴しながら覚悟を決めようと思っていたけれど、結局何の覚悟も決まっていない。けれども、あまり遅くなってしまっても、ルヴェイを心配させるだけだろう。

(ええいっ、覚悟を決めるのよ、ナンナ!)

心の中で拳を握りしめ、ナンナはいよいよ、浴室の外へ出た。

――そして。

(あー……っ、こ、これ。こういう、着心地なんだ……っ)

思いの外さらさらしていて、あったかい。肌触りがよいのは実に素晴らしいことではあるのだが、
ナンナは頭を抱えたくなった。

自ら進んで身につけておいてなんだが――思った以上に、すけすけである。

それはもう、ものの見事に、ナンナの白い肌が丸見えであった。

今ナンナが身に纏《まと》っているものこそ、女性の身体を煽情《せんじょう》的に、美しく見せるための寝間着……もとい、下着。――つまり、ベビードールと呼ばれるものだった。

自分よりも少し年上の、お姉さんのように接してくれる友人たちからこぞって勧められたのだが。

色はルヴェイの好みに合わせて、淡いピンク色。細かなメッシュ生地は透け感があり、ナンナの白い肌を優しく包み込んでいる。さらにふわふわとしたフリルに縁取られて、華奢《きゃしゃ》で可愛い印象ではあるけれども、肌はばっちり見えていた。

一応下着のショーツを重ね着しているし、胸の部分は多少は厚手になっていて、隠れてはいる。が、大事な部分が隠されているからこそ、余計に煽情的に見える……気がする。多分。

ナンナ自身、年齢よりも幼く見えがちである自覚はある。だから、このような衣装は似合わないことも重々承知しているが、今日ばかりはと、勇気を振り絞った。

だって、籍自体は先日入れてはいるけれど、今日は皆にこの結婚が祝福された、特別な日だ。

そんな特別な夜には、女の子も特別な装いでなくては――と、友人たちがこぞって背中を押してくれたのだ。

……どちらかというと、遊ばれているような気もするが、ナンナだって、ルヴェイのために何かしたいという気持ちはある。いつも彼に優しく蕩《とろ》かされてばかりだから、今日こそは、ナンナだって彼のために――と思い、今。

固めたはずの決意が、鏡に映る自分の姿を見るなり、ぐらんぐらんに揺らいでいる。

(みんな、男の人はこういうのが好きだからって力説していたけどっ！　ど、どうなのかな!?　張り切りすぎって、引かれちゃったらどうしよう……っ)

恥ずかしがり屋なルヴェイが相手だからこそ、恐怖もある。

でも、何度だって自分に言い聞かせる。今日は特別な日なのだ。

ナンナは己の勇気を総動員して、ぎゅっと両手を握りしめる。

(うん。もう、覚悟は決めたんだから。いくわよ、ナンナ……っ!)


——と、寝室の手前までやってきたものの。

「あの……ルヴェイ……?」

ばん! とドアを開いて元気よく部屋の中に入る勇気はなくて、わずかに開いたドアの隙間《すきま》から顔だけを覗《のぞ》かせる。

サイドテーブルに置かれた魔光具だけが灯《とも》る薄暗い室内で、ルヴェイがこちらを振り返る。

かなり待たせてしまっていたのか、ナンナの顔を見るなり、彼は安堵《あんど》したように目を細めた。

ルヴェイは先に入浴を済ませていて、いつものシンプルな形の黒い寝間着を身につけている。どうやらベッドに座り込む形で、ナンナを待っていたようだ。

彼はふわりと笑みを浮かべ、こちらに向かって手を差し出してくれる。

でも、部屋に入ることなくもじもじしたままのナンナの様子を、さすがに不思議に思ったらしい。

「どうした、ナンナ?」

少しだけ彼の瞳《ひとみ》に不安の色が灯る。

違う、彼を不安にさせたかったわけではないのだと、ナンナはぶんぶんと首を横に振った。

「あの! 違うんです。なにが違うかって言うと、その……ええと。ほら。今日って、ちょっと記念といいますか。特別な、日だって、わたしは思っていまして」

しどろもどろもいいところだ。完全に言い訳みたいになってしまっていて、実に情けない。

「だ、だから！　あの……わたしも、ちょっと。特別な、感じで。ですね。……ええと」

覚悟だ。覚悟を決めろと自分に言い聞かせつつ、ようやく一歩、寝室に足を踏み入れる。

瞬間、ルヴェイがカッと両目を見開いたのがわかった。

「な……な…………っ!?」

ベッドの上で明らかに狼狽《うろた》え、こちらに目を向けたのもつかの間、すぐに三白眼をきょろきょろと彷徨《さまよ》わせる。

「ナンナ……君は、なんて……格好を……っ」

絞り出したかのような彼の言葉に、ナンナもびくついた。

やっぱり、彼は、このような格好を好まないのかもしれない。そう思うと、奮いたたせた勇気が簡単に折れてしまう。

「っ、や、やっぱりはしたないですよね!?　わたし、着替えてきますっ。どうか忘れて――」

――と言いながら彼に背中を向けたところで、ぐるりと、何かがナンナの腰に巻きついた。

「え」

かと思うと、ナンナの身体はいとも簡単に宙に浮き、ベッドに引き寄せられていく。

次の瞬間には、どんっ！　と寝台の上に縫いつけられるように組み敷かれていて、ナンナはぱちぱちと瞬いた。

影だ。

ルヴェイが創造する〈影〉のギフトがナンナを捕らえ、ここに引き寄せた。

でも、それだけでは終わらなかった。今度はその影が、まるで枷《かせ》のようにナンナの両手首に巻きつき、ベッドに固定しているのだ。

あまりに突然の出来事に、ナンナの頭がついていかない。

ナンナを組み敷くようにのしかかるルヴェイ自身の大きな影。薄暗いなかで、彼の三白眼だけがぎらりと光っているように見えた。

まるで獣が獲物を捕らえたかのごとく、執着を隠そうともしないその表情に、ナンナも目を逸《そ》らせるはずもない。

「ルヴェ……イ？」

呆然《ぼうぜん》としたまま、彼の名前を呼んだ。

ナンナの声が届いているのかいないのか。ルヴェイはじっとナンナのことを凝視したまま、その手を滑らせる。

布の感触を楽しむように、腰から腿《もも》に、手のひらを押しつけ、なぞっていく。

それからナンナの白い太腿に直接触れ、今度は布の下に入りこむように、上に向かって肌をなぞっていき――びくりと、彼の手が震える。

「っ、すまない!!」

瞬間、彼はがばりと身体を起こし、両手を挙げる。同時に、ナンナを固定していた影は溶けるように消えて、ナンナの身体は解放された。

「っ……あまりのことに、頭が真っ白になって。君を、怖がらせた……すまないっ！」

「え……？」

驚いただけで、特に怖がっていたわけではない。

でも、ルヴェイは強引にコトに及ぼうとした自覚があるらしく、歯がゆそうに唇を噛《か》んでいる。ふるふるふると、彼の三白眼が震えていて、頭を抱えてしまいそうな勢いだ。

「君が、あまりに煽情的で。目を奪われた。――でも、君が逃げてしまいそうだと、思ったら」

彼の正直な告白に、今度はナンナの方が目を丸くした。

煽情的。

目を奪われた。

――それってつまり、この格好を気に入ってくれたということなのだろうか。

目を背ける彼は、耳まで真っ赤にして目を閉じている。

ナンナもまた同じように頬を染めながらも、胸の奥がいっぱいになるのを感じた。

「ルヴェイ」

だからナンナは微笑んで、ルヴェイの寝間着の裾《すそ》を引っ張る。するとルヴェイがようやくこちらに視線を向けてくれる。

「ちょっと、びっくりしただけです。わたしも、恥ずかしくて――でも、その。喜んでくれたのなら、嬉しいです」

「ナンナ」

「えっと。今日は特別な日ですから。はしたないって、思われるかもしれないですけど。でも、たまにはこういうのを着るのもいいのかなって」

「……」

「……どうでしょうか?」

気恥ずかしくてつい胸元を隠したくなるけれども、それを必死で我慢する。

慎ましい双丘はかろうじて透け感のある衣で隠れているだけ。淡いピンクとフリルたっぷりの意匠は可愛らしくナンナを彩ってくれている。

大胆ではあるけれども、似合っている……のではと思う。照れてあちらこちらに移動してばかりの視線を、ちらっと彼の方に向けてみると、彼がじっとナンナを見つめているのがわかった。

ぎゅっと唇を噛みしめてから、彼はごくりと唾《つば》を飲み込み、言葉をこぼす。

「君は、俺《おれ》をどうしたいんだ」

「えっと」

「……蠱惑《こわく》的な君に溺《おぼ》れて、欲望のままに、俺が君をぐちゃぐちゃにする可能性を考えなかったのか?」

「え?」

思いがけない言葉に、ナンナは何度も瞬いた。

その発想は持たなかった。どちらかというと、大胆すぎて引かれる可能性ばかり考えていたから。

「溺れてくださるのですか?」

「……俺が、今、どれだけ理性を押しとどめていると思っている」

「ルヴェイ」

「君は俺を優しいと言うが、おそらく――俺は、君が考えている以上に、厄介な人間だ」

「ぁっ……！」

ルヴェイが再び、ナンナに覆いかぶさる。

布越しに胸を揉《も》まれ、乳首を探すように指で擦《こす》られると、ナンナの身体が軽く跳ねた。

「嫉妬《しっと》深く、疑り深く、執念深い。君に近づく男は、本当はすべて排除したいし、君を、俺だけの檻《おり》に閉じ込めて、誰の目にも触れさせたくないと願ってしまう。――そんな、欲深い感情を持っているのも、また俺だ」

「ん、んんっ……！」

深い口づけが落ちてきた。

舌が強引に口内に割り入り、ナンナの舌を絡め取る。

ぐちゅりと唾液《だえき》を絡ませながら、ねっとりと口内を犯されて、ナンナはとろんと目を細めた。

甘い吐息が混じり合う。ほぅ、として彼を見つめると、ルヴェイはじっとりとした目でナンナを鋭く見つめたまま。

「こんなにも美しい君を目にして――不安になる俺の気持ちが、わかるか？」

「不安に？」

「ようやく君の人生が手に入ったはずなのに、まだ足りない。君に魅了され、手を出そうとする男が出てくるのではないかと」

「そんなことあるわけ――」

「あるさ。絶対に、いる。それでも――君は、俺だけのものだ。誰にも渡さない」

「あっ……ルヴェ、イ……っ」

ルヴェイの両手がナンナの身体をいじった。薄手の紗がしゃらりと揺れ、シーツの上で乱れる。捲《めく》れて現れた白い肌をぎろりと凝視し、彼はそこにも口づけを落とす。

痛いくらいに強く吸われ、くっきりとした赤い印が刻まれた。

それでも安堵できないのか、彼はナンナの身体にいくつもの印を落としていく。

「俺にはあの〈灰迅〉の血が流れている。欲しいものは力尽《ちからず》くで手に入れ、強奪するのをよしとする。だから、この血の望むままに――君を欲してしまう」

ナンナの肌に強く吸いつきながら、彼は淡々と語り聞かせる。

「君の煽情的な姿を見て、どうしても、汚い欲が顔を出してしまう。――もっと、君を大切にしたいのに」

「あ……っ」

「君は。純粋な厚意で、こうした姿を見せてくれたのにな？　こんな特別な夜だから――俺は、君が、欲しくて。閉じ込めたくて。どうにかなってしまいそうだ」

性急な手つきで、彼がナンナの股《また》の間を擦る。大切な部分をかろうじて隠しているだけのショーツの隙間から指を忍ばせ、割れ目に這《は》わせる。そのまま容赦なく指を蜜壺《みつつぼ》に挿し入れ、くちゅくちゅと前後に動かした。親指は花芽をくにくに捏《こ》ねまわし、器用に愛撫《あいぶ》する。

同時に彼は、もう片方の手でナンナの頬を撫《な》で、髪を梳《と》かし、親指で唇を擦りながら、じっとりとナンナを見つめ続ける。

「こうして、君をどろどろに溶かしたら、あるいは――と」

「あるいは？」

「他《ほか》の人間には目を向けず、俺だけを見てくれるのではないかと」

目が合った。

彼の真剣な表情に、ナンナは息を呑《の》む。

「ルヴェイだけですよ？　――わたし、ちゃんと、あなただけを見ています」

なんて伝えながらも、彼の言いたいこともよくわかる。

彼の抱える二面性。ナンナはその両方を見てきているから。

明るいお日様の下、ナンナの横に並んで歩き、穏やかに微笑んでくれるのも彼。同時に、彼が他者に対して容赦のない一面を持っていることも、ちゃんとわかっている。

そんなほの暗い彼の一面が、ナンナを繋《つな》ぎ止めたくて必死になっているのだろう。

彼の裏の一面が顔を出し、ナンナはぞくぞくしてしまう。剥《む》き出しの執着を浴び、その欲に、すでに溺れてしまいそうなほどに。

だからナンナは手を伸ばす。苦しそうなルヴェイを包み込むように抱きしめ、唇を寄せた。

「確かめますか？」

「？」

「わたしが、全身、余すところなくあなたのものだって」

「！」

ルヴェイの三白眼がふるりと震えた。

ナンナは彼とともに上半身を起こし、互いに向き合ったまま、己の胸元に手を当てる。そうしてにこっと微笑んでみせると、彼が眩しそうに目を細め、表情をくしゃくしゃにした。

「まったく、君は。どれだけ、俺に甘いんだ」

「甘いに決まってますよ？　だって、その。大好きな……旦那《だんな》さま、ですし」

「っ……」

「そもそも。これを着たのだって。ルヴェイに喜んでほしくて、ですから。その……望むところと、いいますか」

「…………」

「ええと、だから。その！」

ぎゅっと両手を握りしめて、宣言する。

「いっぱい。……愛して、ほしいな、って」

ありったけの勇気を込めて、言葉にする。羞恥《しゅうち》と緊張で、つっかえながらだったけれど、言いたいことはちゃんと言えた。

彼と目を合わせると、彼はぎゅっと唇を噛みしめ、手を伸ばす。

ナンナの手首を掴《つか》まえて手前に引き、そのままふたり、唇を重ねた。

「ん……ふぁ……」

今度はナンナも、一生懸命に彼を求める。

わずかに開いた唇から小さな舌を出し、彼のものと絡める。舌先を擦り合わせ、たっぷりと求め合うと、彼の両手もナンナの身体をいじっていく。

それから彼は、先ほどの続きだとばかりに、薄手の紗を捲り上げてナンナの肌に触れながら、ころんとナンナをベッドに転がした。

頼りない下着があらわになり、煽情的な姿で寝転ぶナンナを、ルヴェイは熱のこもった目で見下ろした。

そうして、彼は己の上着を脱ぎながら、ナンナの姿を視姦《しかん》する。

「綺麗《きれい》だ」

熱のこもった声に、ナンナの身体は大きく震えた。

「可愛い。君が、愛《いと》しくて、たまらない」

そうして容赦なく、ナンナの秘所に顔を近づける。そのまま、下着の布越しにナンナの秘所に口づけて、じゅう、と強く吸った。

「ひゃあぁ……っ」

たちまちナンナの身体が跳ね、腰が引けそうになるも、がっちり両腿の裏側から腕を回され、逃がしてくれない。

器用に舌でナンナの下着をずらして、秘所に唇を押しつける。舌を挿し入れられ、くちゅくちゅとかき混ぜられると、刺激で自然と腰が浮いた。

「ぁ、あんっ！　ルヴェイ……っ」

「ん、ナンナ。震えているな。――気持ちいいか？」

彼が目線だけをこちらにくれる。

甘く苦しい責めたてに、ナンナはこくこくと必死で首を縦に振る。

その反応に満足したのか、彼は喉《のど》の奥で笑い、ますます強くナンナを追い立てる。いつの間にか、彼は片手で花芽を捏ねていて、たまに爪先でピンと弾《はじ》いた。

「ひゃあんっ」

瞬間、びくびくとナンナの身体は大きく震え、いとも簡単に達してしまった。

視界がぱちぱちと弾けてしまい、全身が粟立《あわだ》つ心地がする。

彼は満足したように甘い吐息を漏らすも、まだまだこれは序の口でしかなかった。いよいよ寝間着のズボンを剥《は》ぎ取り、すっかりと勃《た》ち上がった己の剛直をあらわにする。

先走りがてらてらと輝くそれを見つめるだけで、達したはずの膣《ちつ》内がきゅんと甘く反応した。

期待するような気持ちが表情に出てしまったのだろう。目が合った瞬間、ルヴェイが口の端を上げる。

「ほら、ナンナ――」

彼が誘うように手を伸ばしてくる。くったりしつつも、彼に導かれるままに手を伸ばすと、ぱしりと強く手を掴まれた。

そうして彼に引かれ、上半身を起こす。

「おいで。――そう、こっちだ」

彼に腰を支えられ、膝《ひざ》立ちさせられる。

ナンナはもう、全然力が入らないけれど、彼が両手でがっちり支えてくれているから、なんとか体勢を保てていた。

そうしていると、しゅるりとナンナの足に這う黒を視界の端に捉《とら》えた。

ナンナの大事な部分をかろうじて隠してくれていた下着。その紐《ひも》を引っ張る黒。それがルヴェイの操る影であることに気がつき、息を呑む。

しゅるんとナンナの下着を剥ぎ取り、ベッド脇《わき》にのける。そうして役目を終えた影は、闇《やみ》に溶けて消えてしまった。

美しい紗はナンナの肌を多少隠してくれているけれど、大事な部分が空気にさらされ、すうすうする。期待できゅんと、お腹《なか》の奥が切なくなり、ナンナは潤んだ目を細めた。

ゆっくりと腰を沈めていくと、熱を持った彼のモノが蜜口にあてがわれたのがわかる。胸がばくばくと大きく高鳴り、いよいよ彼の剛直を受け入れていく。

すっかり彼の形を覚えた膣内は、ぐっぽりと彼のモノを咥《くわ》え、満足そうに水音を立てた。

「ぁ、ぁ、ぁ……っ」

「はぁ……かわいい。ナンナ、ほら――」

奥まですっかり彼のモノを受け入れると同時に、彼のキスも受け入れる。何度も何度も啄《ついば》むような口づけをしながら、彼はゆっくりとナンナの奥をかき混ぜた。

「かわいい、俺の、お嫁さん。ナンナ、はぁ……かわいい」

何度も何度も繰り返しながら、ルヴェイはナンナの身体をいじる。

ルヴェイはこの格好を大変お気に召したのか、メッシュの生地を何度もいじりながら、愛おしそうに口づける。それからナンナの慎ましやかな胸を下から揉み寄せ、布の上から唇を押しつける。

「布越しでも、君のここが感じてるのがわかるな」

「ぁ、んっ、ルヴェイ……っ」

「確かめてみるか？　ほら」

そう言って彼はナンナの手を掴み、己の胸に触れさせた。

ナンナの手の甲に自分の手を重ねて、乳首の形を確かめさせるよう、円を描《えが》く。快感で硬くなった乳首を自分でいじらされると、羞恥で、ふるふると震えてしまう。

ナンナは両目を細め、とろんとした目で彼を見つめる。

頬が――いや、身体中が火照《ほて》って、苦しい。

一度達している身体は驚くほど敏感になっていて、強制的に自ら触れさせられる愛撫にも怖いくらいに反応してしまう。さらに下からゆっくり腰を揺すられると、じれったくて苦しくなった。

もっともっとと刺激を求めて腰を押しつけると、彼が喉の奥でくつりと笑う。

「どうした、ナンナ？」

「ぁ、ぁ……そこ」

「ん？　ここか？　ここがいいのか？」

奥にぐりぐりと押しあてられた彼のモノ。子宮口に直接触れられるも、あと少し、刺激が足りない。

切なくて彼にぎゅっとしがみつき、頬を擦りつける。

ルヴェイが耳元で甘い吐息を落とし、ちょうどいいとばかりに耳朶《みみたぶ》を甘噛みする。ぐちゅんと舌を擦りつける音が直接耳に届き、淫靡《いんび》な音に余計に身体が切なくなる。

「ルヴェイ……ん、もっと……」

「ん？　もっと、なんだ？」

耳元で囁《ささや》かれると、ぞくぞくしてしまう。

腰を揺すられ、奥を突かれるも、まだ足りない。涙目になりながら彼にぎゅっとしがみつき、懇願する。

「もっと、ちょうだい？　ね……？」

彼と交わる前、彼は『君をどろどろに溶かしたら、あるいは』と言った。

その言葉は真実で、もうナンナの頭の中は彼のことでいっぱいだ。他の何かが入りこむ隙などなく、もっともっと、彼だけで満たしてほしかった。

自分から腰を擦りつけ、甘えると、ルヴェイも満足したように深く笑みをこぼすのがわかった。

そうしてナンナの身体をぎゅっと抱きしめ、激しく下から突き上げる。

「ひゃあ！」

欲しかった刺激にナンナは仰け反るも、彼は強く抱きしめ、容赦のない抽送《ちゅうそう》を始める。がつがつと突き上げながら、彼はナンナのいいところを正確に刺激し、強すぎる快楽を与えてくる。

「これが、欲しかったんだろう？」

吐息混じりに囁かれるも、ナンナには応《こた》える余裕などない。

嬌声《きょうせい》を上げながら彼の与える刺激に酔いしれ、溺れていく。

「はげし……い、ルヴェイ……っ」

「もっとだ。もっと……！」

「んぁ……はぁ、はぁ……っ」

「もっと。俺に、溺れてくれ、ナンナ……！」

懇願するようなルヴェイの言葉に、ナンナは目を細める。

こんなにも彼に溺れきって怖いくらいなのに、それでも足りないと彼は言う。

彼がそれを願うならと、ナンナは両目を細め、彼に口づける。

ルヴェイは驚いたように両目を見開くも、すぐにナンナからのキスに応えるように、唇を開き、舌を迎え入れてくれた。

繋がり、舌を絡め、ふたり深い水の底へ落ちていくような不思議な感覚を覚える。そのまま溺れてしまうような。あるいは溶け合っていくかのような。

ぼんやりとしながらルヴェイを見ると、彼も同じような表情を浮かべ、ナンナだけを見つめている。

互いに抱きしめ合い、見つめ合ったまま、強すぎる刺激に身を任せて――。

——朝。

んん、と呻《うめ》き声を上げながら身体をもぞもぞ動かすと、それに反応するように誰かがナンナの身体を抱き寄せる。

ゆるりと目を開けた瞬間、同じく目の前の誰かが、ぼんやりと目を開けた。

ぎょろりとした三白眼。ただ、昨夜とは打って変わって、その表情は柔らかく、どこかあどけない。

「あ……えと。朝？　おはよう、ございます……？」

「ん。……ああ、おはよう。ナンナ」

ルヴェイだ。ただ、いつもさもさの髪はさらにくしゃくしゃに乱れたままだし、声がすっかり掠《かす》れている。

ナンナ自身も声がちゃんと出なくて——ああ、そういえば昨夜、少し声を出しすぎたかもしれないと思い出す。

そういえばそうだった。昨日の夜は、それはもう、大変な行為ばかりしてしまった。

ふたりでどろどろになるまで愛し合い、そのまま気を失うかのように眠りこけてしまったらしく、今、ナンナの身体はとんでもないことになっている気がする。

結局、あの煽情的な寝間着は身につけたままではあるが、くしゃくしゃに乱れているし、多分いろんな体液でどろどろになっているような気がする。

もちろん寝間着だけではなくて、シーツや、互いの肌も。

「えっと。その、昨夜は——痛っ」

「ナンナ⁉」

「あー…………ええと、これは…………」

彼に触れようと手を伸ばすも、身体の関節が軋《きし》むような痛みを覚えた。——いや、関節だけではない。昨夜、彼と繋がっていた部分が、ずきずきと鈍く痛んでいる。

もちろん原因は明白で、ナンナは苦笑いを浮かべる。

——つまりだ。

「ちょっと……張り切りすぎましたね？」

「っ、すまな——……んんっ⁉」

最後までは、言わせない。だって、彼が謝る必要なんてないのだから。

身体は痛むけれども、彼に擦り寄り、先に唇をふさいでしまう。

このままでは、すぐにでも走って回復薬でも取りに行きそうな勢いだから、ぎゅーっと彼を抱きしめ、離れないようにしてしまった。

「特別な夜だからって、言ったでしょう？　——とても、幸せだったから。この痛みも、心地いいです」

「だ、だが——」

「満たされていますよ？　ルヴェイに愛されてること、思い知らされました」

「そ、そうか」

「はい」

「……そうなのか」

心配で強《こわ》ばっていた彼の表情が、ゆるりと解《ほど》けていく。

口の端を上げ、幸せそうに頬を染める彼の表情に、愛しさがどんどんと膨らむばかり。

もちろん、毎日これだと身が保《も》たないけれど――たくさん幸せに溺れた夜だったことは事実で。

（――本当に、彼にどろどろに溶かされて、離れられなくなっちゃう）

でも、ナンナだってそれを望んでいる。満たされるという言葉の意味を改めて実感し、目を細めた。

同じようにルヴェイも、多幸そうに目を細め、ナンナを優しく抱きしめる。

「ならば――俺の奥さん。今日は大人《おとな》しく、俺に世話されて過ごしてくれるか？」

無理はするなということなのだろう。

夜にナンナに執着するのも彼。

そしてこうして、優しく甘やかしてくれるのも、また彼の一面だ。

もちろんと大きく頷《うなず》き、彼の提案を受け入れる。その上で、ちらりと見えた彼の不安を、ナンナは塗りつぶすことにした。

「だったら、いっぱい甘やかしてください。もう、あなたの隣でしか過ごせないって、実感しちゃうくらい」

「ああ――存分に。覚悟していてくれ」

本当は、もう十二分に、わかりされているけれども。

ナンナの居場所は彼の隣。離れる未来なんて想像すらできない。

それでも、不安になるならば何度だって、確かめてくれていい。

ナンナが満たされているのと同じように、彼にも満たされてほしい。ナンナの揺るぎない愛を実感してくれたらいいのだ。

「でしたら、まずは――ルヴェイ？」

「ん？」

「――ね？」

彼がよくする仕草を真似《まね》して、彼の唇を親指でなぞる。それの意味するところを彼は正確に理解し、頬を緩めた。

返事は彼からの甘いキスだ。

幸福感に満たされながら、ふたりの優しい日々は始まった。

文庫版書き下ろし番外編　甘い記憶

それは〈灰迅《かいじん》〉の長ユメル・リーと決着をつけた数日後のことである。

事件のあとしばらくは、ルヴェイも〈灰迅〉への聴取に借り出され、毎日忙しく走り回っていた。

それが落ち着いたころ、改めてルヴェイがナンナの住むこの家に引っ越しをしてきたのである。

ユメルとの決戦の際、彼が普段使いしていた家は焼けてしまった。彼は仕事柄いくつもの隠れ家を持っているらしいが、どうせすぐにナンナと一緒になるのだ。というわけで、結婚に先んじて、彼と一緒に暮らすことになったわけだ。

（本当に、唐突に始まった共同生活だけど――）

彼が引っ越してきた日から、ナンナはずっとふわふわした気分だった。

木の温もりを感じる家に彼がいる。それだけで、この空間がより優しいものに感じられて、どこか浮かれっぱなしだ。

引っ越し当日と翌日は、ルヴェイと一緒に街へ出て、あれこれ家の中の家具を整え直した。

収納が全然足りなかったし、リネンや日用雑貨も買い足した。はじめてナンナがこの家に引っ越してきたときと同じようなルートで、商店街を中心に回って、いろいろ家具を見繕っていったのだ。

ただ、以前と違うのは、ナンナの気持ちだろう。一緒に買い物をするなかで、もうすぐルヴェイと結婚するのだという実感が湧《わ》いてきて、わくわくそわそわしっぱなしだった。

あれはとても楽しい二日間だった。商店街の皆にはさんざん冷やかされたけれど、結婚することも直接伝えられたし、たくさん祝福も受けた。

帰宅してからは、ふたりでじっくり家の中を整え直した。とはいっても、ルヴェイがいるだけで作業は驚くほど早く終わったけれど。

というのも、彼のギフト。あの影により、彼は大きな家具もひょいひょいと軽く持ち上げてしまう。そうしてあっという間に、家具の配置換えを終えてしまったのだった。

あとはふたりで収納の中身を整理して、細々と家を整えるだけ。そうして、翌日からはしっかり日常に戻ったつもりだ。

どことなく落ち着きのない日々を過ごしつつ——今日、仕事から帰ってきたらこれである。

「あの……ルヴェイさま」

とてももの申したいことがあるのだが、いいだろうか。

ルヴェイもつっこまれるのは覚悟していたのだろう。気まずそうにふいっと視線を逸《そ》らしている。

「これは、何でしょうか？」

「あ、いや。そ、それは——」

彼の目が泳いでいる。なんとも珍しい光景であるが、誤魔化されるつもりはない。ナンナはそんな彼と、目の前のキッチン収納を交互に見た。

そう、ナンナが言いたいのは、キッチン収納の至るところに、ナンナの認識していないものが増えていることなのである。小物のひとつやふたつならまだしも、かなり存在感のある大物まである。

どう使うのかさっぱりわからない謎の調理器具の他、ひっそりと置かれていた紙袋の中には、小袋がいくつも詰められている。その独特の香りと、ちゃっかり空のガラス瓶がいくつも買い込んであることから、調味料のたぐいが大量購入されていることが推測できた。それらはまだ整頓前の状態らしく、今日買ってきたばかりのようだ。

（ってか、これ。なんとなく、見覚えがあるのよね……）

どこでかというと、つまり商店街で。ふたり一緒に家具を買い足しに行った際、彼がじーっと物欲しげに見ていたのを覚えている。

その時は別の買い物をするつもりだったし、この家にはすでに十分以上の調理器具が揃《そろ》っていた。わざわざ買い足す必要もないだろうと「持ち帰りきれないですね」などと言って、やんわりとストップをかけていたのだ。

だが、今、それらの品々が「当然以前からありましたよ？」みたいな顔をして収納されている。

もちろん、ナンナ自身が購入した記憶はない。となると、犯人はもうひとりしかいないわけだが。

「ルヴェイさま、今日ってお仕事だったはずですよね……？」

朝は一緒に家を出て、夜も迎えに来てくれた。その間、彼も城に詰めていたわけではなかったのだろうか。

「そ、それは。今日は、少し早く業務を終えられそうだったから――」

あえて時間を作って、わざわざ購入しに走ってきたというわけか。

いや、ルヴェイは少し忙しすぎるし、自分のために時間を使うのは悪いことだとは思わない。それをどうこう言うつもりはない。

だが、わざわざナンナのいないところで買い集めて来たということは、つっこまれることがわかっていたからだろう。今も、非常に気まずそうな顔をしている。

（いつもなのよ。ルヴェイさま、こんな顔しながらも絶対折れてくれないよね）

欲しいものは必ず手に入れる。いくらナンナが止めようとも、そこはてこでも動かないのだ。

（服を買ってくださるときも、そうだし……）

ナンナは、すでに身をもって実感している。彼はすぐにナンナに物を買い与えたがるのだ。ナンナがどれだけ遠慮しようとも、そこは絶対に折れない。

正直、彼が用意してくれる衣装は、ナンナが着るには少し高級すぎて袖《そで》が通しにくい。だから数は必要ないと言うのに、彼は次々とプレゼントしてくれるのだ。

気持ちは嬉《うれ》しいが、そのうち家が服で溢《あふ》れてしまいかねない。クローゼットに入りきらなくなるからと説得しようとしても、なかなか納得してくれない。

普段は寡黙で控えめな印象の彼だけれども、その意志は絶対に曲げない。目の前の調理器具等についても、同じような鋼の意志を感じ、ナンナは頭を抱えたくなった。

「あの……ルヴェイさま」

とても言いにくいが、一緒に暮らしていくならば、価値観は擦り合わせておいたほうがいい。キッチンはふたり共同で使う場所だ。大きな荷物が次から次へと増えても、管理できる自信はない。

小袋の方も適当に中を覗《のぞ》いてみると、やはり調味料や香辛料が入っているようだ。どれもナンナには馴染《なじ》みのないものばかりで、どう考えてもこの手に余る。

「さすがにこれは、多すぎるのではないでしょうか？　わたし、使い切れる自信も、使いこなす自信もないのですが」

「そこは、俺《おれ》が」

ややや食い気味で訴えてきた。少し気まずそうだった彼の眼差しが、何か決意を秘めたものへと変化している。ふんすふんすと使命感に充ち満ちた様子に、ナンナはうっと言葉に詰まった。

わかっている。ナンナは、ルヴェイの押しに弱いのだ。

「その。君の口に合う物が作れるかどうかはわからないが、俺だって、調理は苦手ではない」

「それは、よく知っていますけれど」

苦手どころか、かなり得意な部類だと思う。

「俺の故郷の味も、君に知ってほしいと言えば？」

「ううっ……」

それはなかなかの殺し文句ではないだろうか。

なるほど。見たことのない調味料や調理器具は、旧フェイレンでは当たり前に使われていたものなのかもしれない。――と、そこまで考えてふと気がつく。

「あれ？　そういえばルヴェイさま、故郷のお料理はどこで？　故郷にいらっしゃったころって、調理は――」

彼がやんごとなき身分であったことを思い出し、ぽろりと言葉が溢れ出た。だって、彼が故郷の料理を覚える機会など、なかったのではないだろうか。

と、そこまで考えて、もしかしたら聞かれたくない話題だったかもと思い直す。

「あ、すみません。答えにくかったら――」

「いや、かまわない。――そうだな。料理自体を覚えたのは、こちらに来てからなのだが」

そう言いながらルヴェイは、戸棚の中に目を向ける。

フライパンとよく似た底が丸くなっている鍋《なべ》に、何に使うかもわからない木の籠《かご》のような調理器具など。懐かしそうに微笑みながら、彼は調味料の小袋が入った袋だけを取り出して戸棚を閉めた。

「故郷の味など、最初は忘れようと思っていたのだが――やはり、舌に馴染んだ味というのは、どうしてもな」

さらに彼は、紙袋に詰められている調味料や香辛料を、別に買い込んでいるガラス瓶に詰め直していく。すっかり慣れた作業なのだろう。しゃべりながらも、彼の手は淀《よど》みなく動いた。

「こうして懐かしい香りを嗅《か》いだり、実際に口にしたりしてみて、少しずつ思い出しながら、再現していった」

などと、目を細める彼の横顔を見ていると、彼は手に持っていた紙袋を差し出してくる。その中には深緑色の小さくて丸い実がギッシリ詰められていた。

彼がそれをナンナの顔のごく近くに寄せると、かなりクセのある強い香りがプンと漂ってきた。

「これ、食べられるんですか!?」

予想通りの反応だったのかもしれない。彼は楽しげに破顔して、大きく頷《うなず》いた。

「このまま煮物にしてもいい風味が出るが、上級者向けだな」

「上級者……」

「心配せずとも、最初はすりつぶして軽く風味付け程度に使う。君の好みも聞きながら、徐々にだな」

　などと語る彼の表情はとても楽しそうだ。

（あー……もう。こんな顔見ちゃったら……）

　これ以上文句なんて言えるはずもない。

　出会ったころ、彼はずっと難しい顔ばかりしていて――でも、一緒に過ごすうちに、表情が緩むことが増えてきた。今は柔らかい変化を見せてくれることが多くて、彼の優しい眼差しに、ナンナ自身も表情が緩む。彼が幸せそうに笑うだけで、ナンナ自身も幸せで、もっとこの表情を見ていたいと願うようになった。

　それに、彼がこうも興味を寄せるものがあること自体も、とても喜ばしく感じるのだ。だから否定できるはずがない。

「ルヴェイさまは本当にお料理が好きなのですね」

「好き……？」

　実感を持ってそう伝えると、ルヴェイは少し意外そうな顔をして見せた。

「好き？　好き、好き……？」

　まさか自覚がなかったのだろうか。その言葉の意味を噛《か》みしめるように、何度か呟《つぶや》いてみせる。

腕を組んだまま俯《うつむ》いたり天井を仰ぎ見たりして随分と考えてから、彼は結論を導いたらしい。

「――そうか、俺は料理が好きだったのか」

「気がついていなかったのですか？」

「いや。そうか――その、こだわりはある方だとは、認識していたのだが」

もごもごもごと、彼は言い淀《よど》む。よほど意外だったらしい。戸惑いを見せつつ、手元の調味料や香辛料の入った袋をいじり続けている。

ただ、それはしっくりくる感情でもあったようだ。ふと、彼の口元が緩む。

「うん。そうか。そうだったんだな。――好き、なのだと思う」

その柔らかい笑顔が眩《まぶ》しくて、ナンナも目を細めた。くすくすと笑いながら、彼に寄り添う。

「ふふっ、楽しそうでなによりです。――けど、買い過ぎにだけは注意してくださいね。キッチンにちゃんと収納できるように、是非」

「わかっている。元々、物は増やさない主義だ」

「えーっと」

クローゼットの惨状を見るに、あまり説得力がない気がするがどうなのだろう。

いや、彼が整理整頓《せいりせいとん》が得意なこともわかっている。以前訪れた彼の隠れ家は、彼のこだわりを感じるものばかりが並んでおり、確かに荷物の量は多くなかったように思う。

ただ、ナンナへのプレゼントの量を考えると、鵜呑《うの》みにするのも危険な気がする。

（どっちに転ぶかな……）

彼自身も、いまだに変化の最中なのかもしれない。

だからこそ、ナンナにも、そして彼自身にも想定しきれない。

（――なんて。ルヴェイさまが幸せそうなら、それでいっか）

少し極端なところもあるけれど、彼が本来思慮深い性格であるのは知っているし、お任せしてしまっていいのだろう。これから一緒に暮らすのだ。長い時間をかけて、互いのことを知っていけばいい。

そう思って、ナンナもにこりと微笑んだ。

「――わかりました。では、食べるのはわたしに任せてください」

なんて頷きながら、ナンナも彼から袋を受け取った。

本当にナンナはルヴェイに弱い。それを実感し、苦笑しながら、ルヴェイの馴染みの品々を瓶に移し替えていく。

どれもこれも、見たことのない香辛料ばかり。ナンナの手に余るものばかりだ。どう使ったらいいのか見当もつかない。でも、興味がそそられるのも事実だ。だからナンナは、手にしているくすんだ緑の細い実のようなものを摘まみ、嗅いでみる。

（あれ？　あまり匂《にお》いがしない）

他の袋からはもっと独特な匂いがしたのに、これにはない。となると、どういう味なのだろうと気になってくるというものである。というわけで、試しに一本摘まんで、口内に放り込んでみた。

（味もしない……？）

なんとも奇妙な感覚である。ここまで無味無臭となると、この香辛料は何か意味があるのかと疑問に思えてくる。そうして首を傾げながら、ひとくち噛んだ瞬間だった。

「っ⁉」

突然襲い来る激痛。さらに、あとから辛みが追いかけてくる。

「っ、っ、っ⁉」

「ナンナ⁉」

何が起こったのかわからなくて、ナンナは口元に手を当てた。飲み込むことも吐き出すことも頭に浮かばなくて、ただただ身をよじる。

「まさか――おい、吐き出せ。吐き出すんだ、ナンナ！」

ルヴェイは顔色を変えた。ナンナの手元の袋を見て、何を口にしたのか理解したのだろう。ナンナを支えるように肩を抱き、とんとんと背中を叩《たた》いてくれる。

けれどもナンナの頭は働かず、涙目になるばかり。

「ナンナ……！」

気がついたときには、彼の手が伸びていた。強引にナンナの口を開き、その長い指が口内に侵入してくる。

「ん……っ」

くちゅり、と音を立てながら、彼の指がナンナの口内をかき混ぜる。

口の中はひどく痛いのに、彼の指だけが妙に熱く感じる。ナンナは頬《ほお》を火照《ほて》らせ、とろんとした目になりながら彼を見つめた。

彼は使命感に駆られているようだった。真剣な眼差しで、ナンナの舌を指で絡めていく。そうして、ようやく香辛料の欠片を見つけたらしく、彼はそれを掴《つか》み取った。

離れていく彼の手を、ナンナはぼーっと見つめていた。

まだ顔が熱い。ちょっとした好奇心がとんでもないことを引き起こしてしまった。

ルヴェイが手渡してくれた水が入ったグラスを受け取り、口をつける。冷たい水が口内を潤すも、まだ呆《ほう》けたままだ。

「っ……す、すみません、ルヴェイさま」

ようやく絞り出せた言葉がそれである。落ち着いてくると、後から恥ずかしさがこみ上げてくる。気を紛らわせるようにもうひとくち水を飲み、ちらっと彼の方へと目を向けた。

「すまない、ナンナ。それは火を通さなければいけない香辛料でな。他のものと一緒にしておくのではなかった。本当に、すまない」

なんと、使い方に気をつけなければいけなかったとは想定外である。

とはいえ、どう考えてもナンナが考えなしだっただけなので、ふるふると首を横に振った。

「いえ、わたしも。……先に確認をとればよかったんです」

そのせいで、とても恥ずかしい事態になってしまった。

いくら水を飲んでも、まだ口の中がぴりぴりしている。ちょっとした好奇心で痛い目を見たと、ナンナは肩をすくめた。

ルヴェイの選ぶ香辛料は、奥が深すぎる。ナンナもそれなりに調理をする機会はあると思うが、一《いっ》朝一夕《ちょういっせき》にはいかなさそうだ。

それでも、彼がこれらの香辛料を故郷の味だというのであれば、興味がないはずがない。

「今は、ちょっと失敗しちゃいましたけど、そのうちちゃんと使い方を教えてくださいね」

「え？」

「わたしだって、ルヴェイさまの故郷のお料理、作れるようになりたいし」

などと言ってみせると、彼の頬がみるみるうちに赤く染まっていく。

彼は感極まったように震え、ナンナの両肩を掴んだ。次の瞬間には唇が重ねられている。

「ん、んんっ⁉」

心の準備ができていなくて、呼吸が追いつかなかった。ほんの少し唇を開けると、合間から彼の舌が忍びこんでくる。

「ふ、ぁ……」

いまだにぴりぴりと痛む舌。それを嬲《なぶ》るように舌を絡められる。わずかに残っていた香辛料の味が彼にも伝わったのか、彼が眉《まゆ》をひそめたのがわかった。

でも、それくらいでやめてくれない。たっぷり熱を伝えられ、脳が痺《しび》れてくる。

いつしか、舌に残っていたはずの痛みが刺激にすら感じられるくらい、彼のキスに翻弄《ほんろう》されていた。

「ぷはっ……！」

ようやく解放され、ナンナは酸素を吸い込んだ。

突然の激しすぎるキスにくらくらしっぱなしだ。熱に浮かされたようにぼーっとしていると、同じように蕩《とろ》けた顔をしたルヴェイがすぐそこにいる。

「君は、どこまで俺を喜ばせたら気が済むんだ」

「え……？」

「好きだ。愛してる」

「あ、ええと、ルヴェイさま……!?」

感極まったという表情で、ルヴェイが頬をすり寄せてくる。

「えっ？　ええっ!?　あのっ!?」

好いてくれるのはとても嬉しいけれど、あまりに唐突すぎて気持ちが追いつかない。ただ、彼はまだキスし足りないようで、何度も何度も唇を寄せてくる。

「ん、ふぁ……」

そのたびに、舌にぴりぴりした感覚が呼び起こされ、脳を刺激する。足に力が入らなくなり、崩れ落ちそうなところを、彼にしっかりと抱きとめられた。

「あの国で生きていた俺を全部ひっくるめて、君は受けとめてくれるのだな」

「あ――」

そう囁《ささや》きかけられて、ようやく理解する。

彼の故郷の料理を作りたい。そんな言葉が、彼にとってはとても喜ばしいものに感じられたらしい。

彼の出身である旧フェイレンは、この国では難しい立場にある。

調理器具や香辛料の流通があるということは、少なからず文化の需要はあるはずだが、真面目な彼にとっても、やはり堂々と言いにくいものなのかもしれない。

「ふふ、当たり前じゃないですか、ルヴェイさま」

ナンナは微笑んだ。

「もうすぐ旦那《だんな》さまになる人の故郷の文化ですよ？」

そう真っ直ぐ伝えると、ルヴェイが顔を上げた。ぱちぱちと瞬きをする彼に向かって微笑みかける。

「わたし、あなたと同じリーを名乗るようになるんですよ。見くびられては困ります」

「そうか。――そうだな」

ルヴェイは少し気が抜けたように表情を緩めた。いつもよりもあどけない顔をした彼のことがとても愛しい。ふふふと笑って、彼をぎゅうと抱きしめた。

「……まず、香辛料の使い方を、きっちり教えてくださいね」

なんて、肩をすくめながら訴えてみる。

「もちろん。――注意すべき香辛料は限られているが、ひとつずつな」

「はい。ちゃんと知らないと、これからキスするたびにさっきの痛い味を思い出しそうで」

「え」

ルヴェイが目を丸くする。

でも、これは仕方がないことだと思う。独特すぎる味と痛みが、先ほどまでのルヴェイのキスに紐《ひも》付けされてしまった。これから彼と舌を絡めるたびに、あのぴりぴりした感覚が蘇《よみがえ》ってきてしまいそうだ。こうして話題に出すだけでも、あの強烈な痛みが蘇ってきて目を逸らす。

――もうひとくち水を飲んでおいた方がいいのかもしれない。ちょっと急いだ方がいい。放置していると口の中にどんどん痛みが蘇ってきて厄介だ。

だからナンナは彼と離れてから、グラスに残していた水に口をつける。その横では、ルヴェイが何やらごそごそと動いていた。

「――ナンナ」

ふと振り向くと、彼がスッと匙《さじ》を差し出してきた。もはや条件反射で口を開けた瞬間、その匙が口内に差し込まれる。

「ん――――あまい」

さすがにこれは、慣れた味だった。

蜂蜜《はちみつ》だ。少しさっぱりとした食感の甘い蜜がナンナの舌を癒やしてくれる。

「蜂蜜も買っていたんですね。ふふ、これは美味し――んんっ⁉」

なんて安堵《あんど》すると、すかさずルヴェイが唇を寄せてきて瞬いた。

言葉を言い切る前に、ねっとりとキスをされる。当然のように舌をねじ込まれ、口内に甘い蜜がすり込まれていく。

先ほどの痛み、辛さを塗りつぶすように、入念に舌を絡め取られる。

ぴりぴりした痛みなどどこかへ行ってしまった。甘すぎるキスに翻弄され、ナンナはぽーっとしてしまう。

「――これでどうだ」

「へ？」

ルヴェイはいつになく真剣な表情だった。

「君とのキスは、俺にとってはいつだって甘いものだから。――この蜜のように」

「……っ」

つまり、味の記憶を書き換えてくれということなのだろうか。

味だけでなく、言葉までたっぷり甘いものをもらって、ナンナの頬に熱が集中する。

「……これは。ちょっと、甘すぎます」

詰め寄られて本音を漏らすと、彼は眩しそうに目を細める。さらに、片付けもそこそこに横抱きにされ、そのままキッチンを後にした。

「あの……その………」

「甘すぎるくらいで、丁度いいだろう？　君の記憶に、しっかり刻みつけさせてくれ」

何をするつもりなのかくらい、考えなくてもわかる。

きっとこのあと、彼にたっぷり教え込まれるのだろう。どれほど自分が愛されているのかを。

（これじゃあ、これから甘いものを口にするたびに、思い出しちゃいそう）

それでもナンナは、彼の胸に顔を擦りつける。

望むところだ。ナンナにとっても、彼と過ごす時間は全て、とても甘いものだから。

あとがき

この本をお手にとってくださり、ありがとうございます。作者の浅岸久です。『影の英雄の治癒係』の続編をこうしてお届けすることができて、とても嬉しく思っています。

一巻のあとがきでも触れさせていただきましたが、本作は、ムーンライトノベルズさまにて連載しておりました物語を加筆修正し、書籍化したものとなります。一巻では第一部の前半を中心に再構成しておりましたが、今回はその続きですね。第一部後半部分を中心にたっぷりと加筆し、一冊にまとめさせて頂きました。

ここで物語としても、ひとつの区切りとなります。きりのいいところまでお届けできて、私もとても嬉しいです。

さて、サブタイトルの『こじらせ復讐者』という文言から、ぴんときた読者さまもいらっしゃると思いますが、今回のメインテーマはルヴェイに呪いをかけた相手との決着となっております。

「ルヴェイの痣は誰の手によるものなのか、なぜ彼が呪いにかけられたのか」という、わりと大きなフラグをたてておきながら一巻では回収できていなかった部分を、しっかり膨らませて書かせて頂きました。

こじらせ男子はよいものですね。あまりに楽しくて、あれもこれもと思う存分書き足しております。

ウェブ版をすでにお読みくださった読者さまも、物語冒頭から「あれ？　知らない話が始まったよ？」となると思いますが、是非見守って頂けましたら幸いです。

そして今回も、亜子先生に素敵なイラストをたくさん描いて頂きました！

新キャラとなる〈彼〉のビジュアルがドンピシャ好みすぎて、初めて拝見した瞬間に「わーっ！」と声に出して喜んだのはいい思い出です。

一巻からさらに甘さが増すナンナとルヴェイのイラストも素敵ですし、サブキャラたちもいろんなところに描いて頂いております。ちなみに私は、ピンナップのカインリッツが、初フルカラーなのにあまりにも通常運転でめちゃくちゃ笑いました。

また、ご存じの方も大勢いらっしゃると思いますが、亜子先生によるコミカライズも、ゼロサムオンラインさまにてすでに連載が始まっております。なんとコミックス第一巻も、この本と同時期に発売される予定ですので、是非チェックして頂けますと嬉しいです！

照れ照れしながらも頑張ってアプローチするルヴェイ。そして、そんな彼に振り回されるナンナを、とても微笑ましく、可愛らしく描いて頂いております。お手にとって頂けますと、私も嬉しいです。


最後になりましたが、本当に好き放題させてくださった担当さま、お忙しいなか素晴らしいイラストを描いてくださった亜子先生、制作に携わってくださった皆さま、そして物語をお読みくださった皆さま、ありがとうございました。

今後も、楽しんで頂けるようなお話をお届けできるよう頑張ります。

ではまた、お目にかかれますよう！

影《かげ》の英雄《えいゆう》の治癒係《ちゆがかり》2

こじらせ復讐者《ふくしゅうしゃ》の標的《ひょうてき》になりました!?

浅岸 久

2023年12月5日 初版発行

著者 浅岸 久

発行者 野内雅宏

発行所 株式会社一迅社
〒160-0022 東京都新宿区新宿3-1-13 京王新宿追分ビル5F
電話 03-5312-7432(編集)
電話 03-5312-6150(販売)
発売元:株式会社講談社(講談社・一迅社)

印刷・製本 大日本印刷株式会社

DTP 株式会社三協美術

装丁 AFTERGLOW

ISBN978-4-7580-9600-3

●本書は「ムーンライトノベルズ」(https://mnlt.syosetu.com/)に掲載されていたものを改稿の上書籍化したものです。
●この作品はフィクションです。実際の人物・団体・事件などには関係ありません。

MELISSA
メリッサ文庫